Von Hans Blickensdörfer

Endstation Mexiko
Die Baskenmütze
Bonjour Marianne
Der Schacht
Die Söhne des Krieges
Salz im Kaffee
Alles wegen meiner Mutter
Wegen Mutter gehn wir in die Luft
Pallmann
Keiner weiß wie's ausgeht
Weht der Wind von Westen
Schnee und Kohle

Hans Blickensdörfer
Champagner im Samowar
Roman eines Lottogewinns

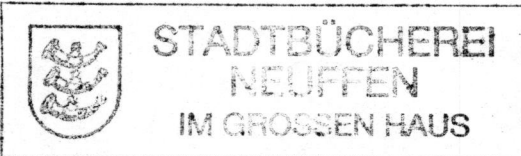

Schneekluth

CIP-Kurztitelaufnahme der Deutschen Bibliothek

Blickensdörfer, Hans
Champagner im Samowar: Roman eines Lottogewinns/
Hans Blickensdörfer
München: Schneekluth, 1987
ISBN 3-7951-1001-7

ISBN 3-7951-1001-7

© 1987 by Franz Schneekluth Verlag, München
Satz: SatzStudio Pfeifer, Germering
Druck und Bindung: May & Co., Darmstadt
Printed in Germany 1987

Dr Hans im Schnokeloch hat alles, was er will,
und was er hat, des will er nit,
und was er will, des hat er nit.
Dr Hans im Schnokeloch hat alles, was er will.

Le Hans im Schnokeloch, tout ce qu'il veut il l'a.
Et ce qu'il a il n'en veut pas,
et ce qu'il veut, il n'en a pas.
Le Hans im Schnokeloch, tout ce qu'il veut il l'a.

Elsässische Volksweise

I

Den Champagner tranken Herr und Frau Tischbein am Samstagabend, während des Aktuellen Sportstudios des ZDF. Es war eine dickbäuchige und schmalhalsige Flasche einer Edelmarke, zurückgehalten für die Eventualität einer Sonderfeier, und stammte von einem zwei Jahre zurückliegenden Geburtstag, woraus man sieht, daß die Tischbeins nicht, wie man in ihrer schwäbischen Heimat sagt, aushausig lebten.
Beim Trinken schalteten sie die Sendung ab, die Frau Tischbein ohnehin verdroß, weil Boris Becker weder in Wimbledon noch sonstwo spielte. Außerdem hatte ihnen der Bildschirm nichts mehr zu sagen, nachdem die Lottozahlen aufgeflimmert waren.
Sie hatten einen Sechser. Das Unfaßbare war in die Stube getreten und raubte ihnen jeden klaren Gedanken, sieht man davon ab, daß Sonja Tischbein eine Falle im Schlußsatz des Moderators sah. »Natürlich«, sagte er mit der Andeutung eines Lächelns, das nervte, »wie immer ohne Gewähr.«
Aber Gisbert Tischbeins Kopf war kühler als der des Eiskübels entbehrende Champagner. »Reine Pflichtsache«, sagte er und unterstrich seine garantierte Anwartschaft auf großes Geld mit der einleuchtenden Begründung, daß sogar Fernsehfritzen bis sechs zählen können.

Die Tischbeins aber zählten jede Stunde, und nie war ihnen vorher bewußt gewesen, wie viele es von Samstagabend bis Montagabend sind, an welchem das Fernsehen die Gewinnquoten bekanntgibt. Schwankend zwischen Tiefs und Hochs, bewegten sie sich zwischen 500000 Mark und zwei Millionen, und das sind aufreibende Wanderungen. Wenn Sonja rasten mußte, kam es vor, daß sie weinte oder Gisbert mit einem Hagel von Küssen überschüttete, wie er ihn noch nie in ihrer zwanzigjährigen Ehe erlebt hatte.
Hübsch lange also bestand sie schon, aber mit 44 und 41 Jahren hat man noch allerhand am Hut mit lebensfreundlichen Plänen, und so regneten die Sterntaler gerade zur rechten Zeit. Nicht zu früh, nicht zu spät.
Und als endlich der Montagabend kam, waren die Tischbeins um eine Million und vierhundertsiebenundzwanzigtausend komma zweihundertvierundachtzig Mark reicher.
Oh, der Regen fiel nicht auf einen Boden, der trocken und karg gewesen wäre. Die Verhältnisse waren geordnet. In einer soliden schwäbischen Mittelstandsfabrik hatte Gisbert Tischbein sich hochgearbeitet; nicht weit vom leitenden Angestellten war er, manchmal jedoch darunter leidend, daß es noch nicht soweit war.
Wegen Sonja.
Ihr Ehrgeiz übertraf den seinigen beträchtlich, obwohl ihr Beitrag für sein Fortkommen sich darin erschöpfte, daß sie bei Parties den Fabrikoberen Augen machte. Nicht, daß es Gisbert eifersüchtig gemacht hätte. Eher kam es ihm vor wie ein unverfrorenes Drücken seines Karriere-Gashebels.

Das machte ihn wütend. Er fühlte sich nicht als Vorprescher, der abzischt, um in der nächsten Kurve rauszufliegen.
Behutsamkeit prallte auf Ungeduld.
Aber was wußte Sonja von innerbetrieblicher Hackordnung. Es war wie auf dem Fußballplatz, wo Tausende auf den Rängen wissen, wie's gemacht wird, bloß die Zweiundzwanzig nicht, die auf dem Feld sind.
Aber nun waren fast eineinhalb Millionen ins Haus geflogen.
Durch ihn natürlich. Oft genug hatte sie ihn einen einfältigen Trottel genannt, wenn er seinen Schein ausfüllte.
»Auf mein neues Abendkleid warte ich immer noch, aber du glaubst an Wunder und schmeißt Geld dafür zum Fenster hinaus!«
Und sie hatte ihm vorgerechnet, daß ihre Chance, Sechslinge zu bekommen, größer sei als die Möglichkeit eines Sechsers im Lotto.
Sie las fast alle Illustrierten.
Aber jetzt war alles anders. Und wie alle Frauen vergaß sie ihr Geschwätz von gestern. Ja, sie tat, als ob sie ihn stets dazu ermuntert hätte, die Scheine auszufüllen. Wenn du über Nacht Millionär wirst, hüpfst du aus deinen vorgeschriebenen Gleisen, aber du fällst nicht auf die Nase, sondern du fliegst.
Wohin du willst.
Und dann schläfst du eine Nacht darüber. Es ist nicht anders als bei der Pleite, weil der natürliche Gang der Dinge weiterläuft. Auch der frische Millionär braucht künstliches Licht am Abend und Schlaf.
Unterschwellig begriff es Gisbert, aber der Wunsch packte ihn, nach dem Höhenflug die angenehmste

aller Landungen zu machen. Sie jedoch tat in dieser ersten Jubelnacht seinen Wunsch mit der Bemerkung ab, daß sie viel zu aufgeregt sei.

Längst schlief er in den neuen Tag des Glücks hinein, während Sonja Tischbein, hellwach vom Doping der Millionenspritze, ihre Midlifecrisis nahm.
Schmäler waren ihre großen Augen mit dem neckischen Grünstich, der immer noch Beachtung fand, als sie hinüberblickte zu Gisbert, der zwar nicht schnarchte, aber leicht köchelte wie ein Topf auf mäßigem Herdfeuer.
Ein Adonis war er nicht, wenn auch kein vollgefressener Strumpf wie sein Kollege Gäbele, der aussah wie ein Leberkäs mit Mund. Und auch keine Bohnenstange wie der Buchhalter Seitz, der Ärmelschoner trug, die ihn aussehen ließen wie eine sterbende Tanne mit Wickeln. Die Augen, jetzt geschlossen, waren zu klein für den Mund, den er nicht genug aufmachte, wenn's nötig war. Sonst hätte er längst Prokurist sein müssen. Aber wenn du herumläufst, als ob du einen Sparkassenschlitz im Gesicht hättest, kannst du lange warten.
Jetzt war der Mund offen, und Sonja, nicht bereit, die natürlichen Automatismen des Schlafs zu akzeptieren, hatte bei diesem Anblick den Eindruck von ochsenartiger Blödheit. Keine Spur von Phantasie und Eleganz hatte der Mann, Einbildung höchstens auf einige Reste von Sportivität, die einen Embonpoint verscheucht hatten.
Und das sollte einer Frau genügen? Ein Egoist war er. Aber nur bei ihr. Statt in der Firma einer zu sein, war er nur Lamm oder Ochse. Dafür gab's Beweise. Aber jetzt war Geld da, das zu verdienen er nie im-

stande gewesen wäre. Gewiß, gewiß, er war es gewesen, der die Kreuzchen auf den Tippzettel gemacht hatte. Aber konnte das nicht jedes Kind?
Sie blickte wieder hinüber zu ihm, und es war, als ob er eine unfreundliche Strahlung spürte. Er drehte sich nach rechts und ließ sie nur noch Haarsträhnen sehen, die, ungekämmt, die kleine Platte am Hinterkopf ahnen ließen. Sie waren weder blond noch dunkel, farblos einfach, und sie wurden dünner.
Immer schon hatte sie Männer mit dichtem schwarzem Lockenhaar bewundert. Ein Kribbeln in den Händen hatte sie da gespürt, und manchmal auch anderswo.
Als es von der nahen Kirche dünn zwei Uhr morgens herüberschlug, wußte Sonja Tischbein, daß sie, da nun viel Geld da war, etwas fordern würde. Zum erstenmal, seit sie verheiratet war, würde sie allein eine Reise machen. Aber nicht nach Mallorca oder Rimini, mit dem Charter und den Reisebüros, die dir in bunten Prospekten Sachen vorgaukeln, die du nie zu sehen bekommst.
Standesgemäß mußte es sein, und gar nicht unbedingt sehr weit weg.
Nizza oder Cannes vielleicht? Mondän genug wär's gewesen, aber sie verwarf es und blieb bei St. Tropez hängen.
Das war's. Sie konnte den Atlas in der Bücherwand stehen lassen. Er bot nichts Besseres. Neben St. Trop verblaßte alles. Sogar die Bucht von Rio.
Überhaupt Rio. Man las schließlich seine Illustrierten. Blonden Frauen, und ihr Haar brauchte noch keine kosmetische Nachhilfe, erging es dort wie den Hasen am Eröffnungstag der Jagd, und über schlam-

pige Betten von Zuhältern waren sie im Bordell, ehe sie schreien konnten.
In St. Trop aber sind die Abenteuer galant. Der Gedanke daran entlockte ihr einen wohligen leisen Seufzer neben einem geringschätzigen Lächeln, das sie zu dem vor sich hinköchelnden Struwwelkopf hinüberwarf. In St. Trop hatten die Monsieurs einen anderen Bau und andere Manieren. Aber halt, das war ein Plural und mußte Messieurs heißen. Wie schön, daß sie ihr Französisch in der Volkshochschule aufpoliert hatte. Als ob sie's geahnt hätte!
Natürlich hatte sie sich mehr mit den unregelmäßigen Verben als mit Messieurs dieser Art befaßt, aber häufig genug waren ihre Gedanken zu ihnen abgeschweift, zu diesen wirklichen Männern, die fürs Frauenohr auch noch Musik aus dieser schönen Sprache machten. Abgeschweift wie verbotene Pfeile, die sie gen Süden schoß zwischen schmalbrüstigen Bürofritzen und biederen Hausfrauen, die, was sie mit einem milden Schulterzucken unterstrich, nirgendwo besser aufgehoben waren als an ihrem Herd.
Film und Fernsehen, diese unwiderstehlichen Verführer, aber auch Bücher, die ihre Phantasie wallen ließen, hatten den Mann ihrer Träume zu einem Franzosen gemacht, und von vielen Freundinnen wußte sie, daß sie nicht die einzige war. Gérard Philipe, der strahlende ›Fanfan la Tulipe‹, hatte ihre Pubertät beschleunigt, wie es Kompressoren mit Motoren tun, und dann hatte ihr die umwerfende Verwegenheit von Jean-Paul Belmondo die Knie zittern lassen.
Dagegen hatten sie die geschniegelten Hollywood-Stars kalt gelassen. Selbst John Wayne. Ein Jean Ga-

bin brauchte keinen Cowboy-Schlapphut. Selbst im hohen Alter sah er nicht aus, als käme er vom Rasenmähen, sondern aus dem Bett einer schönen Frau.
Sonja Tischbein sah den Franzosen ihrer Träume vor sich und schickte ein sehr mattes Lächeln zu dem schlafenden Durchschnittsmann hinüber, der eine so glückliche Hand gehabt hatte.
Nicht daß sie Gisbert verlassen wollte. Geld, darüber brauchte sie keine Belehrung, bindet auch, und unterschwellig wußte sie, daß St. Tropez nur das große funkelnde Intermezzo sein würde. Aber welche Perspektiven!
Sagen wir vier Wochen, oder vielleicht sogar sechs. Was konnte er dagegen einwenden? Sicher, es mußte ihm mit Geschick beigebracht werden. Kalt würde sie ihn packen, gleich beim Frühstück, weil er da als Morgenmuffel die geringsten Abwehrchancen hatte.
Und der knapp 20jährige Michael war seit vier Wochen beim Bund gut aufgehoben. Tauglich fürs Vaterland, aber untauglich für Gegenargumente. Wie gut, daß Gisbert in seiner Trägheit keine ernsthaften Versuche unternommen hatte, dem Jungen diese militärische Tortur zu ersparen.
Was hielt sie im Haus? Kochtöpfe und Wäsche? Die paar Wochen würde Gisbert herumbringen, und hatte er nicht immer das Kantinenessen gelobt, wenn am eigenen Herd einmal etwas mißraten war? Wäsche konnte man weggeben, und der Gedanke, Gisbert könnte ihre Abwesenheit zu einem Seitensprung nützen, war so absurd, daß sie ihn kaum streifte.
Und lange Diskussionen am Morgen stellte sie vorsorglich dadurch ab, daß sie den Wecker abstellte. So spät schreckte sie Gisbert hoch, daß ihm kaum Zeit

zum Frühstück blieb. In knappe fünf Minuten steckte sie alles hinein, was sie sich in der Nacht ausgedacht hatte, und er nahm's mit der Fassung hin, die sie erwartet hatte.
Es blieb ihm gar keine Zeit, sich zu fassen, weil er ein Fanatiker des pünktlichen Erscheinens am Arbeitsplatz war.

2

Als Gisbert an diesem Abend mit leichter Verspätung heimkehrte, klappte Sonja im Reihenhaus der Tischbeins den letzten Kofferdeckel zu. Er registrierte es mit dem einfältigen Erstaunen des Angesäuselten, denn unvorsichtigerweise hatte er im Büro seinen Wettgewinn verkündet. Zwei Kisten Sekt einer gehobenen Marke waren da fällig geworden, und die Azubis hatten sie mit einem Tempo herbeigeschafft, welches das ihrer üblichen Tätigkeit bei weitem überstieg. Und mit schöner Selbstzufriedenheit hatte er über das Gesicht gelächelt, das der muffige Zweigstellenleiter seiner Bank machen würde, wenn er käme, um das Darlehen für das Häuschen auf einen Schlag zurückzuzahlen. Hier, mein Herr, bittesehr, damit wären wir wohl quitt, zack zack!
Ein prächtiges Gefühl war das und außerdem ein schöner Grund zum Trinken. Der Sekt erwies sich nicht nur als taugliche Bremse für den Kollegenneid, sondern machte auch den Kopf frei für kühne Gedanken. Sonjas seltsame Reisepläne? Einfach hinuntergespült!
Schnell würde sich zeigen, wer Herr im Hause war und den Zaster gewonnen hatte.
In der Tat zeigte es sich gleich, wer die Hosen anhat-

te. Auch wenn es nur die Jogginghosen waren, mit denen Sonja durch die Wohnung fegte. Im Flur standen ihre Koffer, und aus dem Badezimmer heraus, wo sie bunte Flacons einsammelte, verkündete sie, daß sie am nächsten Tag mittags nach Nizza flöge und ihm selbstverständlich das Auto lasse. »Du weißt, daß ich nie egoistisch war!«
»Hm.« Mehr brachte er, immer noch ratlos im Flur zwischen den Koffern stehend, nicht heraus. Auch sein Samsonite war dabei, mit dem er auf Dienstreisen ging.
»Notfalls nehme ich einen Mietwagen«, kam's aus dem Badezimmer.
Mietwagen! Gisbert hatte noch nie einen genommen. Er wußte gar nicht, wie das ging und was das kostete. Ihm dämmerte, daß Veränderungen von unabsehbarer Tragweite im Gange waren. Lichter gingen ihm auf, aber er sah sie nur als trübe Flackerkerzen, weil er im Büro zu oft auf sein Glück hatte anstoßen müssen.
»Ich habe«, stammelte er, »heute morgen nicht geglaubt, daß du es gleich so ernst meinst.«
Sonja, ausgestattet mit einem feinen Gefühl für Zungenschlag, erfaßte ihre Chance und schlug zu wie mit einer Katzentatze. »Der Herr Millionär läßt sich vollaufen und weiß von nichts! Ich habe dir gesagt, daß ich einmal allein fahren muß, um zu mir selbst zu finden, und du merkst überhaupt nicht, daß du mir tausend Gründe mehr dafür lieferst! Soll ich vielleicht wieder auspacken, oder haben der Herr andere Befehle?«
Mit hellem Smaragdgrün schoß Wut in ihre Augen. Auf dem Tisch stand alte kalte Wurst und wenig dazu, weil sie nicht zum Einkaufen gekommen war,

und das Bier mußte er sich selbst holen. Schon wollte sie fragen, ob die Sauferei weitergehe, aber sie verkniff es sich und blieb bei der Sache.
»So, und jetzt hör mal gut zu: Mit deiner Einwilligung habe ich ein Flugticket nach Nizza bestellt und ein Hotelzimmer in St. Tropez reserviert, und bisher bin ich der Meinung gewesen, daß ein Mann zu seinem Wort steht!«
Er nahm den Kopf zwischen die Hände und stierte sie aus großen trüben Augen an, die nichts begriffen.
»Ich ... ich weiß wirklich nichts davon.«
»Aha, man spielt den Vergeßlichen. Auch eine Methode! Sauf nicht so viel, dann kannst du dich erinnern an Vereinbarungen! Hältst du's im Geschäft auch so? Alkoholiker sind nicht gefragt, wenn's um Beförderungen geht. Nie gehört?«
Wenn's zur Sache ging, konnte sie auf sehr geschickte Weise unsachlich werden.
Er nahm eine Hand vom Kopf, um Bier zu trinken, und es wirkte wie eine einsichtige Kapitulation. Vielleicht war tatsächlich alles besprochen worden, wie sie sagte.
»Iß wenigstens etwas, damit dein Rausch auftrocknet!«
Er folgte, und das Brot war trocken genug dafür.
Sie war Chef im Ring mit einer Überlegenheit, die ihn Machtlosigkeit und Niederlage erkennen ließ wie den Boxer, der bei neun noch auf den Knien herumkrabbelt.
»Wirst du«, fragte er und versuchte, das Unabänderliche im schweren Kopf zu erfassen, »zurückkommen?«
Er sah sie mit den traurigen Augen des geprügelten Hundes an, und das machte sie friedfertiger.

Aber auch praktisch.
»Wann«, fragte sie und räumte alte Wurst und hartes Brot ab, »wann kommt das Geld?«
Sie sagte nicht »unser« Geld, aber auch nicht »deines«. Neutralität war jetzt geboten.
»Eine Woche wird's schon dauern.« Er machte den nüchternen Eindruck eines Mannes, der sich in das Unvermeidliche schickt.
»Du hast dich erkundigt?«
»Ja. Sie sagen, es geht nicht schneller.«
»Gut. Macht auch nichts. Du überweist mir telegrafisch Geld ins Hotel de Paris in St. Tropez. Du siehst, daß ich nichts verberge. Du weißt, wo ich bin – und allein dazu. Und nach ein paar Wochen bin ich wieder da, ist doch klar!«
Gisbert nickte, aber er kratzte sich am Kinn dabei. Der Kopf war freier: St. Tropez und allein – das paßte nicht ganz zusammen. Aber er spürte, daß dies nicht der richtige Augenblick zum Argumentieren war.
»Wieviel?«
Es klang spröde und für ihren Geschmack ein bißchen lauernd. Vielleicht, dachte sie, wäre ein weiteres Bier besser gewesen. Man fährt nicht nach St. Tropez, um für den Lebensabend zu sparen. Nein, nichts wäre dümmer, als ihm jetzt ein Bonbon zu geben.
»Hm, sagen wir Zwanzigtausend.«
Er schluckte. »Damit haben wir bisher drei Urlaube gemacht, und zwar zu dritt mit Michael!«
»Aber, aber, Gissy!« Sie legte ihm die Hand auf den Arm, der den Kopf stützte, und es fiel ihm ein, daß sie ihn seit Jahren nicht mehr so genannt hatte. Trotzdem tat es ihm gut, weil es Momente

gibt, in denen man leiden kann unter dem Namen Gisbert.
»Also gut, zwanzigtausend. Aber du wirst am Anfang nichts haben.«
»Macht doch nichts.« In ihr Lächeln kam ein Schuß von sanfter Ironie. »Sieh mal, das ist doch nur ein Bruchteilchen von unserem Gewinn. Deshalb habe ich auch fünftausend abgehoben und das Konto nur um zweitausend überzogen. Das reicht für den Anfang, und du wirst ja als Millionär kein so schrecklicher Spießer sein, oder?«
Oft genug hatte ihn in den letzten Jahren dieses Wort mindestens genauso belastet wie sein Vorname, wenn er seine Ruhe vor dem Bildschirm gegen ihre umtriebige Art zu retten versucht hatte. Jetzt, da die Koffer im Flur standen, war ohnehin nichts mehr zu retten als ein Hauch von Mannesehre als Schutzschild gegen Spießbürgerlichkeit.
»Stimmt«, sagte er und goß ungestört Bier nach, »zweitausend Miese sind in unserer Situation ein Klacks.«
Es klang fast locker.
»Siehst du.« Sie lächelte ihm zu wie einem Kind, das eine Rechenaufgabe begriffen hat. »Jeder braucht einmal seinen kleinen Auslauf, und wir können es uns doch leisten. Und Dummheiten, das weißt du ja, kommen bei mir sowieso nicht in Frage.«
Es fiel ihm nicht ganz leicht zu nicken, weil er die Frage »Und ich?« unterdrücken mußte. Und ganz auf dem Posten war er auch nicht. Sonst wäre ihm die sanft durch ihr Lächeln schimmernde Sehnsucht aufgefallen.
Immerhin begriff er das Wesentliche, und das war das Unvermeidliche. Und mit ihm ging er zu Bett.

Nicht mit Sonja, die noch beschäftigt war mit der Arbeit, die so plötzliche und ungewöhnliche Entschlüsse mit sich bringen.

3

Der Nachmittag war erst angebrochen wie ein warmes französisches Weißbrot, an dem Kinder auf dem Heimweg von der Bäckerei herumknabbern, als die Air-France-Maschine pünktlich auf dem sonnenüberfluteten Flughafen von Nizza landete. Es war ein eher ereignisloser Flug gewesen, und eine leise Enttäuschung hatte Sonja die Tatsache bereitet, daß der bestaussehende Mann in der Maschine nur ein Steward war. Sie hatte ihn wegen seiner schmucken Uniform für den Kapitän gehalten, bis er ein Wägelchen durch den Gang schob und fragte, was man zu trinken wünsche. Sein Haar war voll, schwarz und leicht gelockt wie das des Mannes ihrer Träume, und in den Augen verbarg sich ein Schuß Kühnheit, von dem man spürte, daß er geweckt sein wollte.
Aber nicht durch mich, Monsieur, dachte sie. Man fängt nicht beim Personal an, wenn man sich Größeres vorgenommen hat.
Außerdem lag auf der Hand, daß ihn bei nötig werdenden Übernachtungen die Stewardessen nicht im Regen stehenlassen würden. Man hatte genug über die Gepflogenheiten von Crews gehört und gelesen. Insgeheim nannte sie ihn einen Luftkellner und hatte ihn schon vergessen, als sie am Schalter der Companie stand, die Mietwagen anbot.

Er sollte nicht zu protzig, aber auch nicht zu mickrig sein. Ein Cabrio wäre nicht übel gewesen, weil der Frühsommer schon fast zu Ende war und sie hineinfuhr in den richtigen Sommer.
Indes sagte ihr ihr gesundes schwäbisches Denken, daß man nicht gleich auf alles springt, was glitzert, und daß das Leben auch dann noch kein Film ist, wenn dir eineinhalb Millionen zugeflogen sind.
Sie nahm einen Renault mit sportlicher Note; der Mietpreis war bei Rückgabe des Wagens zu zahlen.
Dann fuhr sie die Küste entlang, und bei den Staus, die die Riviera zu Beginn der Urlaubszeit wie heftige Schluckaufs anfallen, roch sie keine Abgase, sondern ein prickelndes Parfüm von Freiheit, das sie trillern ließ wie die Vögel in der warmen Luft zwischen Meer und Seealpen.
Und aus dem Radio kam, per Stereo, als ob er Beifahrer wäre, die verrauchte, unverschämt sinnliche Stimme von Charles Aznavour. Hatte er nicht auch eine Villa in St. Tropez? Sie glaubte, davon gelesen zu haben.
Aber ihr Typ war er nicht. Interessant schon, doch viel zu klein und koboldhaft, und außerdem träumt man im Paradies der wahren Franzosen nicht von einem zum Franzosen gewordenen Armenier.
Sing ruhig weiter, Junge! Sonja Tischbein fährt dahin, wo das Land am schönsten ist und die Männer am interessantesten sind. Da wird sie hineinstoßen und alle Fesseln abstreifen.
Durch Cannes fuhr sie, und mit Gisbert an ihrer Seite hätte man jetzt wohl einen Kiosk suchen müssen, um die Bild-Zeitung zu erwischen.
Sie stieß ein helles Lachen aus, als sie das dachte, und konnte gerade noch ein paar Zentimeter hinter der

Stoßstange des Vordermanns bremsen. Ein feister Glatzkopf mit wütenden Froschaugen drehte sich herum zu ihr, aber sie lachte weiter, und es war leicht zu erraten, was der Dicke zu seiner nickenden und viel zu jungen Beifahrerin sagte.
Sie bemühte sich um Abstand in Straßen, die heillos verstopft waren, ohne ihren Freiheitsdrang bremsen zu können. Palmen, die ihr bei der zähflüssigen Fahrt freundlich zuwedelten, weil ein warmer Wind vom Meer herüberwehte, kamen ihr vor wie beruhigende Wegweiser zum Paradies, und sie drehte Aznavour den Hals ab für eine Nachrichtensendung. Das Wetter, sie verstand es sehr gut, würde schön bleiben an der Küste, die sie bei Napoule wieder erreichte.
Miramar huschte vorbei, und dann kamen St. Raphael und St. Maxime mit vielen Segelbooten in blaudunstiger Ferne. Auch ein weißes Passagierschiff sah sie am Horizont, der jetzt schon viel weiter entfernt war als St. Tropez. Postkarten, die ähnliches zeigen, nennt man kitschig. Aber was die großen grünen Augen sahen, war von der zauberhaften Schönheit, die die alten Meister malten.
So empfand es Sonja, und sie hatte nur noch Port Grimaud, dieses Retorten-Venedig, an dem ihr nichts lag, links liegenzulassen, um umschwirrt von den Motorrädern junger Leute und gebremst vom Lindwurm der Autos, hineinzurollen in das zum Prunkstück der Côte gewordene Fischerdorf.
Aber Träumen war verboten. Ein Gehupe zeigte es ihr an, als sie einbiegen wollte zum Hafen, wo hochrassige Yachten, wie sie sie bisher nur im Film gesehen hatte, direkt an der halbmondförmigen Mole ankerten. Es war kein Durchkommen zu ihnen, aber

auch nicht ganz leicht, sich durch Seitenstraßen zum höher gelegenen Hotel de Paris durchzuwinden. Schade daß es hier oben keinen Ausblick gab auf das faszinierende Herzstück des Ex-Dorfs, für das das Wort Städtchen allerdings eine Beleidigung gewesen wäre.
Sonja war am Ziel ihrer Träume, auch ohne Hafen und Meer zu sehen. Sie lagen ihr zu Füßen, niemand konnte sie ihr nehmen, und die Sonne würde ihr ständiger Begleiter sein beim Rendezvous mit dem Paradies.
Jetzt hatte sich ihr Bogen schon weit hinausgedehnt aufs Meer und machte einen riesigen silbernen Spiegel aus ihm. Immer noch flimmerte die Luft, aber eine Brise, die die Stunde des Apéritifs herbeiwehte, nahm ihr die Hitze. Es zog Sonja, kaum daß der Wagen abgestellt war und die Koffer von einem Pagen ins Hotel geschleppt waren, hinunter zum Hafen, wo die Maler am Pinseln und die feinen Leute am Flanieren waren. Das Zimmer? Sie würde es noch früh genug sehen, und wie ein Gefängnis wäre es ihr in diesem Augenblick vorgekommen.
Es war nicht weit zu Fuß, und es ging abwärts. Leichtfüßig lief sie hinunter und überholte Leute, die langsam dahinschlenderten.
Der Hafen von St. Tropez. Weiße und gelbe Fassaden schmalbrüstiger Häuser, die geschlossene Fensterläden wie Schilde gegen das Sonnenbad stemmten. Das riesige Hufeisen der Mole, die das Meer sanft wippend umgürtete. Und die Yachten! Sie ankerten so dicht an der dicken Steinmauer, daß man über die ausgefahrenen Treppen einsteigen konnte in offene Hecks, wahre Luxusnester, von denen jedes das andere zu überbieten versuchte.

Hier wurde der Apéritif nicht genommen, sondern zelebriert. Serviert wurde er von Dienern, die livriert wie Kapitäne waren, für Herren, die sich dezent elegant gaben oder mit weit offenem Hemd und Goldkettchen Playboys mimten. Und bei den Damen ging's von der großen Toilette bis zu weißen Minishorts und T-Shirts mit Teer-Flecken, die nicht störten, sondern wie sportive Tupfer aussahen.
Die Crème de la crème. Dazu brauchte Sonja keine Brille. Es war die große Bühne von St. Trop, die Zuschauer brauchte, und Sonja erwischte in knapp dreißig Metern Entfernung einen Orchestersessel. Ein Stühlchen freilich war's nur am gerade freigewordenen Tischlein eines Straßencafés. Träumen wollte sie vom geheimnisvollen Interieur einer solchen Yacht, in dem Dinge passieren mußten, die sich nur kühnste Phantasie ausmalen konnte.
Aber sie wurde gestört von einer holländischen Großfamilie, die sie umrahmte. Laute sommersprossige Gören neben einer dicken Mami, die Oberarme wie Schenkel und einen heftigen Sonnenbrand drauf hatte, und dazu ein dünnes Männlein, das sie mit ihrem Busen leicht hätte ersticken können.
Es war ihre Sprache, die Sonja störte. In dieser Umgebung kam sie ihr vor wie ein Pickel auf der Nase des Franzosen ihrer Träume. Oder wie ein Edamerkäse, der sich in unwiderstehliches Parfüm hineinschleicht. Verdammte europäische Gemeinschaft! Gab es für solche Leute keinen anderen Platz als St. Tropez?
Aber sie fing sich. Dachte, daß sie ja gerade erst angekommen war und andere Tische finden würde. Wenn du so viele Tage vor dir hast, brauchst du das Wunder nicht am ersten.

Und dann mußte sie lächeln, weil sie an den Bodensee dachte. Mit Gisbert hatte sie da einmal Urlaub gemacht, als Michael noch gar nicht auf der Welt gewesen war, und die Schifflein hatten wie kümmerliche Nußschalen ausgesehen im Vergleich zu den Yachten, die hier ankerten.
Und trotzdem hatten sie ihr imponiert, und der Bodensee war ihr groß wie das Meer vorgekommen.
Aber Gisbert, der es mit den Zahlen hielt, hatte ihr gleich die enormen Kosten eines Ankerplatzes vorgerechnet. Er war ein Meister in der Kunst, Illusionen zu vernichten.
Jetzt aber konnte sie den Augenblick küssen und umarmen. Sie umschlang den Hafen und alles, was sich in ihm und um ihn bewegte, mit einer Begeisterung, die ihr Stühlchen am runden Tischchen wippen ließ. Und der Pernod, den sie kühn bestellt hatte, weil ihr nichts Passenderes eingefallen war, inspirierte den Kopf, ohne ihm zu schaden, weil sie das hohe Glas mit solchen Mengen Wasser füllte, daß alles wie Magermilch aussah. Es tat gut, den Durst mit Anisgeschmack zu löschen.
Und es störte sie nicht einmal, daß einer der kleinen Holländer etwas von ähnlicher Farbe aus seiner Nase zog und es nach sorgfältiger Betrachtung auffraß.
Ihr Rendezvous mit einem Platz, der Piccadilly und Times Square zu schäbigen Dorfmarktplätzen machte, war von so prickelnder Intensität, daß sie den zweiten Pernod schlürfte, als ob sie auf dem Heck einer dieser Yachten säße, dem Vorzimmer zu einer paradiesischen Welt, die die Erde nicht zu bieten vermag.
Wechseln der Elemente. Das war die Zauberformel, die diese Leute verzauberte. Ganz ohne Zweifel.

Der Zeiger der Uhr ging auf sieben, und die Holländer gingen weg und sagten au revoir. Es tat ihr gut, daß sie sie für eine Französin gehalten hatten. Gelungene Verwandlung ist allemal ein erfülltes Träumchen, auch wenn hier mangelndes Sprachgefühl im Spiel war.
Das Geschiebe vor den Kaimauern, wo die Maler, umringt von Menschentrauben, an Ölbildern herumpinselten, die eigentlich schon fertig waren und sofort gekauft werden konnten, wurde bunter und jugendlicher. Helles Lachen von Mädchen drang herüber, die kaum mehr Stoff trugen, als man für eine Krawatte braucht, und unnachahmlich empfand sie die Nonchalance, mit der ihre Begleiter verwegene Shorts mit kurzen Hemden fast zudeckten.
Ein Hauch von Sex lag in der Luft, die nicht mehr flimmerte.
Dazwischen bahnten sich offene Cabrios mit gewolltem Schneckentempo ihren Weg, gelenkt teils von Herrensöhnchen, hier fils à papa genannt und erkennbar an goldenen Kettchen auf brauner Brust. Aber sie sah auch gesetztere Herren mit Damen, die nicht aussahen wie ihre Gattinnen, und mit einem Schuß von Genugtuung fand sie, daß sie keine schlechte Figur neben ihnen abgeben würde.
Sonja war durchaus zufrieden mit dieser Tour d'Horizon. Aber noch war der Augenblick, die Bühne zu betreten, nicht gekommen.
Eine Müdigkeit, die eher sanft als bleiern war, hatten die beiden Longdrinks erzeugt. Sie winkte der Bedienung. Eigentlich war sie froh darüber, daß der Franzose ihrer Träume nicht einfach am Tisch erschienen war, um sie mit galantem Lächeln zu entführen.

Es wäre kitschig gewesen. Das Abenteuer erforderte Anpassung und Anlauf.

Im Hotel wurde es ihr noch klarer. Hätte sie's eine Klasse tiefer nehmen und auf die Vollpension verzichten sollen? Auf jeden Fall bedeutete das Einzeltischchen, daß man für sie reserviert hatte, zunächst einmal Isolation. Die Franzosen betrachten ihre Tische als Oasen, und das mag ja gut sein, wenn die zusammensitzen, die es auch wollen.
Drunten am Hafen hatte alles viel verheißungsvoller ausgesehen.
Und nicht so ältlich. Die Anzahl der Sterne, die ein Hotelschild zieren, erhöht das Alter der Gäste. Oh, es war nicht gerade wie damals an Weihnachten, als sie sich in einem besseren Schwarzwald-Hotel wie im Altenheim fühlte bei dem Versuch, mit Gisbert einmal vornehm zu feiern. Viel Geld und noch mehr Langeweile waren durch den Schornstein gezogen.
Jetzt fehlte Gisbert, aber Geld war da. Bloß stimmte die Mischung nicht. Was da um sie herumsaß, war entweder zu alt oder zu jung; keine Leute, die aussahen, als ob sie Entschlüsse fassen könnten.
Das war der erste Blick. Beim zweiten entdeckte sie einen Herrn und eine Dame gehobenen mittleren Alters, die auch an Einzeltischen saßen.
Der Mann genau in der entgegengesetzten Ecke des großen Speisesaals. Zu weit für ein klares Testbild, aber sie widerstand der Versuchung, die Brille aufzusetzen. Später kam noch einer, der allein in ihrer Nähe Platz nahm und sie mit unverschämten Glupschaugen musterte, während er unter einem stattlichen Bauch die Serviette glattstrich. Er war abgehakt, ehe sein Hors d'œuvre kam.

Immerhin paßte ihr Appetit zum vorzüglichen Menü, das sie mit einer halben Flasche Chablis begoß.
Nach den beiden Pernods vom Hafen spürte sie ihn in die Beine gehen, ohne mehr dabei zu empfinden als angenehme Bettschwere.
Und auch ein bißchen Philosophie gesellte sich dazu. War es vielleicht so übel, an einem eigenen Tisch Einsamkeit darstellen zu können? Besser jedenfalls, als bei Leuten sitzen zu müssen, die unausstehlich waren und einem darüber hinaus noch Ketten anlegten. Diese Ketten der falschen Freundlichkeit.
Die hätten ihr gerade noch gefehlt, nachdem die von Gisbert abgestreift waren.
Das Bett war ein bißchen zu weich und von frivoler Breite, was sie indes weniger störte als Leintuch und Wolldecke, die um mindestens einen Meter unter die Matratze geschlagen waren und so fest saßen, als ob sie mit Zeltheringen verzurrt seien.
Sie schimpfte darüber, daß diese Südländer in wahren Tüten schlafen, und riß das Zeug heraus, um den eingesperrten Füßen Luft zu verschaffen. Noch hockte dumpfe Hitze im Zimmer.
Sie schlief so schnell ein wie Gisbert, als er im Büro seinen Lottogewinn gefeiert hatte.

4

Am nächsten Morgen streifte Sonja am Strand von Pampelonne alles ab bis auf den Minislip, den Gisbert gar nicht zu sehen bekommen hatte. Der Reiseführer empfahl Pampelonne als den mondänsten und interessantesten der Strände von St. Trop.
Nun kann man allerdings mit dem Wort ›interessant‹ anfangen, was man will. Es geistert unausrottbar durch alle Reiseführer, ist abgegriffen wie ein Stück Seife, mit dem sich eine Hundertschaft gewaschen hat, und umfaßt die ganze Skala, die es zwischen Erhabenheit und Frivolität gibt.
Hier aber strahlte es ohne Zweifel prickelnde Pikanterie aus, und Sonja wurde nicht enttäuscht.
Es begann mit dem jungen Mann, der sie begrüßte. Höflich, devot fast, und sofort erkannte sie, daß er nicht anzüglich, sondern dienlich sein wollte. Unzweifelhaft war er zuständig für den Komfort der Gäste dieses Strandteils, und sie versuchte, sich so zu geben, als ob ihr nichts neu wäre.
Dabei mußte er an ihrem schneeweißen Busen sofort erkennen, wie brandneu sie war.
Er schleppte nicht nur eine Schaumgummimatte an, sondern auch einen Sonnenschirm, ehe er einen Windschutz brachte, den er mittels zweier Pfosten in den Sand rammte. So wurde sie durch ein Segeltuch

vor der Brise des Morgens geschützt. Einen hübschen gläsernen Aschenbecher brachte er auch noch, alles zusammen für 45 Francs. Sie entnahm ihrer Badetasche 50 und legte sich auf den Bauch, um ihm nicht aus so direkter Nähe die volle Fassade zu bieten.
So gesichert, riskierte sie es, ihn richtig anzuschauen. Gut sah er aus, und es lag ja auch auf der Hand, daß an einem Strand wie Pampelonne der Service weder von rachitischen X-Beinern noch von bärbeißigen Bullen ausgeübt werden konnte. Unter der muskulösen breiten Brust kam das Gegenteil eines Bauchansatzes, dem abnehmenden Mond nicht unähnlich, eine leichte Wölbung nach innen, und aus der winzigen, eng sitzenden Badehose prallten wohlproportionierte Schenkel.
Es war, als ob da ein Bildhauer am Werk gewesen wäre und nicht ein Stelzenmacher wie bei Gisbert.
Ein lustiges, offenes Gesicht kam dazu, das schwarze Haar war natürlich gelockt, und auch der federnde Schritt stimmte. Vielleicht war er im Winter Skilehrer in Chamonix.
Viel Arbeit gab's nicht für ihn, denn der Tag war noch jung, und es gehörte wohl zum guten Ton von Pampelonne, den Vormittag nicht auszubeuten, wie es die Deutschen tun, wenn die Sonne erst anhebt zu ihrem großen Bogen.
Tatsächlich hörte sie deutsche Laute aus zehn Metern Entfernung, und es lagen nur ein halbes Dutzend Paare auf dem weißen Sand verstreut, den sie, auf dem Bauch liegend, durch die Finger rieseln ließ.
Wenn der Adonis freilich seinen ganzen Matratzenstapel ausbreiten würde, mußte es eng werden. Abzudecken hatte er eine Art von Claim, der zum klei-

nen weißen Restaurant im Hintergrund gehörte. Auf einer strohüberdeckten Terrasse wurden Tische gedeckt, weil die Leute an einem vornehmen Strand nicht aus dem Plastikbeutel essen. Und wo die Wellen mit weißen, zusammensackenden Krönchen den Strand leckten, machte ein Mann Jogging mit seinem Hund.
Sie sah es, als sie sich auf den Rücken legte. Die Bauchlage war ein verschämter kleiner Trick vor dem perfekten Bademeister gewesen. Es ist ein nicht sehr freies Gefühl, dem Busen plötzlich alle Freiheit zu geben.
Sie registrierte es mit Genugtuung, als sie die rheinische Brunhilde von nebenan ins Meer hüpfen sah. Die trug schwerer und tiefer. Immerhin war alles braun wie beim Bademeister, und es empfahl sich, die weißen Brüste Sonne und Luft auszusetzen. Schön eingeölt freilich, zumal der erste Tag seine Tücken hat und kein Wölkchen den azurblauen Himmel trübte.
Mit halb geschlossenen Augen sah sie, wie sich der Strand in der nachlassenden Morgenbrise füllte und der Bademeister behenden Schrittes seinen Schaumgummiberg abbaute. Hier durfte sich keiner, der Geld sparen wollte, einfach in den Sand legen, und man sah den Leuten auch an, daß sie nicht zur Sippe der Schnorrer gehörten. Eher zu der, die mit Yachten durchs Meer pflügt, und das helle, unbeschwerte Lachen von langbeinigen Mädchen mit festem kleinem Busen stahl ihr nicht das Gefühl des sich nahenden Abenteuers. Ein kleiner Halbschlaf gaukelte ihr die schwarzen Augen des Bademeisters ganz nahe den ihren vor, und der fächelnde Wind schien sich in zärtliche Hände zu verwandeln.

Ein ganz neues Geräusch weckte sie, und er stand tatsächlich da, mit geübten Griffen einen Sonnenschirm direkt neben ihr in den Sand rammend. Die Schaumgummimatte lag schon da, kaum mehr als einen Meter entfernt, und ein Herr mit geblümter und nicht eng sitzender Badehose, die dem Embonpoint zuträglicher als der Slip ist, war dabei, geräuschvoll Platz auf ihr zu nehmen.
Aber Sonja zog es vor, ihn nicht zu beachten, sondern ihm den Rücken zuzukehren, eine ebenso praktische wie wirksame Abwehrmethode, die Busenschutz und Mißachtung in einem war.
Dann holte sie die Zigaretten heraus und den Aschenbecher heran. Und sie überlegte sich, warum er so nahe neben ihr lag. Zwar hatte sich der Strand gut gefüllt, aber etwas Abstand wäre durchaus möglich gewesen.
Hatte das Abenteuer begonnen?
Sie war nicht so abgeneigt, wie es ihre Haltung anzeigte, aber sie hatte den Mann kaum gesehen. Abwarten also. Ihr Kopf lag im Wind, der den Rauch ihrer Zigarette hinübertrieb zu dem Mann, der sich auf seiner Matratze einrichtete.
Als er fertig war, hörte sie das Klicken seines Feuerzeugs. Es war wie eine erste Anrede: Was du kannst, kann ich auch.
Sie wartete und paffte, und der Wind trieb ihr den Rauch in die Augen und rötete sie.
Und dann mußte sie lächeln, weil so wenig Sand zwischen den beiden Matratzen lag, daß sie beinahe ein Doppelbett gewesen wären.
Die Eröffnung kam blitzartig. Um keine drei Züge hatte er seine Zigarette verkürzt, als er »Pardon, Madame« sagte.

Sie rührte sich nicht. Erst, als er es wiederholte, machte sie eine halbe Drehung, bei der sie der schaukelnde Busen ärgerte. Es war schon was, einem fremden Mann die unverhüllte Breitseite zu bieten.
»Je vous ai reconnu.«
Er sagte es mit Augen, die ermunternd lachten, während der Mund schmal blieb, weil die Lippen auf die wippende Gauloise drückten.
Es bedeutete »Ich habe Sie wiedererkannt«, und sie verstand es. Und war so perplex, daß sie die Drehung voll machte.
»Comment? Pourquoi?«
Ihr Französisch genügte durchaus für eine nicht allzu komplizierte Unterhaltung, ohne freilich den Akzent verbergen zu können.
»Sie sind Deutsche, n'est ce pas?«
Das Gespräch nahm Konturen an. Aber so war sie noch nie einem fremden Mann begegnet.
»Woher wissen Sie?«
Sie meinte, er hätte zumindest jetzt die Zigarette aus dem Mund nehmen können, aber er ließ sie wippen, und es kam ihr wie ein gallisches Kikeriki vor.
»Ich habe nachgefragt an der Reception des Hotels. Ob Sie mich bemerkt haben, weiß ich nicht, aber ich bin der Mann, der in der anderen Ecke dieses blödsinnig großen Speisesaals sitzt.«
Sie erinnerte sich. Sie hatte seinetwegen nicht die Brille aufsetzen wollen. Aber zu wissen brauchte er das nicht. Sie bot ihm schon genug Blößen.
»Ich habe Sie nicht bemerkt.«
»Das«, sagte er und nahm endlich die Zigarette aus dem Mund, »bedeutet gegenüber unserem jetzigen Tête-à-tête überhaupt nichts. Ich habe Sie gefunden, und Sie dürfen mir glauben, daß es rein zufällig war.«

Was sagt man darauf? Am besten nichts, dachte sie und zündete sich eine neue Zigarette an. Das gestattete ihr überdies, sich auf den Bauch zu legen. Es gab ihr eine Selbstsicherheit zurück, die gewackelt hatte.
Nun war er am Zug, und er kombinierte ihn mit frappierender Hemmungslosigkeit damit, daß er, mit Armen und Beinen rudernd, seine Schaumgummimatte auf fünfzig Zentimeter an die ihre heranbrachte.
Es störte sie nicht. Daß er nicht unbedingt der Franzose ihrer Träume war und sein Haar eher mit dem fahlgelben Kopfschmuck Gisberts als mit dem des Bademeisters zu vergleichen war – je nun.
Schließlich zählte auch der Geist, und es war anzunehmen, daß er mehr davon anzubieten hatte als der Jüngling mit den eindrucksvollen Proportionen, der Schaumgummimatten verteilte. Und womöglich mehr als Gisbert.
Die Frau von vierzig ist doch kein Hühnchen, das brav stillhält bei jedem Gockel. Sie ist aus Erfahrung kritisch und aus Vernunft anpassungsfähig.
Das machte es dem Monsieur leichter, der vielleicht gerade über die Fünfzigerschwelle gehüpft sein mochte, aber, auf dem Bauch liegend, durchaus den mittleren Vierziger brachte, der mit der gleichen Sportlichkeit am Meer entlangrennt, mit der er in es hineintaucht.
Sonja fand, ohne von der Matte gerissen zu werden, daß die erste Begegnung so übel nicht war. Aber sie war auch eine Eva, die Zufälligkeiten nicht hinnimmt wie ein Dummerchen.
»Sind Sie mir nachgefahren?«
Er grinste und drückte seine Kippe in ihrem Aschenbecher aus. »Sagen wir mal so: Wenn eine schöne

Frau allein an einem Tisch sitzt, fällt sie auf. Man überlegt, was sie am nächsten Tag vorhaben könnte, und setzt sich frühzeitig in die Hotelhalle. Ganz einfach, oder?«
»Dann sind Sie mir also doch nachgefahren!«
»War doch gar nicht nötig! Ich sah Sie mit dem Portier sprechen. Er erklärte Ihnen einen Weg, und ich brauchte ihn später nur noch zu fragen, welcher es war. Keine Kunst, nicht war? So wenig, wie jemanden am Strand von Pampelonne zu finden.«
»Ganz schön raffiniert sind Sie!«
»Aber auch ehrlich. Ich gebe sogar zu, dem Matratzen-Boy ein kleines Trinkgeld für dieses Plätzchen gegeben zu haben.«
»Hm.« Ihr Versuch, ein Lächeln zu unterdrücken, mißlang, und damit war jeder Rückzug abgeschnitten, wenn sie überhaupt einen im Sinn gehabt hätte.
Er hieß Lucien Espinasse, und es klang in ihren Ohren wie Spinat, auch wenn man es nicht so leicht übersetzen konnte wie das lächerliche Tischbein, an dem Gisbert schuld war. Wer hieß schon Piedetable.
Sie beließen es bei Lucien und Sonja, und gegen ein Uhr lud er sie zum Mittagessen unter der strohgedeckten Terrasse ein. Sie war gut besetzt, und es gefiel ihr, daß die Kundschaft eher reif als jugendlich war. Und das T-Shirt, das sie überstreifte, gab ihr Sicherheit. Man sitzt nicht mit freiem Busen vor einem Teller und einem fremden Mann.
Es liefen Stattlichere am Strand herum, aber er hatte ein ansteckendes Lachen und Manieren, denen deutsche Männer vergeblich nachlaufen und die ihr imponierten.
Und keinen Taschenrechner im Hirn wie Gisbert.
Nach dem Apéritif bestellte er das große Menü mit

der natürlichen Großzügigkeit des Weltmanns und dazu, lässige Kennerschaft ausstrahlend, den passenden Wein.
Und er hatte Charme und Taktgefühl. Sprach langsam, damit sie ihm folgen konnte, lobte Fisch und Fleisch mit dem Überschwang des Genießers und verzichtete auch später, zwischen Birne und Käse, auf plumpe Vertraulichkeit, obwohl er dem Wein kräftiger zugesprochen hatte als Sonja.
Dabei hätte ein Vorstoß aufs ›Du‹, wie sie fand, durchaus dem Rahmen entsprochen.
Manieren hat man, oder man hat sie nicht. Später, als sie in der schmeichelnden Wärme des Meers schwamm – er blieb bei den Sachen, weil auch an vornehmen Stränden geklaut wird – , beglückwünschte sie sich zu dieser Bekanntschaft mit dem Gefühl, die ersten Seiten eines Buches gelesen zu haben, das Spannung versprach.
Als sie dann wieder beinahe nackt neben ihm lag und seine Matte die ihre fast berührte, als ob's der Wind getan hätte, kam ihr seine Sprache wie Poesie vor. Sie merkte nicht, daß er sie ausfragte, aber er merkte auch nicht alles.
Nicht daß sie Mann und Sohn verschwiegen hätte. Auch sollte er ruhig wissen, daß sie gutsituiert war und sich gelegentlich einen Solo-Urlaub leistete. Einfach so, zum Abschalten. Daß es der erste war, ging ihn nichts an, und auf alle Fälle klang es modern und nach solidem Background, der ja auch vorhanden war.
Daß er vom Lotto kam, ging ihn auch nichts an.
Lucien freilich sprach mehr von seiner Bewunderung für Sonja als von seinem Leben. Er erwähnte seine Familie, ohne Details zu nennen, und auch eine

angenehme, wirklich höchst angenehme geschäftliche Position, die es ihm erlaubte, ein paar Tage in St. Trop zu bleiben, weil er in der Gegend zu tun hatte.
Ins Detail ging er auch hier nicht, abgesehen von der leider präzisen Tatsache, daß er übermorgen schon abreisen müsse.
»Sie wissen ja, der Beruf frißt einen auf, wenn man nicht aufpaßt. Und wenn ich heute morgen nicht aufgepaßt hätte wie ein Gendarm, lägen wir nicht hier, stimmt's?«
Sonja nickte. »Eigentlich schade, daß man immer auf etwas Rücksicht nehmen muß.«
Daß es wie die Kapitulation einer sturmreifen Festung klang, fiel ihr gar nicht auf. Die plötzliche Unabhängigkeit von Gisbert hatte es ihr in den Mund gelegt. Luciens Lächeln drang nicht nach außen. Innerlich war's, und er blieb bei seinem auf die Deutschen so chevaleresk wirkenden gallischen Charme.
»Es wäre herrlich«, seufzte er, »wenn ich bleiben könnte, nachdem ich mich drei Tage schrecklich in diesem Snobismus von St. Trop gelangweilt habe. Alles oberflächlich, hohl und angeberisch, sage ich Ihnen. Sie sind, ob Sie's glauben oder nicht, der erste Mensch mit Natürlichkeit, der mir begegnet ist.«
Es ist wirklich Poesie in seiner Sprache, dachte Sonja und spürte ein Kribbeln im Rücken.
»Wie wär's mit einem Abendessen außerhalb dieses steifen Salons? Die können uns ja nicht anbinden, oder? Ich kenne da ein prächtiges Restaurant mit einer direkt aufs Meer hinausreichenden Terrasse.«
Er sagte es wie ein Ölscheich, den üblicher Luxus langweilt.
Und Sonja schnappte nach dem Köder wie eine hoch aus dem Wasser springende Forelle.

»D' accord. Ich bin frei heute abend.« Diese zeitliche Begrenzung war ein schüchterner Versuch anzudeuten, daß sie nicht gelauert hatte auf ihn.
Registriert wurde er nicht, und das Abendessen – zuerst vom rötlichen Licht der Sonne beleuchtet, die als purpurner Ball im Meer zu versinken schien, und dann von flackerndem Kerzenlicht – ward zum Ereignis, das alle ihre Erlebnisse versinken ließ.
Zumal Champagner dazu kam. Erst nach dem Dessert, wie es der Mann von Welt beim gediegenen Tête-à-tête anordnet. Und im gnädigen milden Licht der Kerzen verwandelte sich der charmante Plauderer Lucien in den Mann ihrer Träume.
Das ›Du‹ freilich kam erst ganz am Schluß, nachdem er die Rechnung bezahlt hatte: »On couche chez toi ou chez moi?«
Sie hatte Schwierigkeiten wegen der Plötzlichkeit und wegen des Champagners. Das ›Du‹, kombiniert mit der Frage, ob man in ihrem oder in seinem Bett schlafen solle, kam wie der Schlag einer Keule. Aber es gibt Keulen, die so sorgfältig mit weicher Watte umwickelt sind, daß sie dich nicht umhauen.
»Bei mir«, sagte sie.

5

Telepathie ist eine Sache, an die man glauben kann oder nicht. Gisbert Tischbein, mehr den realen als den metaphysischen Dingen des Lebens zugeneigt, hielt wenig davon.
Und doch war da etwas, als dieser Abend in die Nacht überging. Undefinierbar hing es im Wohnzimmer, wo es nach kaltem Rauch und schalem Bier roch und auch sonst Unordnung einkehrte. Aber es waren nur äußerliche Zeichen von Sonjas Fehlen. Seltsam genug war es, daß sie nicht angerufen hatte. Gut, es hätte nicht am ersten Tag sein müssen, aber allmählich wurde es Zeit für eine Frau, die geradezu überstürzt abhaut und nirgendwo anders als in St. Tropez telegrafisch zwanzig Riesen erwartet.
Gisbert fing an, mehr als kalten Rauch zu riechen, und ging vom Bier zum Whisky über. Und damit ins Stadium der geistigen Stimulierung. Das Telefon, dachte er, ist kein Privileg des Weibes, das zu spinnen anfängt, wenn der Mann einen Coup landet.
Und was für einen! Vor dem teuersten Champagner könnte er jetzt sitzen und verwegene Pläne schmieden.
Und ganz dumpf trug der in der Magengrube brennende Whisky die Idee nach oben, daß Sonja Praxis machte aus dieser Theorie.

Telepathie mag unerforschlich sein, aber sie bewies ihre Existenz durch Gisberts Handeln.
Es kam mit Verzögerung, weil er noch einige Whiskys brauchte, aber es kam.
Gegen Mitternacht verlangte er bei der Fernauskunft die Nummer vom Hotel de Paris in St. Tropez. Es ging ganz schnell, und ehe der Zeigefinger in die Nummern der Wählscheibe griff, sagte Gisbert mit schwer gewordener Stimme, daß eine anständige Urlauberin zu dieser Zeit, wenn auch schlafend, anzutreffen sein müsse.
Sie war es auch. Allerdings nicht schlafend, sondern hellwach eher, weil das Hors d'œvre d'amour von Lucien von bemerkenswerter Phantasie war und man sich dem Hauptgang näherte.
Sofort war Gisbert, wenn auch auf ganz andere Weise als Sonja, hellwach. Erstens war sie zu rasch am Apparat, und zweitens sprach sie, nach einem seltsamen Zögern, selbst für ihre Verhältnisse zu schnell.
Das Zögern, sagte er sich mit einem dieser Geistesblitze, die Alkoholdunst zu entfachen vermag, ist die Überraschung. Und jetzt sprudelt sie los, weil sie nicht nur ein schlechtes Gewissen, sondern einen Kerl im Bett hat.
In flagranti. Nach zwanzig Jahren hat man ein Gefühl für Reaktionen.
Er freilich bemühte sich, keine zu zeigen. Versuchte den Harmlosen zu spielen, ohne indes den Zungenschlag überspielen zu können.
Das gab ihr sowohl Oberwasser als auch ein Gefühl von Anstand, was Lucien, dank der Sprachbarriere, nicht begreifen konnte. Sie nahm seine Hand von der einzigen Stelle, die er am Strand nicht hatte besichtigen dürfen.

»Du hast getrunken«, stellte Sonja fest, »und es ist nach Mitternacht!«
Er bejahte beides und fragte, warum sie dann nicht schlafe, und sie merkte, daß die Sache nicht mit einer Schimpftirade abzumachen war. Mit dem linken Zeigefinger, den sie quer über den Mund schob, bedeutete sie Lucien, daß er sich nicht mucken dürfe.
Nicht auszudenken, wenn er nießen oder husten mußte.
Er nahm brav Platz wie ein Hund, der nicht nur gehorcht, sondern auch begreift. Zwar verstand er kein Sterbenswort, aber großer Phantasie bedurfte es nicht zu erahnen, wer ihr Gesprächspartner war. Andererseits kein Grund zur Panik. Kein Sprung in den Kleiderschrank. Der Mann, das wußte er, war weit weg.
Als sie nach fünf Minuten auflegte, war ihr Lächeln mi-figue, mi-raisin, halb Feige, halb Traube, womit die Franzosen das meinen, was die Deutschen unter ›weder Fisch noch Fleisch‹ verstehen. Sie war weder richtig erleichtert noch richtig verängstigt.
Gisbert schien einigermaßen beruhigt. Aber Unsicherheit schlich sich in ihre Gedanken wie der durchs Halbdunkel ziehende Rauch der Zigarette, die Lucien sich angezündet hatte.
Aber er machte nur ein paar Züge. Die Beseitigung einer solchen Störung erfordert Fingerspitzengefühl, Eifer und Zeit, und er schaffte diesen Dreiklang, der Sonjas Sorgen aus dem Zimmer wehte.

Es war genau der Augenblick, in dem Gisbert Tischbein noch den Whisky draufsetzte, der zuviel war. Schwankend nur erreichte er das Bett, das noch vom Morgen aufgedeckt war, und der glasige Blick, den

er auf Sonjas ordentlich ausgebreitete Steppdecke warf, war nicht friedfertig. Der Verdacht, daß die, die hier hätte liegen müssen, mit einem anderen unter einer Decke steckte, war nicht verscheucht, auch wenn sie nach anfänglichem Stottern sicherer geworden war.
Aber es paßte gar nicht ins Bild, daß sie seinen Zungenschlag so willig überhört hatte. Folglich hatte sie nicht gekonnt, wie sie wollte. Langjährige Erfahrung wird auch im Rausch nicht trübe.
Und als er aufwachte, stand der Verdacht hell wie die Sonne im Zimmer, obwohl der Kopf schmerzte und nur schwerfällig registrierte, daß sie zu hoch stand.
Er hatte vergessen, den Wecker zu stellen.
Neun Uhr schon. Seit einer Stunde hätte er am Schreibtisch sitzen müssen.
Vielleicht hatten sie sogar angerufen.
Es empfahl sich, das selbst zu machen und dann einfach im Bett zu bleiben mit diesem Kopf. Schließlich gehörte er nicht zu den Drückebergern, und man mußte ihm ein plötzliches Unwohlsein abnehmen. Die Sekretärin genügte für die Bagatelle, die er mit leicht ächzender Stimme als Darmgrippe beschrieb. Aber sie hätte ruhig auf die Frage verzichten können, wer ihn versorge.
Dummerweise hatte er im Büro von Sonjas Reise erzählt.
Vielleicht wäre diese flachbusige Person gern gekommen, um ihm einen Griesbrei oder einen Haferschleim zu machen, aber er brauchte weder Brei noch Schleim. Dafür war er auf eine Weise, die ihn in hohem Maße verstimmte, an Sonjas stattlichen Busen erinnert worden. Unbefugte Hände waren dran gewesen. Das wurde ihm zur Gewißheit, die die

Eifersucht durchs Zimmer schleichen ließ wie eine Hexe mit grünen Zähnen.
Und wenn er ihr aus Rache kein Geld schickte?
Er löste Alka-Selzer im Zahnputzglas auf, trank es in einem Zug leer und legte sich wieder hin, um die Idee durchzuspielen.
Glänzend war sie nicht, weil die Medaille zwar hübsch aussah, aber eine Kehrseite hatte. Erstens fehlte ihm der Beweis, und zweitens lag die Vermutung nahe, daß der Bursche Geld hatte und Sonja aushalten konnte. St. Tropez war nicht der Platz für filzige Inklusiv-Touristen.
Aber wie wär's mit einer anderen Rache? Einer eigenen Reise beispielsweise, die er sich durchaus leisten und die sie ihm, angesichts der Lage, nicht verbieten konnte?
Als die Tabletten seinen Kopf freier gemacht hatten, wurden Gisberts Augen hell. Das Kolumbusei hatte er gefunden, und er wollte sich gerade über seinen genialen Einfall freuen, als das Telefon schrillte.
Der Alte sicher. War wohl neugierig, was einem fehlte, dem nie was fehlte.
Aber es war *die* Alte.
Und fast freundlich. Kein Vorwurf wegen seines späten Anrufs, sondern eher besorgt.
»Ich habe in der Firma angerufen. Sie sagen, du seist krank.«
»Nun ja, nicht so schlimm. Ein bißchen Bauchweh und Durchfall. Ich muß irgend etwas Schlechtes gegessen haben.«
Seltsamerweise verkniff sie sich jede Anspielung auf Alkohol. »In der Hausapotheke ist Kohle. Eine blaue Tüte.«
»Ich habe schon zwei Löffel genommen«, log er.

»Morgen ist alles wieder okay.«
»Paß gut auf dich auf. Eigentlich wollte ich dir sagen, daß ich etwas konfus war, heute nacht. Hast mich aus dem ersten Schlaf hochgeschreckt, verstehst du?«
»Schon gut«, sagte er und bemühte sich, es belanglos und desinteressiert klingen zu lassen. »Wollte nur wissen, ob du auch angekommen bist.«
Es war genau die richtige Mischung, um sie in der Ungewißheit zu lassen, aus der heraus sie wohl angerufen hatte.
Dann diktierte sie ihm eine längere Pause, weil sie von Sonne, Strand und Hotel sprach und auch davon, daß sie schon einen Erholungseffekt spüre. Und daß ihr Französisch besser sei, als sie geglaubt hatte. Und noch mehr Belangloses, bis die Kardinalsfrage kam: »Das Geld schickst du doch telegrafisch? Ist es noch nicht da?«
»Nein«, sagte er, »aber es muß jeden Tag kommen. Natürlich mache ich sofort die Überweisung. Zwanzigtausend waren's doch, oder?«
Er tat, als ob er's nicht mehr wüßte.
»Klar. Wahrscheinlich brauche ich nicht so viel, aber eine Reserve ist gut, nicht wahr?«
Logo, daß du nichts brauchst, wenn du einen Kerl mit Pulver gefunden hast, dachte er. Laut aber sagte er: »Morgen oder übermorgen geht's raus. Paß aber drauf auf, und auf dich auch.«
Sie überhörte die Anspielung und beendete die Unterhaltung mit den besten Wünschen für seine Gesundheit.
Natürlich, sagte sich Gisbert, habe ich recht. Sie hat wegen ihres schlechten Gewissens angerufen. Konnte ja nicht wissen, daß ich krank bin. Und in diesem

Moment war er tatsächlich der Überzeugung, krank zu sein. Man stellt seinen Zustand auf die Umstände ein, und die waren zum Kotzen.

Er stand auf, um den schon fortgeschrittenen Tag zu beginnen, und es mißfiel ihm, daß ihm der Spiegel beim Rasieren das weiße Gesicht und die geröteten Augen eines Stallhasen entgegenwarf. Madame hatte vermutlich schon Farbe, doch gnädigerweise ließ ihn seine Unkenntnis der Sitten von St. Tropez nicht ahnen, daß sie sich auch auf den Busen erstreckte.

Beim Frühstück, das er der Einfachheit halber auf heiße Milch und Zwieback beschränkte, überflog er die Zeitung mit dem Interesse eines Mannes, dem Raketen, Europäische Gemeinschaft und Kreml-Astrologie so wichtig sind wie dem Politiker seine Wahlversprechen.

Um ihn ging es. Hörner spürte er auf seiner Stirn wachsen, und er war nicht gewillt, das hinzunehmen wie ein lieber Augustin. Wer aus eigener Kraft anderthalb Millionen hereinholt, läßt sich, verdammt noch mal, nicht zum Hahnrei machen! Vielmehr reagiert er wie ... wie ein richtiger Monsieur. Er hielt eigentlich gar nicht viel von den Franzosen, aber es kam ihm einfach so über die Lippen, weil er an Sonjas Französisch-Spleen dachte.

Vielleicht täuschst du dich, Kätzchen, wenn du glaubst, es gäbe nur da richtige Männer, wohin du dich verzogen hast!

Gut, es war Urlaub einzureichen. Man konnte nicht einfach abhauen wie die wohlversorgte Hausfrau. Einer mußte den Zaster verdienen. Was zu beweisen war.

Und jetzt waren andere Beweise zu liefern. Er war froh, nichts von seinen Absichten am Telefon verra-

ten zu haben. Viel hübscher, Kätzchen, wird die Wirkung einer Postkarte sein!
Aus Honolulu? Aus Rio? Nein, Thailand wäre besser. Da weiß sie gleich Bescheid. Im vergangenen Jahr war sein halber Kegelklub drüben gewesen. Ohne Frauen natürlich. Deshalb hatte die andere Hälfte verzichten müssen, und zu der hatte er gehört. Und nun bedankte sich Sonja auf diese Weise für seinen Verzicht!
Übrigens war es ein Klub mit gutem Zusammenhalt. Keine der Frauen hatte erfahren, daß sich der dicke Pfisterer einen Tripper eingehandelt hatte.
Vernünftigerweise hatten sie einen richtigen Doktor mit den richtigen Medikamenten dabeigehabt. Aber die Alleinreise hatte ihre Tücken, und Gisbert strich die Thai-Mädchen, so hübsch und willig sie auch sein mochten. Pah, die Welt war groß, und er konnte sie sich leisten, wo immer er wollte.
Da fiel ihm etwas Eigenartiges auf. Wenn du plötzlich Geld und die freie Auswahl hast, verflüchtigen sich Pläne, die du kühn und geldlos geschmiedet hast.
Andererseits war Sonja mit einer höchst eigenwilligen Reise zu bestrafen. Da biß keine Maus den Faden ab. Und die Mitteilung per Postkarte war zu streichen. Elend lang kann so was unterwegs sein, und der Moment der Genugtuung geht sowieso flöten.
Viel besser war das Telefon. Kurzer, lapidarer Anruf ohne Erklärungen. Ein Chefgespräch sozusagen: Ich fahre für ein paar Wochen weg. Ganz einfach auf deine Weise, capito? Schluß, aus. Höchstens ein kleiner Zusatz: Viel Spaß noch in St. Tropez oder so. Ende. Ein hübsches Hämmerlein.
Bloß, ein Ziel fehlte ihm noch.

Es kam ihm, als er sich Rühreier mit Schinken machte. Die Stadt war nicht groß genug, daß er es riskieren konnte, als krank Feiernder in einem Lokal zu essen.
Rußland kam ihm in den Sinn. Darüber hatte er mehr gelesen als über jedes andere Land. Er liebte die Sprache seiner Dichter, in deren epischem Atem die unermeßliche Weite des Landes gegenwärtig war. Und je länger er darüber nachdachte, um so kräftiger zerrte der geheimnisvolle slawische Magnet an ihm. Sonja konnte bei französischen Modejournalen in Ekstase geraten – er bei Turgenjew.
Die russische Seele. Geheimnisumwittert und kaum faßlich für den gemäßigten Mitteleuropäer. Und besonders bei den Frauen, mit einem Tiefgang, der das ganze Amüsiergeschwader von St. Tropez zu lächerlichen Marionetten machte. Und er summte, mit dem Löffel zuerst langsam und dann wild den Takt auf den Tisch trommelnd, Kalinka vor sich hin.
Dann huschte, zum erstenmal, seit Sonja abgefahren war, ein Lächeln über sein Gesicht, und es wurde zu einem zufriedenen Grunzen, als er daran dachte, wie das Bömbchen, das er da legte, an der Mittelmeerküste einschlagen würde.

Aber das Reisebüro, das er in Stuttgart anrief, dämpfte sein Reisefieber. Sonjas Blitzstart war nicht kopierbar. Jawohl, es war eine passende Reise auf dem Programm: Moskau, Leningrad und Helsinki, nur als Paket selbstverständlich, doch sie war ausgebucht. Außerdem war ein Visum vonnöten, und in drei Tagen ging's los. Aber in zwei Wochen konnte man die transsibirische Eisenbahn bis Irkutsk anbieten. Eine Traumreise wirklich spezieller Art.

Gisbert lehnte dankend ab. Er hatte anderes im Sinn als zehn Tage Tee trinkend durch Rußland zu fahren. Ob es sonst keine Vorschläge gäbe?
Ein Glückspilz war er, denn nach kurzer Rücksprache mit einer Kollegin war die Dame wieder am Apparat: »Theoretisch können Sie Moskau-Leningrad-Helsinki noch machen; ein Teilnehmer ist gerade zurückgetreten.«
»Und was heißt, bitte, theoretisch?«
»Einer unserer Herren fährt heute noch zur sowjetischen Botschaft nach Bonn wegen der Visa, und wenn Sie in zwei Stunden mit zwei Paßbildern bei uns sind, nimmt er Ihren Antrag mit. Manchmal klappt so etwas. Es kommt darauf an, ob die Russen guter Laune sind.«
Gisbert jubelte. Natürlich würde es klappen, und fünf Minuten später saß er im Auto mit zwei Paßbildern. Die Dame hatte gesagt, sie müßten sehr neu sein, weil die Russen scharf gucken, und es waren natürlich die Bilder, über die Sonja gelästert hatte: »Wie Woody Allen, wenn er die Hosen voll hat.«
»Man wird sehen, Madame!« zischte er mit schmalen Lippen, als er den Motor anließ.
Es kam ihm vor wie die Abfahrt zur Revanche.
Rechtzeitig kam er an, um den Einreiseantrag für die Sowjetunion auszufüllen, und dann genehmigte er sich in der Landeshauptstadt die standesgemäße Mahlzeit eines Mannes, der ein ordentliches Tagwerk vollbracht hat. Drei Tage waren die ideale Vorbereitungszeit. Die große Überweisung würde kommen, die kleine würde an Sonja gehen, der Urlaub konnte eingereicht werden, und auch das Kofferpakken ohne Sonjas Hilfe würde keine Hetze werden. Und warum sollten die Russen ihn, das unbeschrie-

bene Blatt Gisbert Tischbein, mit einer Visum-Schikane ärgern? Es war unvorstellbar, daß er zu den Leuten zählte, die ihnen unerwünscht waren.
Und wieder hatte er Glück. Am Mittag des nächsten Tages erhielt er im Büro die telefonische Bestätigung des Reisebüros. Er war Teilnehmer der Bildungsreise Moskau-Leningrad-Helsinki, mit der selbstverständlichen Zubilligung individueller Interessen. Natürlich war man an Hotels und Mahlzeiten gebunden, aber nicht an jede Rundfahrt und jeden Museumsbesuch.
So hatte er sich's gedacht. Die russische Seele findest du nicht in der Herde, die hinter einem Führer hertippelt.
Und jetzt mußte Sonja ihr ›menu surprise‹ per Telefon überreicht bekommen. Zuerst die gute Nachricht von den telegrafisch abgehenden zwanzig Riesen. Und dann der Hammer vom Absender, der auf andere Weise abreiste. (Ohne Angabe der Summe, die er mitnahm.)
Er hatte das geübt wie ein Schauspieler, ehe er die Uhr für ein Drei-Minuten-Gespräch neben den Apparat legte. Kurz, aber nicht schmerzlos mußte die Sache sein. Palavern konnte sie mit ihrem Monsieur darüber, falls sie noch Lust dazu hatte.
Es war ein ungewöhnlich selbstsicherer Gisbert, der den Hörer abnahm und die Wählscheibe betätigte.
Kühle Begrüßung. Es klang wie das Grüß Gott zur affigen Nachbarin Staudenmaier, von der die ganze Straße wußte, daß sie ihren Mann betrog, weil er bei der Bahn war und viel Nachtdienst machte.
Und dann: »Das Geld ist unterwegs.«
Sonja wollte sich mit bemerkenswerter Herzlichkeit bedanken, aber seine Parade kam wie der blitz-

schnelle Stich des Fechters nach der Finte: »Übrigens fliege ich morgen nach Moskau: Kopf auslüften, verstehst du. Zu mir selbst finden. Du weißt ja, was der Mensch braucht gelegentlich. Und außerdem können sich Gewinner auch etwas leisten. Habe ich gewonnen oder du?«
Für fast eine der drei Minuten, die er sich gesetzt hatte, war nur das Rauschen der Leitung zu hören.
Er genoß es, ohne den Blick von der Uhr zu lassen. Als endlich ein stammelndes »Aber ... aber« kam, setzte er zum Finale an: »Ich hoffe, mich ebenso gut zu erholen wie du. Alles klar?«
Neue Pause. Aber diesmal machte er sie ganz kurz.
»Also dann, weiterhin viel Spaß. Irgendwann trifft man sich ja wieder, und du weißt ja, wo. Ende.«
Er fand den Abgang stark. Filmreif fast. Und als es nach zwei Minuten bimmelte, ging er nicht hin, sondern beschäftigte sich mit den Koffern. Sie hatte ihm gerade noch die beiden ältesten zurückgelassen.

6

Moskau ist nicht Nizza. Man fährt vom Flughafen nicht unter Palmen in eine farbensprühende Traumlandschaft hinein, sondern auf schnurgerader grauer Chaussee an den großen Wohnsilos der Vorstädte vorbei, und dieses Entrée wird in den schönen farbigen Prospekten nicht erwähnt.

Gisberts Reisegruppe, die den Bus fast füllte, erfuhr von der Intourist-Führerin, daß man sich nach der Zimmerverteilung im Hotel Metropol um 19 Uhr zum Abendessen träfe, und man machte einen Uhrenvergleich wie bei den Pfadfindern.

Gisbert sollte noch erfahren, daß Pünktlichkeit für Rußland-Touristen ihre Bedeutung hat.

Aber jetzt, da sie die Hochhäuser hinter sich hatten, die aussahen wie Zigarrenkisten mit Fenstern, und nachdem sie die Bannmeile passiert hatten, begann der Stadtkern ihn in seinen Bann zu ziehen. Er sah die alte zaristische Fassade des Bjelorussischen Bahnhofs, wo die Züge aus dem Westen ankommen, und mußte trotz der Schwüle, die wie Blei über dem Häusermeer hockte, an Schneeflocken und an Anna Karenina denken.

An Phantasie hatte es ihm nie gefehlt, obwohl Sonja stets das Gegenteil behauptete. Er pflegte sie nur mit anderen Streichhölzern zu entzünden.

Er wußte, daß der Rote Platz auf einer Anhöhe liegt, aber er hatte nicht gewußt, wie majestätisch einem die goldenen Kuppeln des Kremls entgegenleuchten, wenn man diese Anhöhe in weitem Bogen umfährt. Rußlands Herz grüßte unter der schon tief stehenden Sonne und beschleunigte das von Gisbert Tischbein um einige Schläge.
Und wie eine Begrüßung empfand er auch die sechs feierlichen Schläge, die vom Spassky-Turm herüberwehten zur breiten Straße, in der der Bus ins Stocken geriet. Moskau, da gab es keinen Zweifel, hatte seine Rush-Hour wie jede Großstadt, die er kannte. Und genug private Autos. Es konnten ja nicht nur Regierungsfritzen sein, die sich da ineinander verkeilten. So viele faßte auch der Kreml nicht.
Das Hotel Metropol, man sah es an der Fassade, ehe man es betrat, war nicht vor dem Zweiten, sondern schon vor dem Ersten Weltkrieg gebaut worden. Und Gisbert war es recht. Er wußte von den neuen Schuppen, die auch aus Moskauer Boden wuchsen und internationalen Einheitskomfort boten.
Dafür brauchst du nicht nach Moskau. Wenn die russische Seele noch durch Hotelmauern drang, dann war es hier.
Aber vermutlich hält sie es wie die Geister in den schottischen Schlössern. Du mußt ihre Zeit abwarten; sie springt dir nicht ins Gesicht.
Was dich anspringt, ist russische Bürokratie. Das Mädchen von Intourist, Tanja hieß sie, hatte ein endloses Palaver mit den Damen an der Rezeption, die Gesichter machten, als ob sie hier keine Dienstleistung, sondern ein ihnen in hohem Maße unwillkommenes Geschäft zu erledigen hätten. Sie begannen eine Papierkramerei, die sie immer wieder mit

offensichtlich privaten Gesprächen unterbrachen und die Gisbert in Rage gebracht hätte, wäre da nicht seine viel Toleranz erfordernde Suche nach der russischen Seele gewesen. Mit einem dünnen und sehr nach innen gekehrten Lächeln quittierte er die Ungeduld seiner Reisegefährten und bekam nach einer Dreiviertelstunde den Schlüssel für das Einzelzimmer, das ihn einen happigen Zuschlag gekostet hatte. Und ein bißchen Gruppenneid, der ihm schmeichelte. Daß er ein ganz frischer Neureicher war, ging keinen was an.
Im übrigen hatte er beschlossen, mit der Gruppe nicht zu fraternisieren. Einzelzimmer war mit Einzelgänger gleichzusetzen; das war den Reisegefährten von Anfang an beizubringen, und es kostete um so weniger Überwindung, als es sich hauptsächlich um ältere Ehepaare handelte, die nicht den Eindruck von Suchern der russischen Seele machten.
Gisbert verlor keine Zeit, seine Eigenständigkeit zu demonstrieren. Er stellte die Koffer in ein nicht gerade vornehmes, aber auch nicht schäbiges Zimmer mit unheimlich hohem Plafond, wusch sich die Hände und ging auf die Straße. Zur Rechten sah er die weiße, unverkennbare klassische Fassade des Bolschoi-Theaters, und vom Studium des Stadtplans her wußte er, daß er sich nach links wenden mußte, um in wenigen Minuten den Roten Platz zu erreichen.
Als die Straße hinter dem Lenin-Museum anstieg, baute er sich mit seiner ganzen majestätischen Erhabenheit vor ihm auf, flankiert in der Längsrichtung von der eher düsteren und vergiebelten Fassade des Historischen Museums und der märchenhaften Farbenpracht der Basilius-Kathedrale, die, einem feurigen Pilz gleich, aus breitflächigem Pflaster schoß.

Rechts die porphyrenen Quadersteine des Lenin-Mausoleums, überragt von der rotbraunen Kreml-Mauer, an der sich gewaltige Weißtannen hochrankten und die der mächtige Spassky-Turm abschloß. Genau im Zentrum wehte eine rote Fahne über dem ockergelben Palast, und Gisbert war so überwältigt, daß er fast so bewegungslos dastand wie die beiden jungen Soldaten, die mit aufgepflanztem Bajonett Lenins Mausoleum bewachten.

Und dann die goldenen Kuppeln, die das rötliche Licht der Abendsonne reflektierten. Gisbert konnte sich von dem Bild nicht losreißen, und sein Schritt bei der Platzrunde war langsam und feierlich, als ob er hinter einem Katafalk herginge.

Erst die sonoren Glocken des Spassky-Turms holten ihn in die Realität zurück. Sie schlugen halb acht und weckten sein Hunger- und Pflichtgefühl. Um sieben hatte die Dolmetscherin sie zum Abendessen befohlen.

Er beeilte sich, brauchte aber dann im Hotel noch geraume Zeit, um den Speisesaal seiner ›Delegazia‹ zu finden.

Zu spät. Sie war schon abgespeist; die Tische wurden für eine neue Gruppe gedeckt, und Gisbert hatte sein erstes Rendezvous mit der russischen Realität.

Ratlos und hungrig suchte er die Dolmetscherin Tanja, aber die war nach Hause gegangen, weil der Abend den Reiseteilnehmern zur freien Verfügung stand. So hieß es im Programm, das er aus der Tasche zog. Die nächste Atzung war das Frühstück um acht Uhr.

In einer Ecke des Speisesaals, dem alte kristallene Lüster zu gediegener Atmosphäre verhalfen, standen einige Ober, die sich, nach ihrem Lachen zu

schließen, Witze erzählten. Sie wirkten sehr entspannt und nicht arbeitshungrig.
Gisbert ging hin. Ob er wohl noch essen könne? Leider habe er sich etwas verspätet.
»Deutsche Delegazia?«
Er nickte, froh, verstanden zu werden, hoffnungsvoll.
Aber er sah nur bedauerndes Kopfschütteln und Schulterzucken.
»Deutsche Delegazia essen sieben Uhr.« Einer von ihnen zeigte es mit fünf Fingern der rechten und zweien der linken Hand an. »Acht Uhr fünfzehn japanische Delegazia, panimajete?«
Gisbert verstand und tippte mit dem Zeigefinger an den Bauch. »Ich auch Hunger, verstehn?«
Man verstand, aber ließ ihn stehen. Einer fing mit einem neuen Witz an.
Gisbert fand das nicht sehr kommunikativ, erinnerte sich aber an einen Rat, den ihm ein Freund gegeben hatte. Er zog einen Zwanzigmarkschein aus der Brieftasche, und wie zufällig blieb er in der Hand des Kellners hängen, der gerade zum Witz angehoben hatte.
»Gutt, können Sie essen mit Japanern, wenn Sie wollen.«
Er steckte den Schein in die Hosentasche und fuhr mit dem Witz fort. Gisbert merkte, daß er entlassen war, und ein Blick auf die Uhr zeigte ihm, daß er noch sieben Minuten Zeit hatte.
Aber er war froh über sein weltmännisches Geschick, und schließlich gab es erheblich Schlimmeres, als mit Japanern zu essen.
Diesmal war er sehr pünktlich. Es war eine viel größere Delegazia als die seinige, und zuerst hielten sie

ihn für einen Russen. Wahrscheinlich sogar für einen, der auf sie aufpassen sollte. Er glaubte, es verstohlenen Blicken entnehmen zu können.
Aber sein Nebensitzer verstand Englisch, und als das Rätsel gelöst war, lachten alle freundlich und prosteten ihm mit grusinischem Wein zu. Später erfuhr er, daß die Deutschen nur lauwarmes Bier bekommen hatten. Offenbar hatten sich die Japaner teurer eingemietet, und so erwies sich seine Schlamperei als bemerkenswerter Vorteil, zumal es noch Schampanskoje gab, der allerdings süß und klebrig schmeckte. Und auch warm. Aber vielleicht war er den Japanern zu kalt, weil sie zu Hause warmen Saki tranken. Gisbert mußte kichern, als er das dachte, und daran merkte er, daß er, auf völlig unerwartete Weise, zu seinem ersten russischen Schwips gekommen war.

7

In St. Tropez machte Sonja eine Erfahrung, die sie erstaunte und erleichterte. Lucien Espinasse, ihr Verführer des Vortags, hatte sie zwar diesmal nicht zum Abendessen eingeladen, aber er hielt es für eine höchst natürliche Sache, abermals das Bett mit ihr zu teilen, als beide das Pensions-Menü an ihren weit voneinander entfernten Tischen beendet hatten. Zumal es seine letzte Nacht war.
Indes mochte sie nicht. Was sie da schnarchend am Morgen neben sich gefunden hatte, war kein Kürläufer, und vom Franzosen ihrer Träume war er so weit entfernt wie Moskau.
Oh, nicht daß es ein Flop gewesen wäre. Aber doch eher Hausmannskost, die keiner Traumkulisse bedurfte. Der Schwarzwald hätte gereicht, auch wenn sie zugeben mußte, daß Gisberts Anruf nicht zur Erhöhung ihrer Lustgefühle beigetragen hatte.
Dennoch empfand sie eine ganz eigenartige Erleichterung.
Sie hatte nicht gekniffen, und, wie sie sich einbildete, eine Probe bestanden. Immerhin war der Mann ihr erster Franzose, und unter Berücksichtigung all der Dinge, die man von Liebe in französischen Betten gehört hatte, war sie nicht als Unterlegene aus der Sache hervorgegangen.

Auch wenn Lucien, zugegebenermaßen, das Raffinement nicht mit dem Schöpflöffel gegessen hatte.
Es kam eine andere Erleichterung dazu, mit der sie nicht gerechnet hatte: Lucien insistierte nicht. Als sie ihm an diesem Abend erklärte, er müsse allein schlafen, brauchte sie keine Ausrede vorzuschützen. Er nahm es hin, ohne den geringsten Versuch zu machen, sie umzustimmen. Wie einer, der dankend den Laden verläßt, weil eine Kleinigkeit, die er sucht, gerade ausgegangen ist. Lächelndes Verständnis anstatt Enttäuschung.
Es dämmerte ihr, daß auch das französisch sein könnte. Jedenfalls würde sie versuchen, dahinterzukommen.
Oder war er nur müde von dem, was er vielleicht für einen Kraftakt gehalten hatte? Sie sah ihn frühzeitig aufstehen von seinem weit entfernten Tisch, und dann spürte sie den fragenden Blick der Dame, die in ihrer Nähe an einem Einzeltisch saß. Und die Andeutung eines wissenden Lächelns, das sie irritierte. Sie versuchte, diesen Augen auszuweichen, aber sie kamen zurück wie Suchscheinwerfer. Die Versuchung, einfach aufzustehen und zu gehen, packte sie, aber die andere schien es zu spüren, und plötzlich stand sie vor ihrem Tisch.
»Darf ich?«
Sie saß auf dem zweiten Stuhl, ehe Sonja antworten konnte. Es ging erheblich über das hinaus, was sie unter natürlichem französischem Kommunikationsbedürfnis verstand.
»Zigarette?« Sonja griff ohne eigenen Willen in ein Etui, das mit Perlen besetzt war, und an der Hand, die es ihr hinhielt, blitzte ein Brillantfeuerwerk. Um

den Hals lag eine Perlenkette von der Stärke eines
Abschleppseils. Als Lichtblick empfand es Sonja,
daß sie die Falten nicht verdeckte. Die Fremde gab
ihr Feuer mit einem goldenen Dunhill und gestattete
sich zwei Züge, ehe sie anfing.
»Ich will mich Ihnen natürlich nicht aufdrängen,
Madame, aber als die Ältere nehme ich mir einfach
das Recht. So bin ich nun mal. Zehn Jährchen werden's schon sein, was?«
Eher zwanzig, alte Ziege, dachte Sonja und freute
sich über ihren glatten Hals, den die Sonne gerötet
hatte. Sie wußte, wie gut er erst aussehen würde,
wenn er braun war. Noch brauchte sie sich nichts
mit Perlen zu erkaufen.
Was wollte sie?
Es war nicht gleich zu erfahren, weil Madame Delamarre, so stellte sie sich vor, erst ihre Bedeutung ins
notwendige Licht rücken mußte. Seidenfabrikanten-
Witwe aus Lyon. Genug Geld und die damit verbun-
denen Sorgen. Man kennt das ja. Logisch, daß man
da ausspannen muß. Die Villa am Meer ist nicht alles.
Seit Jahren pendelte sie im Sommer zwischen ihr und
diesem Hotel.
Und plötzlich: »Man ist gut aufgehoben, nicht
wahr?« Sonja nickte und blies Rauch ab. Was wollte
sie?
Jetzt kam sie schnell: »Ich fürchte, Sie haben sich den
Falschen geangelt. Oh, verstehen Sie mich recht. Ich
will mich nicht einmischen, aber Erfahrung hat ihre
Vorzüge, finden Sie nicht?«
»Sicher«, sagte Sonja und kaute immer noch an der
frechen Eröffnung herum.
»Sehen Sie«, antwortete Madame Delamarre und
legte ihre glitzernden Finger auf Sonjas blanken

Arm, »man kennt sich ein bißchen aus, wenn man oft genug hierherkommt. Und man kann helfen. Sie haben mit dem falschen Mann geschlafen.«
Sonja schoß das Blut in den Kopf. Impertinenter ging's wohl nicht. Dabei machte die Alte ein Gesicht, als ob sie vom Wetter spräche.
Sie befreite ihren Arm und wollte aufstehen, aber die Neugier war größer als der Ärger: »Schnüffeln Sie allen Leuten nach?«
»Aber, aber. Man hat Augen im Kopf, meine Liebe, und die haben beispielsweise gleich gemerkt, daß Sie neu in St. Trop sind. Und jetzt hören Sie mal gut zu: Was Sie gehört und gelesen haben, können Sie vergessen. Lassen Sie sich das von einer erfahrenen Frau gesagt sein. Die großen Künstler, die Millionäre? Mon dieu, natürlich gibt es sie, aber ihre Villen sind versteckt, und was da unten am Hafen herumschwirrt wie die Motten ums Licht, sind Pseudos, Angeber, die sich's leisten können und auch nicht. Hennen und Gockel auf dem Sexmarkt.«
»Ich habe nie schönere Yachten gesehen«, protestierte Sonja.
»Gewiß, gewiß, hübsche Schaufenster. Stehen da wie Juwelierläden der Sonderklasse. Nur für exklusive Kundschaft, wenn Sie verstehen, was ich meine.«
»Nein«, sagte Sonja und zündete sich eine neue Zigarette an.
»Eh bien, wenn Sie jünger wären, könnten Sie auf eine Party eingeladen werden. Und da geht's munter zu, verlassen Sie sich drauf!«
»Was heißt da jünger?« Sonjas Blick stieg von ihren Armen, die fest und glatt waren, hinauf zum runzligen Hals unter der Perlenkette und unterstrich den Satz mit einem dicken Balken.

Aber Madame Delamarres Lächeln wurde nur um eine Nuance ironischer. »Sehen Sie, meine Liebe, dieser Sexmarkt da unten am Hafen und an den Stränden hat seine eigenen Gesetze. Nehmen wir an, Sie sind fünfundvierzig, dann ... «
»Vierzig«, fauchte Sonja, ein Jährchen streichend.
»Ich sagte ja nur: Nehmen wir an«, fuhr die andere unbeirrt fort, als ob sie nur Ratschläge und keine Nadelstiche verteilte. »Jedenfalls stehen Herren, die im entsprechenden Alter sind und sich etwas leisten können, auf Jüngere, und Sie haben ja gesehen, wie viele davon rumlaufen.« Sie hob bedauernd die Hände mit den Innenflächen nach oben und spreizte die Finger.
»Man kann noch konkurrieren«, schnippte Sonja.
»O ja, es gibt Zufälle. Aber es gibt auch den sicheren Weg.«
»Was heißt sicher?«
»Sicher«, sagte Madame Delamarre und sah aus wie eine Sphinx, die blaue Rauchkringel studiert, »sicher sind junge Männer, die sich für eine reife Frau interessieren.«
»Hm. Klingt reichlich seltsam.«
»Ist aber ziemlich logisch, wenn man den richtigen Blick hat und es richtig macht. Es ist allerdings der andere Weg, ich meine, nicht der, den Sie mit Monsieur Espinasse gegangen sind.«
»Sie kennen ihn?«
Wieder das ironische Lächeln.
»Sagte ich es nicht schon? Aber der ist jetzt nicht wichtig. Ich wollte Ihnen vom anderen Weg erzählen. Sehen Sie, der richtige Blick sagt Ihnen, ob ein junger Mann Geld hat oder nicht. Das ist gar nicht so einfach. Man braucht Erfahrung, weil sie alle gleich

herumlaufen. Shorts und T-Shirts sagen nichts aus, stimmt doch, oder?«
Sonja nickte.
»Voilà. Der richtige Blick erfaßt, wer als Vatersöhnchen im Grandhotel wohnt und wer sich billig auf dem Campingplatz durchschlägt. Der Camper speist nämlich auch gern einmal wie ein richtiger Monsieur bei Kerzenlicht, und manchmal hat man ihn im Bett, ohne viel nachhelfen zu müssen.«
»Und was heißt, bitte, nachhelfen?«
»Aber Kindchen! Tun Sie so jung oder glauben Sie es wirklich zu sein? Ein Trinkgeld für einen hübschen Jungen tut der Lady keinen Abbruch, oder?«
Sonja suchte nach einer Antwort, aber der Schock war zu kräftig. Ungeheuerliches gab das Weib von sich. Einen Mann kaufen!
»Ich ... ich«, stammelte sie schließlich, »bin nicht dafür nach St. Tropez gekommen.«
Wieder ging die glitzernde Hand zu ihrem Arm.
»Schon gut, schon gut. Wenn Sie sich's nicht leisten wollen, tant pis. Ich glaube allerdings kaum, daß Sie mit Monsieur Espinasse auf Ihre Kosten gekommen sind. Verzeihen Sie meine Aufrichtigkeit, aber den kenne ich.«
»Wieso eigentlich?« Fassung und Neugier kamen zurück.
»Nun, er hat Ihnen sicher erzählt, ein Pariser Geschäftsmann zu sein. Kurzes Ausspannen zwischen zwei Flugzeugen oder so, stimmt's?«
»Ja, so ungefähr.«
»Und wissen Sie, was er ist? Ein kleiner Handelsvertreter aus Draguignan ist er. Das ist ganz in der Nähe, und wenn er hier vorbeikommt, gibt ihm der Portier Tips. Sie sind befreundet.«

»Was heißt Tips?«
»Vous ne comprenez pas vite, ma chère! Ist das so schwer? Da kommt eine noch recht flotte Ausländerin allein an, und zufällig ist Espinasse um den Weg und erfährt es. Er mietet sich zwei oder drei Tage ein; länger kann er sich's gar nicht leisten, obwohl er mit Sicherheit Prozente hat. Und dann kommt das Kerzendiner, stimmt's?«
»Es stimmt«, sagte Sonja und senkte den Blick, um eingehend ihre Fingernägel zu betrachten. Sie muß ihn, dachte sie, selbst erlebt haben.
»Mehr als einmal hat er's nicht gemacht, und dann hat er Sie angeschnarcht.« Es klang wie eine Bestätigung, und sie wollte auch keine Antwort.
»Voyons. Sehen Sie – muß man dazu nach St. Trop? In jedem Bauernnest können Sie's haben.«
Sonja widersprach nicht. Sie machte ihre Zigarette mit so heftigem Daumendruck zur platten Kippe, als ob sie Lucien hieße. Dann stand sie auf und reichte Madame Delamarre die Hand. »Entschuldigen Sie, aber ich bin müde.«
»Kann ich mir denken. Er schnarcht entsetzlich. Aber wir sehen uns wieder, und ich denke, daß wir uns noch gut unterhalten werden.«
Bilde dir bloß nicht ein, daß ich für einen Mann zahle, dachte Sonja. Laut aber sagte sie: »Das glaube ich auch.«

8

In Moskau hatte Gisbert Tischbein schnell das Wohlwollen der Führerin und Dolmetscherin Tanja verloren. Er schwänzte Museumsbesuche und sogar den Ausflug zum Kloster Sagorsk und war fast nur bei den gemeinsamen Mahlzeiten zu sehen. Man empfand ihn als merkwürdigen Sonderling und fing an sich zu fragen, warum er überhaupt mitgereist war.

Keiner konnte ahnen, daß er die russische Seele suchte.

Das erforderte Alleingänge und ein sicheres Auge, wobei er wiederum nicht ahnen konnte, auf welch seltsame Weise seiner Frau in St. Tropez die Wichtigkeit eines sicheren Auges klargemacht wurde.

Zweifellos war die russische Seele auch bei den weißbärtigen Popen von Sagorsk zu finden, aber Gisbert wünschte sie sich von Damenbeinen getragen, und er bemühte sich, den Blick bei seinen Streifzügen zu schärfen. Harte Arbeit war's, denn es gab weder Kaffeehäuser noch Wirtschaften zur Kontaktaufnahme.

Aus diesem Grund lernte er das Fahren mit der Metro. Die Moskauer – er wußte, daß das Wort Moskowiter nur von Deutschen gebraucht wird, die sich für gebildet halten – sind überzeugt davon, die

schönste U-Bahn der Welt zu besitzen, und ›besitzen‹ ist anders zu verstehen als anderswo. Weil alles dem Volk gehört. Zwar hatte Gisbert nur vage Vorstellungen von solcher Art des Besitztums, aber konkret war auf jeden Fall dies: Man traf in diesen palastartigen unterirdischen Marmorhallen und in den Zügen nicht nur die meisten Menschen, sondern man bewegte sich geradezu hautnah mit ihnen. Er beglückwünschte sich dazu, daß er mit Hilfe des Sprachführers das kyrillische Alphabet gelernt hatte, was es ihm ermöglichte, die Namen der Stationen zu lesen und Irrfahrten verhinderte.
Auch wichtige Sätze hatte er gelernt, und es war ein weiterer Vorteil, daß der Fremdling in der U-Bahn immer fragen darf, ohne in den Verdacht zu geraten, ein Anmacher zu sein.
Klar, daß er sich weder an Männer noch an alte Frauen wandte. Schneller als die Zunge schulte sich der Blick, und es gab überraschtes Aufblitzen in Augen, die ihm gefielen, und manchmal glaubte er sogar, neugieriges Interesse mithuschen zu sehen. Sogar ein paar englische Auskünfte und eine deutsche Antwort bekam er auf seine Fragen. Studentinnen wohl.
Bloß – nach der Auskunft war Sense. Es fiel ihm nichts mehr ein, und es mußte wohl auch mit einer Art von scheuer Reserviertheit der Russinnen zusammenhängen.
Einmal freilich war er ganz nahe am vielversprechenden Kontakt. Ein Mädchen, das im Stehen ein Buch las, einhändig, weil es sich mit der anderen Hand im ratternden Wagen festhalten mußte, sprach er an, und es kam nicht nur eine prompte englische Antwort, sondern auch eine angedeutete Einladung. Bei

der übernächsten Station müsse er aussteigen, und es sei auch die ihre.

Das war schon was. Wenn sie auch in ihrem Buch weiterlas, als ob nichts gewesen wäre. Russen lesen unheimlich viel in der Metro, und meistens Bücher. Wahrscheinlich weil nicht viel in den Zeitungen steht.

Als sie es zuklappte, gab sie ihm mit den Augen einen Wink, den sie mit einem Kopfnicken begleitete: »Here we are.«

Das ›we‹ klang wie Musik. Es verband, und Gisbert sprang aus dem Wagen wie einer, zu dem man »Fortsetzung folgt« gesagt hat.

Trotz des Gedränges brachte er es fertig, neben ihr auf der sich steil hochwuchtenden Rolltreppe zu stehen. Aber wie willst du ein Mädchen zu einer Tasse Kaffee einladen in einer Stadt, in der es keine Kaffeehäuser gibt?

Da fiel ihm die Tretjakow-Galerie ein. Sie konnte nicht weit sein, und als sie zwischen marmornen Säulen aufs Trottoir kamen, wollte er's riskieren. Wenn sie Studentin war, konnte ihr Kunst nicht gleichgültig sein.

Allerdings hatte er nicht mit der Kunst der Schwarzhändler gerechnet. Plötzlich spürt er eine leise Berührung am Arm. Ein junger Mann war neben ihm und sagte leise: »Bitte, haben Sie einen Moment Zeit?«

Er sprach ebenfalls Englisch.

Gisbert war so überrascht, daß er stehen blieb. Er sah das Mädchen einen Moment zögern, aber dann ging sie, den Schritt sogar beschleunigend, weiter. War es Angst, weil sie mit einem Ausländer gesprochen hatte? Der KGB fiel ihm ein.

Big Brother watching? Man hatte genug darüber gelesen.
Auf alle Fälle war sie weg. Er sah ihren weißen Rock im Gewühl der Passanten verschwinden.
Aber der Typ war da. Hatte ihn aus dem Rennen geworfen. Warum?
»Gehen wir ein paar Schritte«, sagte er.
Gisbert folgte ihm, als ob er schon Handschellen trüge, und sie bogen in eine weniger belebte Seitenstraße ein.
Er spürte Schweißperlen auf der Stirn, und sie kamen nicht nur von der Moskauer Hitze. Der Bursche, der T-Shirt, Jeans und Turnschuhe trug, sah nun wirklich nicht wie ein Geheimpolizist aus, aber vielleicht war das ihre neue Masche.
»Ich habe in der Metro neben Ihnen gestanden«, sagte er.
Aha. Gleich würde er seinen Paß verlangen. Aber der lag im Hotel. Vertrauen ist gut, Kontrolle ist besser, hatte schon Lenin gesagt.
»Man wird noch nach einer Station fragen dürfen.« Gisbert versuchte, seiner Stimme aufmuckende Festigkeit zu geben.
Aber der andere schien es gar nicht zu merken. »War ja gut, Sir, war ja gut. Deshalb bin ich hinter Ihnen ausgestiegen, weil ich gedacht habe, daß wir ein Geschäft machen können.«
»Ein Geschäft?«
»Was denn sonst? Was haben Sie dabei?«
Dreimal mußte Gisbert schlucken. Der Kerl hatte ihm die Tour vermasselt, um ein Geschäft zu machen!
»Nichts hab ich dabei!« Er zischte es ihm ins Gesicht mit einer Wut, die von keiner Angst mehr gebremst

wurde. Blödsinniger hätte das nicht laufen können. Moskaus schönstes Mädchen vom Präsentierteller geschlagen! Die russische Seele, das hatten ihm die Augen wie ein aufgehender Vorhang zugeblinkt, war bereit gewesen, aus ihren unergründlichen Tiefen zu steigen. Und nun war sie weg. Dafür eine lächerliche Unterhaltung mit einem stupiden Geschäftemacher, die nichts bringen konnte.
Ganz bestimmt das nicht. Nachdem ihn der junge Mann nachsichtig darüber aufgeklärt hatte, daß jeder ein Depp ist, der zum Handeln nichts mitbringt, schlug er ihm ein Wechselgeschäft vor: »Geld werden Sie doch wenigstens dabei haben?«
»Hm«, machte Gisbert, weil ihm nichts Besseres einfiel. Man hatte zwar noch nichts von Raubüberfällen auf offener Straße in Moskau gehört, und für einen Geheimen des KGB hatte der Bursche ein zu fröhliches Gesicht. Aber Skepsis blieb angebracht, und automatisch ging die Hand zur Gesäßtasche. Die Brieftasche war da.
»Welche Währung?« fragte der andere, als ob dies schon ein beschlossenes Geschäft sei und er hinter einem Bankschalter säße.
»D-Mark«, sagte Gisbert widerwillig.
»Dann biete ich 1:1. Eine Mark, ein Rubel. Im Hotel zahlen Sie mehr als das Dreifache.«
Das stimmte. Russische Wechselstuben sind ein Schmelzofen für westliche Devisen. Aber wenn es doch eine Falle war?
Es war, als ob der Bursche seine Gedanken erriete: »Ehrliches Geschäft, Sir! Wenn Sie fünfhundert wechseln gebe ich noch zwanzig Rubel dazu.« In seinen Augen blitzte die Ehrlichkeit des korrekten Schwarzhändlers.

Gisbert rechnete. Du kannst als Schwabe Millionär sein oder nicht, aber du kannst nie so dumm sein, einen derartig günstigen Kurs auszuschlagen. Und eine kleine Kompensation für das entgangene Mädchen war es schließlich auch.

»Well«, sagte er. »Aber wo?«

Sie verließen das aus einem wolkenlosen Himmel strahlende Licht der Sonne und machten es unter dem dunklen Torbogen eines alten Hauses. Aufregend genug war's, weil es Zeit und Nerven kostete. Von einem Paket Fünferscheinen zählte der andere ab – Gisbert kam es wie eine abgezogene Handgranate vor –, und dann wölbten sich seine Taschen, als ob er Äpfel gekauft hätte.

Und es war ihm, als ob er nun das gleißende Licht des Tages zu scheuen hätte. Eilig ging er zurück zur Metrostation, um wieder einzutauchen in den Bauch von Moskau.

Aber er erwischte einen ganz miesen Wagen. Wenn die russische Seele überhaupt mitfuhr, dann war es ihr grauer, freudloser Teil. Er glaubte, ins überfüllte Wartezimmer eines Zahnarztes geraten zu sein. Nicht einmal die rubelprallen Taschen stimmten ihn heiter, und zum erstenmal kam ihm der Gedanke, daß die Reise ein Fehler gewesen sein könnte.

Wie der Soldat am Wolgastrand fühlte er sich. Aber der hatte seine Traurigkeit wenigstens hinaussingen dürfen. Gisbert hatte niemanden, dem er sich anvertrauen konnte.

Da ihm noch viel Zeit bis zum Abendessen blieb, das er nur mit der Gruppe einnehmen durfte, mit den Schafsköpfen, die ihr Geld regulär wechselten, beschloß er, die Cafeteria des Hotels Metropol aufzusuchen. Ein Überbleibsel aus der Zarenzeit war sie wohl, denn auch Passanten wurden, falls sie Platz fanden, bedient. Tatsächlich sah er in schnatterndes Gespräch vertiefte Damen, die, nach ihren Paketen zu schließen, Einkäufe gemacht hatten. Aber keine konnte sich mit der Fee von der Metro messen, und Platz gab es auch keinen.

Ein Ober, der ihn als Ausländer und vielleicht sogar als Hotelgast erkannte, verschaffte ihm dennoch einen. Am Tisch eines Herrn, der recht trübe vor sich hinblickte, und Gisbert bedankte sich mit einem seiner zahlreichen Fünf-Rubel-Scheine. Er hielt das für großherzig und war erstaunt, als der Mann ihn achtlos, ja, fast verächtlich, wegsteckte. Nicht daß er einen Handstand erwartet hätte, aber nach offiziellem Kurs waren das mehr als fünfzehn Mark, und der Kellner, der das in Deutschland von ihm bekommen hätte, mußte erst noch geboren werden.

Kopfschüttelnd und mit sichtbarer Indignation nahm er Platz, wobei er ein kaum angedeutetes Lächeln über das bleiche Gesicht des trüb blickenden Herrn huschen sah. Hatte er einen Fehler gemacht?

»Allemand?« fragte der Herr.

Ja, er sei Deutscher, sagte Gisbert, spreche aber leider nur ein sehr bescheidenes Französisch. Und mußte blödsinnigerweise an Sonja und St. Tropez denken. Bis zu diesem Augenblick hatte der aufregende Tag beides verdrängt.

Der andere holte ihn erneut mit einem dünnen Lächeln zurück. »Ich kann recht gut Deutsch, mein Herr. Darf ich Ihnen einen Rat geben?«

»Einen Rat? Warum?«

»Nun, ja, Sie hätten dem Ober fünf Mark und keine Rubel geben sollen, dann wären Sie jetzt König.

Aber so sitzen Sie auf dem Trockenen. Vor einer halben Stunde sehen Sie den nicht mehr.«
Gisberts Hände strichen über seine prallen Hosentaschen und spürten Papier, das nicht begehrt war. War das Wechselgeschäft ein Flop gewesen?
Der Monsieur, der so trüb dagesessen hatte, ließ ihm keine Zeit, finsteren Gedanken nachzugehen. Mit fast freundschaftlichem Interesse gähnte er ihn an: »Sie gehören zu dieser deutschen Gruppe, die um sieben Uhr ißt?«
»Genau. Aber ich habe mich abgesetzt. Bin nicht so sehr für ein Herdenprogramm.«
»Sieh da, ein deutscher Individualist. Oiseau rare, sagen wir. Rarer Vogel.« Der Monsieur grinste und fragte, was Gisbert trinke. Er habe nämlich noch Kredit, weil er dem Ober fünf Dollar geschenkt habe.
Zwei Minuten später hatte Gisbert Tee vor sich, der wirklich heiß war, und dazu einen hübschen Teller Gebäck.
Und der Herr gähnte erneut.
»Sie scheinen müde zu sein.«
»In der Tat, cher ami, in der Tat. Ich bin jetzt vier Wochen hier, und Moskau ist unheimlich anstrengend.«
»Geschäfte? Wie ein Urlauber sehen Sie nicht aus.«
»Stimmt, aber die Arbeit liegt längst hinter mir. Noch ein paar Abwicklungen mit Ministerien. Das geht nur in der Hauptstadt, doch übermorgen geht's ab nach Paris. Ein wahrer Segen, sage ich Ihnen!«
Ingenieur war er, und er erzählte von Sibirien, wo er hochwertige Präzisionsmaschinen installiert hatte.
»Vier Monate am Arsch der Welt, verstehen Sie?«
Gisbert verstand es, wunderte sich aber trotzdem

darüber, daß das Teeglas in der Hand des Mannes, der so alt wie er sein mochte, zitterte. Schließlich wird von Ingenieuren, die den Russen moderne Technologie ins Land bringen, keine Schwerstarbeit verlangt.
»Sind Sie ... sind Sie krank geworden dabei?«
Besorgnis schwang mit, und sie war nicht gespielt. Der Monsieur grinste und ließ die Zigarette wie zur Bestätigung eines ordentlichen Gesundheitszustands im Mundwinkel wippen.
»Krank, mein Herr, wäre das falsche Wort. Man muß nicht unbedingt krank sein, wenn man Erholung braucht.«
»Sibirien soll anstrengend sein.«
»Pah! War eine halbe Kur. Anständiges Essen und viel Schlaf. Aber natürlich auch stinklangweilig. Frauen nur im Fernsehen oder im Kino. Da denkt man an Moskau wie ans Paradies!«
Gisbert war es, als ob da ein Schalthebel für die gleiche Wellenlänge betätigt worden wäre. Noch wagte er nicht, sich vorzustellen, daß der Mann von Abenteuern in Moskauer Betten gezeichnet sein könnte, aber er spürte das Ungewöhnliche auf sich zukommen wie eine Lawine, der du nicht ausweichen kannst.
»Sehen Sie«, sagte der von Kräften gekommene Ingenieur mit der gewichtigen Nonchalance des Wissenden, die nicht das Tätärä der Überzeugungskraft braucht, »Moskau scheint auf den ersten Blick eine fade Stadt zu sein. Kein Bistro, keine Bar, kein Café. Alles Quatsch, sage ich Ihnen. Nur die Bräuche sind anders, und ich habe sie erforschen wollen, weil ich mir gesagt habe, daß da, wo fast zehn Millionen Menschen aufeinanderleben, auch gelebt wer-

den muß. Normal gelebt, wenn Sie verstehen, was ich meine.«

»Und ob!« Gisbert machte ein Gesicht, als ob er nicht vier Monate, sondern zwei Jahre Sibirien hinter sich hätte.

»Man braucht«, fuhr der andere fort, »nur den richtigen Blick. Der fliegt einem nicht am ersten Tag zu, weil man Feinheiten studieren muß. Glauben Sie ja nicht, die Moskauerin sei nicht neugierig auf den Fremden. Sie zeigt's anders. Es ist ein winziges Blinken in den Augen, das Sie richtig deuten müssen.«

Gisbert dachte an die Studentin in der Metro und nickte heftig. »Ich hab's erlebt heute.«
»Und warum haben Sie nicht zugeschlagen?«
»Kennen Sie das Märchen vom Hans im Glück?«
Der Monsieur schüttelte den Kopf. »Muß deutsch sein, was?«
»Ja. Es handelt von einem Mann, der ständig das, was er in der Hand hatte, tauschte. Jetzt habe ich, anstelle eines schönen Mädchens, zwei mit Rubeln gefüllte Hosentaschen.« Er strich mit den Händen über die Schenkel, daß das Papier knisterte, und erzählte die jämmerliche Geschichte.
»Ihr Pech«, sagte der Ingenieur. Und dann wurde aus seinem dünnen Lächeln ein breites Grinsen. »Wie lange sind Sie noch in Moskau?«
»Vier Tage. Von morgen an gerechnet.«
»Das macht«, sagte der andere mit der cartesianischen Logik des Franzosen, »fünf Nächte. In denen können Sie, wenn Sie Lust haben, gewaltige Dinge erleben. Und zwar mit absoluter Garantie.«
»Wie ... wie soll ich das verstehen?« Gisbert starrte ihn mit offenem Mund an.

»Nun, Sie werden mich ersetzen mit allen Rechten und Pflichten.«
Der Monsieur sah einen Mund, der untätig offenblieb, und ein Blinken, das der Weihnachtsmann in Kinderaugen erzeugt. Er zog aus der hinteren Hosentasche ein abgegriffenes Notizbuch und sagte feierlich: »Hiermit ernenne ich Sie zu meinem Nachfolger.«
Er riß ein Blatt heraus, auf dem ein gutes Dutzend Vornamen standen, die alle mit einem ›a‹ endeten und daher weiblich waren. Hinter jedem stand eine Telefonnummer, und die Schrift war zierlich und gut lesbar.
»Voilà. Das ist mehr wert als die Fremdenführer, die Sie mitgebracht haben!« Und er lachte, als Gisbert nur zögernd zugriff. »Sie nehmen mir nichts weg, und meine Frau ist viel zu neugierig, als daß ich das Blatt nicht sowieso rausgerissen hätte.«
Er überflog die Liste kurz und kreuzte einen Vornamen an. »Ich würde vorschlagen, daß Sie mit Marina anfangen. Für einen Neuling ist sie die Einfühlsamste, und ich kann Ihnen die Sache noch einfädeln für heute abend. Falls Sie Lust haben, versteht sich. Aber es wäre schade, wenn Sie Ihre knappe Zeit verplempern würden.«
Gisbert fühlte sein Blut in Backen und Ohren steigen. »Darf ich Sie zu einem Wodka einladen?«
»Hm. Eigentlich steht er mir bis da oben.« Der Ingenieur hielt die ausgestreckte Hand waagrecht vors Kinn. »Aber Sie haben recht. Ein Stabwechsel sollte gefeiert werden.«
Jeder trank flotte hundert Gramm, und Gisbert zahlte freudig mit seinen billigen Rubeln. Was für ein Tag – und er fing erst an!

Ehe der Ingenieur mit Marina telefonierte, hielt er es für seine Pflicht, seinem Nachfolger die Risiken darzulegen: »Jetzt schauen Sie aus wie der Gockel im Hühnerhof, cher ami, aber sehen Sie mich an. Ich habe Federn gelassen und Sie werden es auch tun, obwohl Sie das volle Programm gar nicht schaffen. Russinnen können verdammt anstrengend sein und eine Nacht unheimlich lang machen.«

9

Über der Côte d'Azur strahlte ein Himmel von dem Blau, mit dem die alten Meister den Mantel der Jungfrau malten. Sonja genoß ihn wie das gewaltigste aller Zeltdächer, denn sie lag mit dem Rücken auf einer Luftmatratze, die unter dem Hauch einer Brise sanft auf dem Meer schaukelte. Weitab von den mondänen Stränden war's, wo man auf bezahltem Schaumgummi im Sand liegt. Escalet hieß der Strand, ein sogenannter wilder, der weder vom Tang gesäubert wird noch von den Hinterlassenschaften der Picknicker. Volkstümlich und auch ein bißchen lauter ging's zu, weil Kinder mit Schaufeln und Eimern am Werk waren oder brüllten in den Armen von Müttern, die sie vorsichtig ins Wasser tunkten. Draußen, wo Sonja schaukelnd in den Himmel hineinträumte, war fast nichts zu hören davon, und sie beglückwünschte sich zu dem Entschluß, das Leben der Strände mit diesem Alleingang abgeschaltet zu haben. Bloß nichts erzwingen und zu sich selbst finden! Das war nötig nach dem ernüchternden Erlebnis mit Espinasse und dem Geschwätz der Delamarre. Man holt sich den Franzosen seiner Träume, den Galanten und Zärtlichen, der Esprit und Poesie neben weichen schwarzen Haaren besitzt, nicht im Supermarkt.

Zeit muß man sich lassen, und hat man sie vielleicht nicht? Sogar zum Nachdenken über Gisbert hat man sie.
Eine Frechheit war's schon von ihm, einfach abzuhauen. Noch dazu nach Rußland! Was steckte dahinter? Sie versuchte, sich mit der Sache zu befassen, aber die Distanz war zu gewaltig, und es war ihr, als ob sie in Sand griffe, der durch die Finger rieselte. Auch hier war Abwarten die einzige taugliche Medizin.
Sie legte die Hände über die weichen Gummikanten wie Flossen ins Wasser und machte ein Nickerchen.
Was sie weckte, war ein anderes Geräusch als das Gluckern der Wellen. Richtige Worte waren es, und nicht die Fetzen, die wie durch eine Wand von Watte vom Strand herüberdrangen.
»Elle est bonne aujourd'hui«, sagte die Stimme, die zu einem jungen Mann gehörte, der, das Kreuz hohl machend, so gemütlich neben ihr auf dem Rücken schwamm, als ob auch ihn eine Luftmatratze trüge.
Angeschlichen hatte er sich, und Sonja brauchte ein paar Sekunden, um die Lage und den Sinn seiner Worte zu erfassen. Im Grunde waren sie banal, und sie hatte sie schon oft genug gehört. Sie bedeuteten, daß das Meer heute sehr angenehm sei, und jeder Franzose benützt sie, wenn das Wasser nicht eisig ist.
»Oui, Monsieur«, sagte sie mechanisch, um sich gleich zu ärgern, weil das noch banaler klang.
Daß sie Ausländerin war, merkte er gleich. So, wie sie merkte, daß er eine muskulöse, ansprechende Figur und ein lustiges Gesicht hatte.
Und daß es natürlich kein Zufall sein konnte, daß er so weit herausgeschwommen war.

»Suédoise?« fragte er.
Sie freute sich, mit einer Schwedin verwechselt zu werden, die hier an der Côte in hohem Kurs stehen, und erklärte ihm kopfschüttelnd, daß sie Deutsche sei.
Es schien ihm auch recht zu sein, und er meinte, es sei sehr schade, daß sie nicht in einem Boot läge, weil er sich dann dazugesellen und sich ausruhen könne.
Viele Umschweife, dachte sie, macht er nicht, und sie gestand sich ein, daß es ihr recht war.
Ob sie die Gegend kenne?
Sie verneinte wahrheitsgemäß, weil sie gute fünfzehn Kilometer von St. Trop nach Westen gefahren war, und sofort hatte er einen Vorschlag.
Ramatuelle sollte sie kennenlernen. Eine mittelalterliche Festung hoch über dem Strand und ungemein malerisch. »Sollten Sie sich nicht entgehen lassen, ehrlich, Madame!«
»Wirklich?«
Es war mehr als eine halbe Zusage, und sie versuchte, sie damit abzuschwächen, daß sie eigentlich in St. Tropez zum Abendessen verabredet sei. Und die Sonne warf schon schräge Strahlen.
»In Ramatuelle ißt man am Dorfplatz. Im Freien, versteht sich. Da können Sie ganz St. Trop verschenken! Es sei denn, Sie sind unromantisch.«
Das war keine Einschränkung, sondern eine Herausforderung, und Sonja nahm sie an.

Sie fuhren in ihrem Auto. Erstens hatte er gar nicht von einem eigenen gesprochen, und zweitens hielt sie es für unkomplizierter und sicherer.
Als die Straße vom Küstenstreifen abhob, um sich wie ein Korkenzieher in den Berg zu schrauben,

mußte sie mit voller Aufmerksamkeit kurbeln. Luc zündete Zigaretten für beide an, und sein Profil mit dem sich an den Ohren kringelnden meerfeuchten Haar gefiel ihr. Zweiundzwanzig war er und Student, und einen Moment mußte sie an Madame Delamarre denken. War er einer von der Sorte, die sie empfahl?
On verra. Man würde sehen. Ein bißchen zu jung natürlich, aber das gehörte zur Côte, und es bewies ihre Attraktivität. Sie schaltete das Radio an und genoß den hereinbrechenden Abend, ohne sich mit Plänen abzugeben. On verra.
Ramatuelle mit seinen winkligen Gäßchen überraschte sie. Viel zu schmal für Autos waren die meisten, und man konnte glauben, daß sich die Leute von Fenstern, die einander gegenüberlagen, die Hand geben konnten. Man bekam Tuchfühlung, ohne sie suchen zu müssen.
Der Dorfplatz war eingerahmt von kleinen Restaurants, und Luc hatte nicht übertrieben. Kleine Terrassen schoben sich vorwitzig bis zum Straßenrand, und alles war von intimerer Heimeligkeit als die girrende Hektik des Hafens von St. Tropez.
Und es gab auch Platz, weil die Stunde des Apéritifs abebbte und die des Diners noch nicht gekommen war. Sie nahm einen Pernod und nannte Luc, der einen Campari-Soda vorzog, einen guten Regisseur. Und nach dem zweiten Schluck war das ›Sie‹ abgestreift wie vorhin am Strand der BH. Hatte man nicht schon fast alles voneinander gesehen?
Da redet man schon offener miteinander als im grauen Alltag der Konventionen. Luc stellte fest, daß er die Brieftasche im Hotel gelassen und nur ein paar kleine Scheine in den Jeanstaschen hatte. Nicht ge-

nug leider fürs Essen, obwohl es viel preiswerter hier oben war als drunten im eitlen St. Trop.
Es klang wie eine Bagatelle und wurde so aufgenommen. »Macht doch überhaupt nichts«, sagte Sonja mit einem Lächeln, in dem mütterliche Fürsorge blinkte. »Ich muß bloß noch mal zum Auto rüber, weil das Geld im Handschuhfach liegt. So mach ich's immer, wenn ich an den Strand fahre. Man kann unbesorgter ins Meer, verstehst du?«
»C'est exact«, sagte Luc.
Sie ging zum großen Parkplatz, den auch ein Nest wie Ramatuelle braucht, wenn im Sommer die Fremden wie Heuschrecken einfallen. Da sie die Speisekarte als vernünftige Schwäbin schon studiert hatte, hielt sie es für ausreichend, einem großen Umschlag zwei Fünfhundert-Francs-Scheine zu entnehmen. Fürstlich würde sich's tafeln lassen damit, und was du nicht brauchst, trag nicht herum.
Auf der Terrasse hatte Luc schon die Komposition des Menüs in die Hand genommen und auch den Wein ausgewählt. Die Sache hatte, wie Sonja fand, »allure«, und die natürliche Unbekümmertheit des großen Jungen sprang wie Funken auf sie über und machte sie auf eigenartig prickelnde Weise fröhlich.
Man ist nicht älter, als man sich fühlt, dachte sie. Und sie fühlte sich so verdammt jung und unbeschwert, daß ihre Hand vom Stil des Glases hinüberglitt zu Lucs nacktem Arm, als ob es nichts Selbstverständlicheres gäbe.
Einen süffigen, aber nicht unschweren provençalischen Wein hatte er ausgesucht, der aus einer lustigen Flasche mit zwei Bäuchlein floß, die bald leer war.

»Fisch muß schwimmen«, sagte Sonja lachend und bestellte eine neue.
»Bei uns«, lachte Luc zurück, »heißt es poisson sans boisson est poison.«
Aber solcher Wein geht, auch wenn man gut und tüchtig dazu ißt, in Kopf und Beine. Ich werde ihn ans Steuer lassen, dachte sie, und es ist mir egal, ob er mich in mein Hotel fährt oder in seines.
Und sie hatte das sichere Gefühl, daß es lustiger werden würde als mit Lucien Espinasse.
Indes liegt es in der Natur solcher Gefühle, daß sie nur tauglich sind, wenn sie geteilt werden. »Ich habe«, sagte Luc, als er ihr die Dessertkarte zum Wählen reichte, »noch eine Überraschung für dich.«
»Eine Überraschung?« Sonja machte große Augen, die in der untergehenden Sonne glitzerten wie der Wein im Glas.
»Ja, aber ich hab's in meiner Badetasche.« Er streckte ihr die offene Hand entgegen, aber sie begriff nicht gleich.
»Den Autoschlüssel brauche ich.«
»Ach so.« Sie nestelte in ihrem Täschlein und legte ihn in seine Hand.
»Bin gleich wieder da. Bestell mir eine mousse au chocolat, sie ist vorzüglich hier.«
Mit federnden Schritten ging er über den Dorfplatz, auf dem der Rundverkehr der Autos abgeebbt war, und verschwand in dem engen Gäßlein, das zum Parkplatz führte.
Wie schmal seine Hüften sind, dachte Sonja und ließ Wein auf der Zunge zergehen.

Zehn Minuten später saß sie immer noch allein da, vor sich zwei unberührte Desserts und im Mund eine

Zigarette, an der sie mit steigender Nervosität zog. Der Weg war in drei Minuten zu machen, und wenn man fünf ansetzte, schaffte ihn ein zittriger Opa. Der Gedanke, er könne mit dem Auto abgehauen sein, stieg in ihr hoch wie eine Schlange, die aus dem Magen in den Hals kriecht und machte sie stocknüchtern. Aber vielleicht hatte er nur Bekannte getroffen, Freunde, eine Freundin oder was immer? Diese jungen Leute gehen sorgloser mit ihrer Zeit um und sind nicht berechenbar wie Espinasse oder Gisbert.
Gisbert war es im Moment freilich auch nicht, aber er war kein Thema. Auto und Bargeld hieß das Thema. Kurzum, Reinfall auf der ganzen Linie. Und die Papiere des Leihwagens lagen auch im Handschuhfach.
Als ihr das einfiel, war eine Viertelstunde vorbei. Luc würde, das war klar wie die letzten Strahlen der Sonne, die sich an den alten Dächern von Ramatuelle brachen, nicht mehr kommen.
Ein Ganove, ein Lump. Espinasse hatte breitere Hüften, aber er war ein Gentleman gewesen.
Sie verlangte die Rechnung und mußte sich gewaltig zusammennehmen, um dem Garçon sein süffisantes Grinsen nicht mit beiden Händen aus dem Gesicht zu schlagen.
Fast rennend durchquerte sie das Gäßchen, aber als sie von weitem das Auto sah, verlangsamte sie den Schritt. Die Idee, er könne irgendwo bei jemandem stehen und lachend auf sie zukommen, kam blitzartig, aber nicht viel länger war ihre Dauer.
Eine Sekunde zögerte sie vor dem Türgriff. Wenn er sich öffnen ließ, war die Sache klar.
Sie war es. Die Tür schwang auf, und Sonja ließ sich in den Fahrersitz fallen. Genauso leicht ging das

Handschuhfach auf. Die Wagenpapiere waren da, und leer war nur das Couvert, in dem sich bei Antritt der Fahrt zehntausend Francs befunden hatten. Tausend, von denen noch knapp vierhundert übriggeblieben waren, hatte sie entnommen und den windigen Kerl, den sie verköstigt hatte, auf den üppigen Rest aufmerksam gemacht.
Neben dem Umschlag lagen die Wagenschlüssel. Auf seine Weise war er fair gewesen, aber was wog das neben dem schnöden Betrug, der, weiß Gott, über diese 9000 Francs hinausging! Rund 3000 Mark waren's, ein Klacks für die Millionärin, aber welch ein Schlag fürs frauliche Selbstverständnis, für die amour-propre!
Niederschmetternd war er, irreparabel. Und deshalb ließ er den Gedanken, zur Polizei zu gehen, auch gar nicht aufkommen. Macht man sich wegen eines unverschämten Lümmels zum Gespött von Dorfgendarmen?
Ob er noch im Dorf war? Kaum anzunehmen. Er hatte mit einem komfortablen, aber keinem großen Vorsprung rechnen können und wahrscheinlich am Ortseingang den Anhalter gemacht. Mit 9000 in der Tasche und dem gleichen harmlos-fröhlichen Gesicht, mit dem er sie angemacht hatte. Wer denkt sich was dabei, so einen mitzunehmen? Einziger Vorteil: Niemand wußte etwas von der Schmach, und niemand würde etwas erfahren. Schon gar nicht die alte Delamarre, die sich am Hafen von St. Trop Jünglinge kaufte. Immerhin, man mußte zugeben, daß sie nur ausgab, was sie wollte, und mit Sicherheit keine Zehntausend.
Sonja ging durchs Dorf, aber es war nicht das heitere Schlendern von vorhin, und die schmalen, maleri-

schen Gäßchen hatten jeden Reiz verloren. Ungeduldig und mit dem Gesicht einer bösen Gouvernante wartete sie, bis ein Bursche und ein Mädchen, die sich küssen mußten, den Weg freigaben.

10

In Moskau war es schon dunkel. Schwere kristallene Lüster beschienen in einem Saal des Hotel Metropol das Abendessen von Gisberts Delegation, aber er kaute ohne Appetit und war noch wortkarger als sonst, was einen Bauunternehmer aus Heilbronn, den er flüchtig kannte, zu der Frage veranlaßte, ob er krank sei.
Gisbert schloß die Möglichkeit nicht aus und meinte, es könne wohl am reichlich fetten Essen liegen. Das brachte ihm vehemente Zustimmung der dicken Gattin des Bauunternehmers ein und außerdem zwei Tabletten, die sie ihrer Handtasche entnahm. Sie stellte ihm auch gleich ein Glas Mineralwasser dazu.
»Nehmen Sie das, und Sie werden staunen! Das beste Mittel gegen das viele tierische Fett, das die Russen nehmen!«
Gisbert wollte ablehnen, aber die Dicke schüttelte den Kopf so energisch wie Sonja, wenn er sich sonntags morgens zu einem Frühschoppen abseilen wollte. So nahm er die Tablette anstelle des Nachtischs, für den keine Zeit mehr blieb, weil ihn der französische Ingenieur zur Lagebesprechung in seinem Zimmer erwartete.
Die Tabletten schienen tatsächlich energische Kämpfer gegen tierisches Fett zu sein, und im Auf-

zug mißlang ihm das Unterdrücken eines Rülpsers, was sogar zwei Russen mißfiel.
Der Ingenieur empfing ihn freundlich, ohne ihm aber einen Platz anzubieten. »Es ist schwül im Zimmer, cher ami, lassen Sie uns ein bißchen frische Luft schnappen.«
Er folgte ihm erstaunt und auch etwas ungeduldig. »Haben Sie schon telefoniert?« wollte er auf der Straße wissen.
Der andere grinste. »Deshalb gehn wir ja spazieren. Das Zimmertelefon ist nicht gut für solche Sachen, und vielleicht haben Sie auch schon mal was von Wanzen gehört?«
Gisbert blieb stehen und zuckte mit den Schultern. »Diese Zeiten dürften doch vorbei sein, oder?«
»Ich würde Ihnen gerne Ihren Glauben lassen, aber ich bin schließlich Ingenieur. Wenn man ein wenig Ahnung von diesen Dingern hat, kann man sie leicht finden.«
»Dann kann also alles abgehört werden, was man auf einem Zimmer spricht?«
»Es ist«, sagte der Ingenieur, »jedenfalls gut, wenn man davon ausgeht.« Er deutete auf die andere Seite der breiten Gorki-Straße. »Sehen Sie die Telefonzellen? Von dort werden wir Marina anrufen. Aber man kann nicht einfach rüber. Wir müssen die Straße unterqueren.«
Das System hatte Gisbert schon erfaßt. Jede Straße von einiger Bedeutung hat ihre unterirdischen Passagen und ihren Mittelstreifen, über den die schwarzen Staatslimousinen mit ihren verhängten Fenstern brausen und nicht von Fußgängern gestört werden dürfen.
Und nachdem sie sich vom unterirdischen Men-

schenstrom auf die andere Straßenseite hatten schieben lassen, lernte Gisbert die Endlosigkeit russischer Telefonate kennen.
Ein Dutzend Zellen, alle besetzt, und davor fast so viele Wartende. Geduldige Leute, die es offenbar für völlig normal hielten, daß eine Babuschka mit zehn Sprechminuten so wenig auskommt wie ein junges Mädchen, das Freund oder Freundin an der Strippe hat.
Der Ingenieur schien sich schon angepaßt zu haben. Er wartete mit der Geduld eines Russen.
Gisbert trat von einem Bein aufs andere, als ob das Toiletten wären und er es nicht mehr länger aushalten könne. Marina, die so greifbar nahe gewesen war, verschwand hinter einer Wolke von Ungeduld.
Als sie schließlich an der Reihe waren, ließ ihn der Ingenieur auf dem Trottoir stehen. »Ich mach das schon, und ich fasse mich kurz.«
Aber das Gespräch bekam russische Länge, weil er sich ja verabschieden mußte und Marina gar nicht den Eindruck machte, als ob sie bloß auf Gisbert gelauert hätte. Der entnahm es den Bewegungen, die der Ingenieur mit seiner freien Hand machte, und kam sich vor wie ein Bulle auf der Auktion. Ob es richtig war, dieses Abenteuer einzugehen?
Doch der Rückweg war abgeschnitten. Dem Ingenieur perlte Schweiß von der Stirn, als er aus der Zelle kam, weil trotz der fortgeschrittenen Stunde immer noch dumpfe Hitze über dem Häusermeer brütete.
»Alles klar. Marina erwartet Sie. Wollte eigentlich mit mir Abschied feiern, aber ich hab's ihr ausgeredet und ihr so viel Gutes von Ihnen erzählt, daß sie richtig neugierig geworden ist. Gut, was?« Er lachte

kichernd und zog Gisbert am Arm mit. »Wir müssen noch was einkaufen.«
»Einkaufen? Um diese Zeit? Und was überhaupt?«
»Galant sein, mon cher! Zu Hause gehen Sie doch wohl auch nicht ohne Blumen zu einer schönen Frau, oder?«
»Hm.« Gisbert kratzte sich am Kinn, weil er eigentlich keine einschlägige Erfahrung hatte, dies aber jetzt auf keinen Fall zugeben durfte. Aber es stimmte sein sparsames schwäbisches Herz fröhlich, daß er eine Unmenge von billigen Rubeln in der Tasche hatte. Die schönsten Blumen Moskaus konnte er sich für einen Pappenstiel leisten und wie ein Weltmann vor Marina treten.
»Wo«, fragte er, »gibt's Blumen?«
Der Ingenieur lächelte dünn und schaute ihn gar nicht wie einen Weltmann an. »Blumen? Wollen Sie für einen spießigen Schwärmer gehalten werden? Dort«, er deutete auf ein modernes hohes Gebäude, das keinen Steinwurf entfernt war, »kaufen wir jetzt eine Stange Marlboro und einen schönen französischen Cognac, als Antrittspräsent mit Stil, okay?«
»Mit Devisen?« Gisbert sah seinen Rubelberg sinnlos schmelzen.
»Womit denn sonst? Ihre Rubel können Sie einsalzen. Aber der Devisenladen im Hotel Intourist da drüben ist noch offen. Hundert Mark werden reichen. Haben Sie's dabei, oder soll ich Ihnen was leihen?«
»Schon gut«, sagte Gisbert. »Natürlich hab ich's dabei.« Er spürte, wie es an seiner weltmännischen Fassade bröckelte, und ärgerte sich.

Eine halbe Stunde später, es ging auf elf, saß er im

Taxi. Allein natürlich. Weltmänner lassen sich nicht einführen wie Debütanten, aber sehr selbstsicher fühlte er sich nicht mit der Plastiktasche, die er an sich drückte neben einem Fahrer, der ihn nur mürrisch akzeptiert hatte und tat, als ob er ihm eine Gnade erwiese. Der Ingenieur hatte ihm die Adresse in kyrillischer Schrift auf eine Visitenkarte gekritzelt und ihm Geduld empfohlen. »Es ist in einem dieser neuen Viertel, ziemlich weit droben im Norden.«
Rasch hatten sie die Innenstadt hinter sich, und auf schnurgeraden, aber welligen Straßen fraß sich der Wagen, mehr klappernd als rollend, durch ein Spalier von endlosen Wohnblocks, die zunächst noch geduckt waren, aber bald an Höhe gewannen.
Aus allen Fenstern, deren Zahl ihm größer vorkam als die der Sterne, kam das gleiche gelbliche Licht, und auf eigenartige Weise fühlte er sich wie auf verbotener Pirsch.
Oh, es hatte nichts mit Sonja zu tun. Die war weit, und der Ort, den sie sich ausgesucht hatte, war nicht dazu angetan, Gewissensbisse aufkommen zu lassen. Die lagen in der Moskauer Luft, deren Schwüle der Fahrtwind kaum milderte. Big Brother watching? Die Frage wollte ihm nicht aus dem Kopf, weil es auf der Hand lag, daß in den geheimnisumwitterten Befehlszentralen des Kremls solche Fahrten von einsamen Fremden in die Intimität sowjetischen Bürgerlebens unerwünscht waren.
Andererseits stand nirgends, daß sie verboten waren. Und er war auch kein Eindringling, sondern er war eingeladen. Wenn auch, zugegeben, nicht gerade auf orthodoxe Weise.
Unterschwellig spürte er, daß es eines jener Abenteuer war, auf die man scharf ist, wenn man sie nicht

hat, und die einen furchtbar nervös machen, wenn man drinsteckt.
Immerhin, man konnte noch umkehren. Aber er wußte, daß er sich das nie verzeihen würde. Das Taxi schepperte auf das Ziel zu, das er angegeben hatte und von dem er nichts wußte.
Und plötzlich irritierte ihn die Dauer der Fahrt. Vierzig Minuten fast waren sie schon unterwegs; es ging auf Mitternacht zu und Brachland lag zwischen den Hochhäusern, die immer größere Abstände voneinander bekamen. Sogar Birkenwäldchen tauchten auf. Wenn ihn der Bursche mit dem mürrischen Blick beim KGB ablieferte? Jedenfalls war er ihm ausgeliefert, und vielleicht würde er ihn überhaupt nicht zurückfahren, wenn er es jetzt verlangte. Rußland wurde ihm unheimlich. Nicht nur seine Seele, auf deren Suche er war, kam ihm unerforschlich vor.
Aber es kam eine vorläufige Beruhigung. Der Fahrer verlangte nochmals die Visitenkarte des Ingenieurs mit der Adresse, nickte und bog gleich darauf von der schnurgeraden Chaussee ab. »Charascho«, sagte er, und dann noch: »Budjet.«
Beides kannte Gisbert aus dem Wörterbuch, und es bedeutete, daß alles in Ordnung sei. Zwar kurvten sie noch ein paar Minuten im Brachland herum, und der Chauffeur, der offenbar seine Aversion abgelegt hatte, weil gemeinsame lange Fahrten verbinden, sagte mit einem fröhlichen breiten Lachen, daß man da sei.
Das gräuliche Hochhaus mit seinen riesigen Fertigteilflächen, die deutlich an der fensterlosen Seite im Mondlicht erkennbar waren, sah aus wie alle anderen, aber es war eben anders, weil man hinein mußte.

Unter normalen Umständen hätte es Gisbert mit Freude erfüllt, daß für die Riesenfahrt nur 4 Rubel und 50 Kopeken zu entrichten waren, zumal dies die erste echte Chance war, seinen Vorrat abzubauen. Wenn er an deutsche Taxis dachte, wäre er mit hundert noch gut bedient gewesen, weshalb er dem Fahrer in einem Anflug von Großmut zwei Fünferscheine gab und ihm bedeutete, daß es in Ordnung sei.
Der Mann fiel ihm zwar nicht um den Hals, aber Gisbert meinte zu erkennen, daß es ihm recht war, einen Gentleman gefahren zu haben.
Das gab ihm Mut im Treppenhaus, dessen Tür von einer fahlgelben Katze bewacht, aber erfreulicherweise unverschlossen war. Zwar hatte der Ingenieur das vorausgesagt, aber man mußte mit Imponderabilien rechnen, und eine hatte er schon hinter sich. Aus einem Fenster des zweiten Stocks hatte ein Mann seinen Eintritt mit unverhüllter Neugier beobachtet. Nur ein weißes Unterhemd hatte er getragen, das mächtige, muskulöse Oberarme freigab, und auf dem Bizeps hatte Gisbert einen tätowierten Anker erkannt. Und die Hände hatten ein breites, kantiges Gesicht gestützt.
Gisbert hoffte, als er auf den Knopf der fünften Etage drückte, ihn nicht im Aufzug zu treffen. Möglich war alles, und wie ein Hauswächter hatte der Typ die Lage gepeilt. Mit seiner Plastiktüte kam sich Gisbert wie ein mitternächtlicher Sprengstoff-Träger vor, aber der Aufzug, in dem es säuerlich nach Kohl roch, fuhr unbehindert am zweiten Stock vorbei und hielt im fünften.
Marina hieß Smirnowa, aber am Türschildchen stand die männliche Form Smirnow. Gab's einen Mann? Er läutete und verscheuchte die Idee. Es war

undenkbar, daß ihn der Ingenieur in eine solche Falle laufen ließ.
Die Frau war nicht mehr ganz jung und für Gisberts Vorstellungen ein bißchen zu groß und zu kräftig. Aber langes schwarzes Haar umrahmte ein hübsches Gesicht mit großen Mandelaugen, und die betonten Backenknochen gaben ihm einen Hauch tatarischen Einschlags. Sie führte ihn zur kleinen Couch eines kleinen Wohnzimmers, das nur das matte Licht einer Stehlampe beleuchtete, und ihr Lächeln war ungezwungener als seines. Als er saß, hatte er immer noch die Plastiktüte in der Hand.
Man geht zu einer russischen Dame nicht wie zu Frau Scheufele, und es fiel ihm nichts Besseres ein, als nach Zigaretten zu nesteln.
Marina, inzwischen hatte er sie im weichen Licht auf 35 taxiert, hatte ihn zwar mit »Bon soir« begrüßt, war dann aber zu seiner Erleichterung auf ein recht taugliches Deutsch übergegangen. Interessantes habe sie gehört von ihm, und es war ihrem Gesicht nicht abzulesen, ob sie es bestätigt fand oder enttäuscht war.
Gisbert sagte, auch er habe Interessantes von ihr gehört, und versuchte, mit seinen Zigaretten das erste Brücklein zu bauen. Sie griff zu, er gab Feuer und wünschte dem Rauch, der zum leicht geöffneten Fenster hinüberkringelte, eine Sprache.
Alle Eröffnungszüge, die er auf der Fahrt durchgespielt hatte, waren weg.
Aber mit hilfsbereitem Geschick zauberte sie eine Wodkaflasche und Gläser auf den Tisch, sagte, daß man sich erst einmal richtig begrüßen müsse, und dann »na s'drowje«. Und als er sah, daß sie das nicht kleine Glas mit einem Zug leerte, kam er nach. Aus

der Grube des Magens stieg Feuer hoch, das den Kopf freier machte.
»Vielleicht würden Sie einen echten französischen Cognac vorziehen?« Er griff zur Plastiktüte, und sie tat, als ob sie sie erst jetzt bemerkte.
»Oh, wie aufmerksam!« Die Mandelaugen blitzten, und in die Backen traten Grübchen. Und mit dem gönnerhaften Schmunzeln des reichen Onkels legte er die Stange Zigaretten dazu. Er spürte wieder Boden unter den Füßen.
Und schon hatte Marina die Gläser erneut gefüllt.
»Wollen wir beim Wodka bleiben? Er ist auch gut, und der Cognac ist viel zu kostbar.«
Er nickte, und hell klangen die Gläser, als sie anstießen. Es macht sich bezahlt, dachte er, wenn man nicht knauserig ist.
Das zweite Glas spülte den Rest von Hemmungen hinunter, und im milden Licht der Stehlampe sah er nicht mehr nur das Gesicht, das die Seele versprach, nach der er suchte, sondern er sah auch, daß Brust und Beine wohlproportioniert waren. Sein Franzose, da konnte man nichts sagen, hatte Geschmack.
Daß auch bei Sonja beim Kerzendinner mit Monsieur Espinasse die verführerische Rolle des Lichts mitgespielt hatte, konnte er nicht ahnen.
Bloß hatte Espinasse nicht mit hartem Wodka gearbeitet. Nach dem dritten Glas, das die Flasche leerte, weil die Russen die ihren auf 500 Gramm genormt haben, beschlich ihn eine dunkle Ahnung. Hatte der französische Ingenieur, dem er dieses bemerkenswerte Rendezvous verdankte, nicht vom Streß gesprochen, den die russische Frau auszuüben vermag? Und war er nicht unübersehbar gezeichnet von ihm?

Langsam mußt du trinken, dachte Gisbert, als sie die zweite Flasche auf den Tisch stellte und Gebäck dazu. Angenehm empfand er das schummrige Licht, in dem sie sich graziös bewegte und sprach, als ob sie eine Flasche Sprudel geleert hätten. Nie hätte er so viel mannhaftes Stehvermögen vermutet bei einem Wesen, dessen spezifische Weiblichkeit von herausfordernder Ausstrahlung war.
Am nächsten Glas, das sie wie die vorhergegangenen leerte, nippte er nur.
»Du mußt trinken«, sagte sie, und das ›r‹ rollte ihm wie ein donnernder Befehl ins Ohr.
In ein Ohr, das sich spitzte. Wie zufällig war das ›Du‹ gekommen, und instinktiv begriff er, daß kein Wort mehr darüber zu verlieren war. Marina wollte es so, und es mußte mit russischer Natürlichkeit zu tun haben. Mit Seele gar?
War er auf dem Weg zu ihr? Gehorsam nahm er sein Glas, um sich auf gute deutsche Manier zu bedanken. »Auf gute Freundschaft, Marina. Du ... du gefällst mir.«
Es klang ein bißchen hölzern, aber was fällt dir schon ein, wenn dir die russische Seele, der du wie ein Blinder nachgelaufen bist, plötzlich so unfaßbar körperlich auf dem Servierbrett gereicht wird?
Und die Seele schenkte mit natürlicher Freundlichkeit nach.
Ein Blick auf die Uhr zeigte Gisbert, daß es auf zwei ging, und ein Blick auf die Flasche, daß unmöglich noch etwas stattfinden konnte, wenn sie leer wurde. Möglich, daß Russinnen das brauchten für die Einstimmung.
Er nicht. Möglicherweise war die Grenze sogar schon überschritten, aber vielleicht war noch etwas

zu retten, wenn er sich ans Gebäck hielt. Er knabberte, und es schien ihm, als ob der Glanz in den Mandelaugen nachließe.
»Dein französischer Freund hat mehr vertragen.«
War ein Unterton von Spott dabei? Gisbert fühlte, wie sich der starke Wodka umsetzte in leichte Nebel, die sein Einfühlungsvermögen beeinträchtigten, aber ein Rest von Humor kämpfte sich durch und hätte ihn beinahe sagen lassen, daß er jetzt sehr wohl begreife, warum der Ingenieur ein Bild des Jammers geworden sei und nichts dringender brauche als Schlaf und Erholung.
Aber er hielt sich zurück und knabberte weiter, obwohl das Zeug von süßer Pappigkeit war.
Mineralwasser, das Marina mit der routinemäßigen Freundlichkeit einer Krankenschwester dem kleinen Eisschrank entnahm, half ihm. Leider half es auch, einen Faden zu zerreißen. Es war der zwischen Seele und Bett, und da dies sein erstes Rendezvous mit ihm war, hatte Gisbert keine rechte Vorstellung von ihm. Er hatte Wasser ins Feuer des Wodkas gegossen. Ganz schlicht falsch gezupft an den Saiten der Balalaika.
Wie ein nasses Stück Seife entglitt ihm die Seele, die er gepackt zu haben schien, und es erwies sich als Fehler, den abgebrochenen Vormarsch mit schummriger deutscher Romantik fortsetzen zu wollen. Russische Poesie wollte er ins Spiel bringen, die Seele, die ihm davonlief, zurückholen mit Gedanken an Puschkin, Turgenjew und Gogol, die er tatsächlich gelesen hatte und bewunderte.
Aber es war, als ob Marina, eben noch unzweifelhaft zu allem bereit, jetzt überhaupt nichts mit ihren Dichterfürsten am Hut hätte. Vielmehr erklärte sie

ihm mit einer Deutlichkeit, die ihn schmerzte, daß der französische Ingenieur ein echter Mann mit den rechten Taten im rechten Moment gewesen sei. Feinfühlig, wie es Franzosen eben sind. Und wenn sie gewußt hätte, wen er da schicke, dann hätte sie eben Tee und Romantik auf den Tisch gestellt. Aber jetzt sei alles zu spät.
Damit war Gisbert entlassen, und sie erklärte ihm mit einer kleinen Skizze, wo er ein Taxi finden könne. Es war halb fünf, als er mit zwiespältigen Gedanken über die russische Seele im Hotel Metropol ankam, und beim frühen Frühstück der deutschen Reisegruppe machte man sich Sorgen um seine Gesundheit, weil er am Abend Magenpillen von der dicken Heilbronnerin bekommen hatte.

11

Über St. Tropez weinte der Himmel. Mit fast tropischer Heftigkeit war über Nacht der Regen gekommen, und Sonja erwachte durch das monotone Trommeln, das aus garstigen, bleigrauen Wolken kam. Regen im Sonnenparadies! Es kam ihr vor wie die unverschämteste aller Gesetzwidrigkeiten, wie das hämische Zerreißen eines Garantiescheins. Wenn schon die Männer ein böses Spiel mit ihr trieben – mußte es dann auch noch die Natur tun?
Sie warf sich auf die andere Seite des Betts, dessen Breite ihr größer und unnützer als zuvor erschien, aber es gelang ihr nicht mehr, einzuschlafen. Düster und grau wie das Wetter wurden die Gedanken, ja sogar mit der Abreise beschäftigte sie sich, obwohl sie wußte, daß sie in einem leeren Haus enden würde. Einen Mann, der sich nach Moskau absetzt, kann man nicht zurückzitieren.
Jetzt, da ihr der Regen Zeit zum Nachdenken gab, fiel ihr ein, daß sie nicht einmal den Namen seines Hotels wußte. Wenn er auch nur einen Schimmer von Anstand besäße, hätte er ihn ihr genannt. Hatte sie's vielleicht nicht getan? Man könnte miteinander sprechen, und jetzt, da der Regen gegen die Scheiben trommelte, bedeutete eine Stunde Wartezeit gar nichts. Von ihr aus sogar drei oder vier. Man ver-

säumte nichts. Keinen traurigeren Ort als ein vom Regen gepeitschtes St. Tropez konnte sie sich vorstellen. Verregnete Schönheit ist viel trister als verregnete Häßlichkeit.
Nein, man versäumte nichts. Sie überlegte, ob sie sogar das Frühstück sausen lassen sollte, nicht ahnend, daß es Gisbert in diesem Augenblick so hielt, weil ihm Marina nicht nur Weltschmerz beschert hatte, sondern auch einen jener handfesten Räusche, die man nicht unter der kalten Dusche abschüttelt.
Ihr aber half ein heißes Bad. Es tat gut, weil der Regenwind Kühle ins Zimmer trieb, und es brachte den Appetit zurück.
Sie ging hinunter zum Frühstück, und obwohl der Vormittag schon fortgeschritten war, saßen fast alle Pensionsgäste an ihren Tischen. Regen ist ein großer Gleichmacher. Wohin sollst du, wenn es kübelt, daß man keinen Hund vor die Tür jagen würde?
Die meisten Männer lasen Zeitungen und bewiesen, daß dies auch dann möglich ist, wenn die meisten Frauen quasseln und Kinder wie eingesperrte junge Hunde herumhüpfen. Es gab nur noch Croissants und Milchkaffee, weil die Küche schon zum Mittagessen rüstete, und Sonja war's zufrieden. Madame Delamarre hatte sich hinübergesetzt an den Tisch der sechsköpfigen Pariser Familie, deren Oberhaupt Apotheker war und auch so aussah. Wenn er Milch und Zucker in den Kaffee tat, meinte man, er arbeite mit dem Mörser an einer diffizilen Mixtur.
Sonja war froh, daß Madame Delamarre beschäftigt war, weil sie jetzt nicht ausgefragt werden wollte. Beim Zunicken entging ihr ihr fragender Blick nicht, aber sofort senkte sie die Augen und tat, als ob es nichts Wichtigeres und Interessanteres gäbe als das

Eintauchen eines Croissants in die dampfende große Tasse.
Aber gerade das war die falsche Taktik und erregte Madame Delamarres Neugier. Sie hatte den sechsten Sinn für Leute, die gebeutelt wurden vom Leben.
Als Sonja den Frühstücksraum verließ, um zu sehen, ob es in der Halle noch Zeitungen gab und auch ein Plätzchen, wo man sie lesen konnte, tauchte sie wie zufällig auf. Es gab keine Auswahl mehr.
Alle Pariser und ausländischen Zeitungen waren weg, und der Portier konnte ihr nur noch den ›Nice Matin‹, die regionale Tageszeitung, anbieten. Es war der gleiche Portier, der ihr Lucien Espinasse vermittelt hatte, und er gab ihr die Zeitung mit einem freundlichen Lächeln, das aber einen Schuß von wissender Zweideutigkeit hatte.
Sie lächelte nicht zurück, konnte aber auch nicht den erhofften Rückzug antreten, weil ihr Madame Delamarre den Weg versperrte.
»Langeweile, meine Liebe?«
Sonja zuckte mit den Schultern. »Haben wohl alle bei diesem Wetter. Oder sieht man mir's besonders an?«
»Möglich. Ich sehe Sie zum erstenmal mit einer Zeitung.«
Ihr Lächeln fand Sonja eine Spur zu affig.
»Sie täuschen sich, wenn Sie meinen, ich könne nicht lesen!«
»Aber, aber.« Madame Delamarre nahm sie am Arm und zog sie zu den beiden einzigen Sesseln, die frei waren. »Wer wird denn gleich beleidigt sein? Ich bin überzeugt davon, daß Sie vorzüglich Französisch lesen können, aber Frauen wie wir können doch auch ein bißchen plaudern, oder?«

Es gab keinen Ausweg, und widerwillig nahm Sonja Platz.

»Man fühlt sich wie im Gefängnis, nicht wahr?« Die Delamarre war eine Meisterin des Timbres. Jetzt klang ihre Stimme wie ein Trauermarsch.

Falsche Ziege, dachte Sonja und zündete sich eine Zigarette an, ohne ihr die Packung zu reichen.

»Gegen Abend«, sagte Madame Delamarre und griff wie zum Trotz zu den eigenen, »wird es schön.«

»Meinen Sie?«

»Oh, ich habe das oft genug an der Côte erlebt. Sie droht mit Weltschmerz, und schwupp, lacht sie wieder. Wenn Sie das oft genug erlebt haben, finden Sie ein bißchen Regen ganz amüsant.« Sie machte einen tiefen Lungenzug und sah ihr voll ins Gesicht. »Aber gestern abend war's nicht amüsant, stimmt's?«

»Wie ... wie kommen Sie darauf?« Sonjas Überraschung war nicht gespielt.

»Sie sind wie ein gerupftes Huhn ins Hotel gekommen. Ich habe Sie beobachtet.«

Sonja erinnerte sich nicht, jemanden wahrgenommen zu haben, aber die Alte mochte recht haben. Die ungeheure Frechheit des Diebstahls hatte sie genervt.

»Voyons, sehen Sie.« Sie deutete auf die breiten Scheiben, gegen die die Tropfen klatschten. »St. Trop hat nicht nur Sonne parat. In jeder Hinsicht, wenn Sie verstehen, was ich meine.«

»Ich denke schon«, sagte Sonja, und für Madame Delamarre war es ein halbes Geständnis. Und wer ihr so etwas bot, hatte keine Chance mehr, ungerupft davonzukommen. Sie faßte nach, und sie tat es im unwiderstehlichen Stil eines Ringers, der den Gegner schon auf einer Schulter liegen hat.

Und Sonja wich dem Druck. Tränen traten ihr in die Augen, und sie kamen aus einer Mischung von Wut über sich selbst, über die Neugier der Delamarre und über die bodenlose Frechheit des Banditen. Aber es kam auch Selbstmitleid dazu, und mit ihm der Wunsch, sich trösten zu lassen.
Doch dazu muß man sich ausfragen lassen. Die andere tat es mit so subtilem Raffinement, daß es fast mütterlich wirkte, und nach anfänglichem Stocken gab Sonja einen lückenlosen Bericht von der herben und kostspieligen Enttäuschung, die ihr in Ramatuelle widerfahren war.
Madame Delamarre bemühte sich so erfolgreich, Schadenfreude mit Verständnis und Mitgefühl zu überdecken, daß Sonjas Ärger in Dankbarkeit umschlug. Fast wie eine Freundin kam die Ältere ihr plötzlich vor, und womöglich hätte sie sich an ihrer Brust ausgeweint, wenn die Hotelhalle nicht überfüllt gewesen wäre von Leuten, die mit grimmigen Gesichtern einen Urlaubstag ins Wasser fallen sahen.
»Alles keine Philosophen«, schnippte die Delamarre. »Aber Sie, mein Kind, müssen es sein. Erstens folgt dem Regen Sonne, und zweitens sind Sie ja noch recht gut davongekommen. Stellen Sie sich vor, der Kerl hätte noch dazu das Auto gestohlen!«
Sonja nickte. »Und es hätte auch noch mehr Geld drin sein können.«
»Ganz richtig. Und gefaßt hätte man ihn nie. Sie müssen wissen, daß dies die Zeit der stehlenden Wandervögel ist. Den werden Sie nie mehr drunten am Escalet-Strand sehen. Er wechselt sein Revier und wird zur Stecknadel im Heuhaufen. Und die Polizei? Sie hätte Ihre Anzeige aufgenommen und abgelegt. Sie hat keine Chance gegen das sommerliche

Heer der Riviera-Gauner, und Sie werden hoffentlich Ihre Lektion beherzigen.«
»Natürlich werde ich das. Aber es muß doch auch noch Männer geben, denen man vertrauen kann!«
»Gibt es auch, ma chère, gibt es auch.« Madame Delamarres Lächeln strahlte gesicherte Erkenntnis aus, die dem Neuling an der Côte nicht gegeben ist. »Aber es wird Zeit zum Essen. Wollen Sie heute nachmittag einen kleinen Bummel mit mir machen?«
»Bei dem Regen?«
»Aber ich sagte Ihnen doch, daß er aufhören wird. St. Trop weint nicht lange.«
Tatsächlich war die Straße, die zum Hafen hinunterführte, schon vor der Stunde des Apéritifs fast wieder trocken. Dampfend von den Strahlen der herbeigezauberten Sonne, nahm sie den urlaubenden Menschenstrom auf, der schützenden Mauern entfleuchte, um sein Paradies zu genießen. Wer seine Ellenbogen nicht einsetzte, ging hoffnungslos unter im Run auf die Straßencafés der Hafenpromenade.
St. Trop lachte wieder.
Sonja aber war noch nicht soweit. Der Bummel mit Madame Delamarre war unvermeidlich geworden, und es hatte auch nichts genützt, Kopfschmerzen vorzuschützen.
»Es gibt kein besseres Mittel, als den Kopf auszulüften, meine Liebe.« Und draußen, als sie sich durch die Gassen schieben ließen: »Nach dem Regen beißt der Fisch gut an, wissen Sie das nicht?«
Aber Sonja hatte weder Ohr noch Laune für Zweideutigkeiten.
»Wollen Sie angeln?«
»Sind Sie wirklich so schwer von Begriff, oder wollen Sie sich über mich lustig machen?« Mitleidige

Ironie schwang mit und ließ Sonja aufmerksamer werden.
»Ich verstehe Sie wirklich nicht.«
»Schon gut. Sie sind wirklich angeschlagen, aber wir werden das ändern. Nicht im Gedränge da unten am Hafen. Ich kenne ein hübsches kleines Café, wo wir Platz finden und auch nette Leute, wenn wir Glück haben.«
Das Café war in der Nähe des großen Platzes, der in jeder anderen Stadt wohl ein Marktplatz wäre, aber in St. Tropez eine Art von Einheimischen-Reservat ist. Beherrscht wird er von den Boule-Spielern, unter deren Baskenmützen meist weißes Haar hervorzottelt und die sich mit ihren faustgroßen Eisenkugeln heftige und disputreiche Kämpfe auf dem sandigen Boden liefern. Schon war die Sonne wieder dabei, ihn zu trocknen, Grund genug für die Spezialisten der Boule-Kugeln, die Spielkarten in den Bistros wegzulegen.
Aber die meisten der Boule-Besessenen sind ›retraités‹, Pensionäre also, die sich längst nichts mehr aus der eitlen Hafenpromenade machen und sich dort vorkämen wie Zittergreise in der Disco, wiewohl ihre Hände von staunenswerter Ruhe sind, wenn sie der Kugel beim Wurf den feinfühligen Drall verleihen.
Viel könnte die ungestüme junge Hand von der abgeklärten Philosophie dieser Hände lernen.
Madame Delamarre führte Sonja Tischbein selbstverständlich nicht in einen der Bistros, aus denen die alten Männer bei den ersten Sonnenstrahlen herausgequollen waren wie die weißen Mäuse aus dem Käfig und wo jetzt nur noch die ganz Alten saßen, denen das Boule-Spiel ins Kreuz fährt.

Ein ganz anderer Bistro war's, in dem junge Herren, Bürschchen fast, mit der unnachahmlichen Lässigkeit, die das Nichtstun zur tätigen Kunst erhebt, am Zinc lehnten.

Sonja war schon deshalb überrascht, weil sie diese in ihrer Art recht ausgeprägten Typen beim zurückkehrenden Sonnenschein, der dem Bistro kellerhafte Dunkelheit verschaffte, in erlebnishungriger Erwartung wähnte.

Wie sie selbst. Aber das gestand sie sich nicht ein.

Immerhin, man war in St. Trop. Doch diese Burschen schien eine seltsame Art von Snobismus zurückzuhalten von der Luft, die reiner und einladender denn je war und, wie sie in den Gassen gesehen hatte, Mädchen von beneidenswerter Jugendlichkeit aus den Häusern trieb.

Hier saß nur eine, und sie hatte ein Glas mit giftgrüner Flüssigkeit vor sich, in dem sie gelangweilt mit einem Strohhalm rührte, sowie einen Burschen, der eine Zigarette mit gelbem Maispapier im Mundwinkel kleben hatte. Wenn er etwas sagte, wippte sie ein wenig. Aber er sagte nicht viel, und sie auch nicht.

Normalerweise hätte Sonja hier nicht Platz genommen, weil ihr auch die an der Theke diskutierenden Typen nicht interessanter vorkamen, aber die resolut auf ein Tischchen zugehende Delamarre ließ keinen Widerspruch zu und tat überhaupt ganz so, als ob sie hier Haus- und Siedlungsrecht hätte.

Es war etwas von dieser ellenbogenartigen französischen Natürlichkeit, die den Rechtsrheinischen immer wieder verblüfft und hilflos macht.

Madame Delamarre bestellte einen Apéritif, der unglaublich süß war und nach Wasser schrie. Sonja nahm's hin, wie man Regen hinnehmen muß, und

blickte so gelangweilt vor sich hin wie das Mädchen mit dem giftgrünen Zeug und dem stumm vor sich hinrauchenden Kerl.
Warum hatte sie sich aus der Sonne in diesen schummrigen Laden hineinziehen lassen?
Die andere schien ihre Gedanken zu erraten. »Sie sind ungeduldig, Kind. Aber sagte ich Ihnen nicht, daß die Fische nach dem Regen anbeißen? Freilich, ein bißchen Geduld braucht der Angler. Auch das sollten Sie wissen.«
Sie nickte einem der jungen Burschen zu, der von der Theke herüberblickte, und sagte: »Salut, Pierre.«
Mit halbem Auge sah ihn Sonja zurücklachen, mit Zähnen, an denen noch kein Zahnarzt etwas verdient hatte, aber als sie richtig hingucken wollte, sah sie nur noch volle schwarze Locken von hinten und einen breiten Rücken, der sich unter dem eng sitzenden T-Shirt zu schmalen Hüften verjüngte. Der Bogen der Wirbelsäule zeichnete sich ab, und man ahnte Muskeln.
Und wieder erriet die Delamarre ihre Gedanken. »Ganz schön sexy, was?«
Sonja wandte den Blick ab, zog wütend an ihrer Zigarette und schaute dem Rauch nach. »Ich bin weder scharf auf den noch auf Ihre Hilfe!«
»Wer redet von Hilfe? Ist Ihnen nicht recht, daß man einen Platz findet und nicht erdrückt wird wie unten am Hafen?« Sie lächelte, trank einen Schluck und fuhr mit unverhüllter Ironie fort: »Viel geglückt ist Ihnen bis jetzt ja noch nicht, oder? Und noch etwas, ma chère: Hier sitzen keine Männer, die Geld aus Handschuhfächern holen. Anständige Jungen sind das, die wissen, was sich gehört!«
Der Hieb saß. Sonja bekam einen roten Kopf und

merkte, daß sie für ein Streitgespräch nicht gut im Rennen lag.

Die Delamarre legte ihr die Hand auf den Arm und sagte einlenkend: »Sie sind nicht die erste, die an der Côte Lehrgeld gezahlt hat. Und jetzt sollten Sie einfach ein braves Kind sein und mich machen lassen.«

Die Frage, die Sonja auf die Zunge sprang, kam nicht, weil der Junge, den die andere Pierre genannt hatte, von der Theke herüberschlenderte und gar nicht fragte, ob er Platz nehmen dürfe.

Er nahm.

Älter als zwanzig, dachte Sonja, ist er nicht. Und verdammt gut aussehen tut er. Besser als der Bademeister von Pampelonne.

Und bestimmt ist er gebildeter. Dafür hatte Sonja Blick und Ohr, wobei sich das Auge aus verständlichem Grund leichter tat. Denn wie viele Franzosen gehörte der Bursche zu den Schnellsprechern. Sonja war es, als ob die Sätze wie bunte Girlanden aus seinem Mund kämen, und wenn sie ein Stück davon erhascht hatte, war er schon wieder viel weiter, und sie hätte sich eine Schere gewünscht zum Zerschneiden und Genießen der Girlande, in der so viel Galantes steckte.

Sie genoß das, auch wenn ihr manches entging, mit der gleichen Intensität wie das angenehme Timbre der Stimme, und bald spürte sie auch, daß er zwar zu zwei Frauen sprach, aber eine meinte.

Nicht die Delamarre. Ihr, Sonja Tischbein, galt sein Interesse, und hell blitzte es in seinen dunklen Augen, wenn sich, wie zufällig, ihre Blicke kreuzten.

Und seine Galanterie war von der unaufdringlichen Natürlichkeit, die im Charme wurzelt, den man so wenig erlernen kann wie Esprit und Witz. Hatte sie

ihn nun tatsächlich vor sich, den Franzosen ihrer Träume?
Wenn sie an den Profiteur Espinasse mit seiner berechnenden Inszenierung mit dem Kerzenlicht und an den windigen Strauchdieb Luc dachte, war's durchaus keine absurde Idee, und sie fühlte die Schranken der Vorsicht, die sie wegen dieses Luc aufgebaut hatte, zusammenbrechen. Außerdem war Madame Delamarre, die Erfahrene, da.
Aber nicht mehr lange. Die Verabredung, die ihr plötzlich einfiel, mußte wichtig sein, denn sie ließ ihr nicht einmal mehr die Zeit zum Zahlen.
»Würden Sie das für mich erledigen, meine Liebe? Zu dumm, daß ich Monsieur Dupont de la Haye vergessen habe! Schon zehn Minuten über die Zeit, mon Dieu! Was wird er denken von mir?«
Beinahe hätte sie vor Eile das runde Tischchen umgestoßen, aber mit schnellen und starken Armen packte der junge Pierre zu und lachte. »Für Überraschungen ist sie immer gut, die Hortense.«
So erfuhr Sonja den Vornamen von Madame Delamarre.
Und dann Erstaunlicheres. Nach dem miesen Abenteuer mit Luc in Ramatuelle wurde Pierre edler Ritter und Prince charmant zugleich.
»Was trinken wir beide noch, Madame? Ich darf Sie doch einladen und werde selbstverständlich auch die Addition von Madame Delamarre übernehmen.«
Und dann mit erhobener Hand, einer Geste, die Sonja wegen ihrer lässigen Eleganz beeindruckte: »Tu viens un moment, Simone?«
Wenn sie da an Gisbert dachte, der in solchen Fällen ein »Frollein!«, das forsch und gebieterisch klingen sollte, in den Raum schleuderte!

Selbst bei Kellnerinnen fand Pierre den charmanten Ton.

Sie dinierten unten am Meer, eine halbe Autostunde von St. Trop entfernt, und das Lokal stand hoch über der Güteklasse, die Espinasse angeboten hatte. Kerzenlicht auch hier, aber drumherum eine gediegene Eleganz, wie sie Sonja in ihren kühnsten Träumen nicht erschienen war.
Und die Preise entsprachen ihr. Ein Blick auf das in Leder gebundene Angebot auf Bütten verschlug ihr die Sprache. Noch nicht einmal richtig zuschlagen mußte man da, um eine jener Rechnungen zu bekommen, die die Franzosen mit ›coup de fusil‹ bezeichnen, was sinngemäß etwa so zu übersetzen ist, daß sie den Gast umhauen.
Pierre aber saß fest auf seinem Stuhl, und er stellte das Menü nicht zusammen, sondern er zelebrierte die Bestellung, als ob sie einem Poesiealbum entstiege. Groß und auch ein wenig ängstlich wurden da Sonjas Augen, weil zweierlei Gedanken sich in ihrem Kopf kreuzten. War die Gefahr nicht groß, daß sich der Junge bei diesen sündhaften Preisen übernahm, und war es überhaupt als abgemacht anzusehen, daß er die Rechnung übernehmen würde?
Traumhaft mochte die Atmosphäre sein, und ihr Partner saß drin wie hineingeboren, aber das Rechenzentrum, das nun einmal in den schwäbischen Kopf hineingeboren ist, funktionierte.
Wenn auch er mit einem Trick kam? Er mußte ja nicht so widerlich wie der von Luc sein. Eine charmante Entschuldigung vielleicht bloß: »Oh, pardon, Madame, ich habe die Brieftasche vergessen, könnten Sie das auslegen bis morgen?«

Und dann die Mücke machen.
Immerhin, bestehlen konnte er sie nicht. Ihr Geld lag im Safe des Hotels, aber es war um 9000 Francs geschrumpft, und sie hatte sich schon entschlossen, von ihrer Bank eine telegrafische Anweisung zu verlangen. Als Millionär konnte man sich das leisten, aber total ginge es ihr gegen den Strich, wie eine Fürstin zu speisen und dazu noch einen Pseudofürsten freizuhalten.
Und der Weißwein, den er zum Hummer bestellte! Chablis eines besonderen Jahrgangs war's und teurer als fünf Kisten Trollinger.
»Muß das sein? Ich verstehe gar nicht so viel davon, müssen Sie wissen.« Es war ein vorsichtiges Aufbäumen, von dem sie sich auch Klarheit über die Zahlungsmodalitäten erhoffte.
Und sie kam mit so entwaffnendem Charme, daß sie sich schämte.
»Wenn wir«, sagte Pierre mit strahlendem Lächeln, »diesen köstlichen Tropfen getrunken haben, werden Sie mehr davon verstehen.« Und nach ihrer Hand greifend: »Ich habe da meine Prinzipien, Madame Sonja. Eine Frau wie Sie als Gast zu haben ist mehr wert als der kostbarste Wein!«
Welch eine poetische Ritterlichkeit! Sie durchbrach die letzten Schranken, die sie aufzubauen versucht hatte. Sie überließ ihm beide Hände, die ihn am liebsten umarmt hätten, und endgültig wußte sie, daß dieser Augenblick kommen würde.
Als die Flasche leer war, gab es auch keine Madame Tischbein mehr. Nur noch Pierre und Sonja.
Auf den Champagner nach dem Dessert verzichteten sie. »Man hat mehr voneinander, wenn man nicht von allem nimmt«, sagte er, und der Kuß, den sie im

Auto bekam, war so stürmisch, daß sie zitterte vor Vorfreude.
»Bei mir«, sagte er, »geht's schlecht. Vater und Mutter luchsen im Hotel herum, verstehst du? Eltern können einem unheimlich auf den Wecker fallen. Vor allem die Mütter. Sie wittern den Schwiegersohn ebenso wie sie wittern, daß es nicht läuft, wie sie sich's vorstellen. Die Heirat, meine ich. Und die haben wir ja nicht im Sinn, oder?«
Sie bestätigte es ihm mit gebotener Aufrichtigkeit und griff heftig nach seiner rechten Hand, die er vom Steuer befreite.
Lau und angefüllt mit einer Sehnsucht, die sie noch nie erlebt hatte, zog der Fahrtwind durch den Wagen. Man sah das Meer nicht, aber man spürte seine Nähe und seine Bereitschaft, die Romanze zu schüren.
Nie hatte sie eine so intensiv erlebt. Und die bürgerlichen Hemmungen so resolut verjagt.
»Wir schlafen bei mir, Pierre. Willst du?«
»Ja, was denn sonst?« Die Antwort kam mit der Spontaneität eines Hungernden, der zum gedeckten Tisch geführt wird. »Es wird wunderbar sein, Sonja.«
Und sie wußte, während er den Wagen langsam durch die Uferstraße lenkte, als ob er die Vorfreude verlängern wollte, daß dieses Erlebnis jedes, aber auch jedes, in den Schatten stellen würde.

Pierre war nicht das, was sie bisher mit dem Begriff Liebhaber verbunden hatte. Eine lodernde Flamme war er, ein Zeus, der sie in die olympischste aller Höhen der Liebe hob. Oh, sie kannte ihren Maupassant und die ganze fine fleur der französischen Poeten,

die den Divan der Liebe überschütteten mit Blüten, deren Buntheit man sich auch in den kühnsten Träumen nicht auszumalen vermag.
Aber Pierre war mehr. Gelbflamme und Weißglut in einem, und er verstand es, den Höhepunkt, den ›moment divin‹ auf eine Weise hinauszuzögern, die sie in eine nie erlebte Ekstase versetzte.
Und die natürlichste aller Kühnheiten spielte mit. Er beherrschte ihre Tastatur mit einem Einfühlungsvermögen, das ihr die Sprache raubte, ohne sie indes stumm zu machen. Und sie stieß Worte aus, die Pierre nicht verstand und die Gisbert nie zu hören bekommen hatte.
Es war, als ob sie aus einer anderen Welt kämen. Und sie waren ihr auch nicht bewußt, als sie ermattet neben ihm lag und sich als der glücklichste Mensch unter Frankreichs Sonne fühlte.
Gisbert war weiter weg als Moskau. Weiter als der Mond. Einfach nicht existent. Wie hätte sie sich ihn neben sich vorstellen sollen an diesem Morgen, der mit strahlender Sonne durchs Fenster lachte, als ob es nie diesen segensreichen Regentag gegeben hätte?
Und nie hätte er die Kühnheit besessen, das Frühstück aufs Zimmer zu bestellen. Pierre machte das mit einem Telefongespräch von zehn Sekunden, als ob es die natürlichste Sache der Welt wäre, und lachte sie aus, als sie aufspringen wollte, um in irgend etwas hineinzuschlüpfen. »Wenn's klopft, ziehst du das Leintuch etwas höher, und basta! Sind wir vielleicht im Kloster?«
Nein, wie im Kino war's. Und doch wieder ganz anders. Beim Bettfrühstück im Film sitzen sie stocksteif da wie drunten im Saal. Er sieht aus, als ob er

schon rasiert wäre, und wenn's hoch kommt, hat er den obersten Pyjamaknopf geöffnet.
Aber Pierre trug gar nichts und brachte es fertig, den Croissant in den dampfenden Milchkaffee zu tunken und mit der anderen Hand Spielchen zu treiben, die sie wacher machten als die Sonne. Als er das große Tablett auf den Boden stellte, erklärte er ihr, daß man jetzt den café des pauvres nehme.
Den Kaffee der Armen? Sie verstand es nicht und machte große Augen.
»Klar«, lachte er. »Sieh mal, was machen die reichen Leute nach der Mahlzeit?«
»Hm.« Sie zuckte mit den Schultern, und er streifte mit den Füßen das Leintuch auf den Boden zu den Resten des Frühstücks.
»Sie trinken Kaffee, nicht wahr?«
»Gut, aber ... «
»Gar nichts aber. Die Armen können sich keinen Kaffee leisten und machen deshalb einfach Liebe, verstehst du? Das ist der café des pauvres, und den nehmen wir jetzt!«
Sonja fand ihn himmlisch.

12

In Moskau begann Gisbert Tischbeins letzter Tag. Eine Nacht würde ihm noch folgen, und dann war Leningrad zu besichtigen für die Gruppe, der er sich angeschlossen hatte, um die russische Seele zu finden. Und um sich an Sonja zu rächen. Aber es war ein verdammt lausiges Gefühl, beide Ziele verfehlt zu haben, trotz der Schützenhilfe eines französischen Ingenieurs.
Ob das nur bei Franzosen funktionierte?
Mehr und mehr wuchs dieser Verdacht in ihm, und er machte ihn um so unlustiger, als sich Sonja diesen Spezialisten der Verführung ganz offensichtlich aus eigenem Antrieb ausgeliefert hatte.
Das machte ihn nach einem freudlos im Lenin-Museum verbrachten Vormittag wieder unternehmungslustiger. Er war nicht mehr bereit, Moskau kampflos zu räumen.
Freilich, die Gruppe, der er nun einmal angehörte und die ihm, das mochte er drehen und wenden wie er wollte, Bett und Tisch garantierte, würde ihn endgültig zum Kulturbanausen stempeln. Denn Abschluß und Höhepunkt des Aufenthalts in der Hauptstadt war ein Besuch im Bolschoi-Theater. Kneifen war schandbar. Tat er es aber nicht, mußte er die Suche nach der russischen Seele einstellen.

Immerhin geht Krankheit über Pflicht. Alle hatten ihn am Morgen wegen seines schlechten Aussehens bedauert, und ein Kinderspiel wär's gewesen, dieses Bedauern zu verlängern.
Aber es ereignete sich beim gemeinsamen Mittagessen im Metropol einer jener Zufälle, die günstig für die Pläne des Unentschlossenen sind.
Die dicke Frau des Baulöwen aus Heilbronn fühlte sich so unwohl, daß sie Angst vor einem Besuch im hehren Bolschoi hatte. Eingejagt hatte ihr diese Angst ein trotz ihrer umfangreichen Reiseapotheke rebellierender Magen, der unruhiges Sitzen auf einem Theater-Fauteuil befürchten ließ.
So wurde eine der kostbaren Karten frei, und zum allgemeinen Staunen, ja, sogar fast zu seinem eigenen, fragte Gisbert Tischbein, ob er sie haben könne.
Der Sonderling, der nicht einmal den einfachen und schließlich auch von ihm bezahlten Service in Anspruch nahm, wollte plötzlich doppelt bedient werden!
Von einer Bekannten murmelte er etwas, die er gern eingeladen hätte, was am Tisch Staunen und Flüstern auslöste, ihm aber nichtsdestoweniger die Karte einbrachte. Sollte man sie vielleicht verfallen lassen?
Eine plötzliche Eingebung war's gewesen. Gisbert wußte um die Liebe der Russen zum Ballett, und ebenso wußte er, daß es für den Moskauer Normalverbraucher eher möglich war, an rare Verbrauchsgüter heranzukommen als an eine Bolschoi-Karte. Ein Magnet mußte sie sein, dem keine Dame widerstehen konnte.
Aber welche war die richtige? Zwischen einem Dutzend konnte er auswählen, doch leider war der fran-

zösische Ingenieur abgereist und konnte ihm nicht den richtigen Tip geben. Musisch mußte sie sein, entflammbar für die hohe Schule des Balletts. Und dann mußte die Fackel für den Rest der Nacht am Brennen gehalten werden.
Gisbert spielte die Idee durch, und sie gefiel ihm. Noch viel besser freilich hätte sie ihm gefallen, wenn der Zettel des Ingenieurs Hinweise auf musische oder amusische Eigenschaften der Damen enthalten hätte. Aber außer Telefonnummern stand da nichts weiter als eine gelegentliche Anmerkung wie ›ab 14 Uhr‹ oder › ab 17 Uhr‹.
Das war immerhin wichtig für die Auswahl und auf jeden Fall bedeutsamer als der Wohlklang der Namen. Zwar gefiel ihm Irina besser als Ana mit einem ›n‹, aber das war Schall und Rauch, vor allem, wenn man nur noch eine Nacht vor sich hatte und keine Zeit für Experimente.
Außerdem stand hinter Ana ›14 Uhr‹, und es war Zeit, sich auf den Weg zu machen. Zu einer Telefonzelle natürlich. Die Lektionen des Ingenieurs saßen fest.
Aber Ana nicht. Keine Antwort. Ausgeflogen.
Irina auch. Aber es stand auch keine Zeitangabe hinter ihrer Nummer.
Um 15 Uhr erwischte er Tatjana, und ihre Stimme klang hell wie ein gläsernes Glöckchen.
Aha, er sei ein Freund von Vincent. Sie sprach, wie er, Englisch, und Gisbert fühlte erwartungsvolle Zärtlichkeit mitschwingen und schoß gleich seinen besten Pfeil durch den Hörer.
»Ich möchte Sie ins Bolschoi-Theater einladen.«
»Und was wird gespielt?« Die Antwort war ein einziger Jauchzer.

»Der...äh...Nutbiter von Tschaikowski.« Gisbert wußte nicht, wie ›Nußknacker‹ auf Englisch heißt, und das Lachen kullerte wie silberne Perlen durch den Draht.
»Sind Sie Deutscher?«
»Ja.«
»Ich kann's ganz gut, oder?«
»Vorzüglich«, sagte Gisbert, und schon liebte er ihr prächtig rollendes ›r‹.
»Ich liebe den Nußknacker«, sagte sie. »Herrrrrlich.«
Es waren wirklich fünf ›r‹ drin.
Sie verabredeten sich für halb acht vor dem Bolschoi und machten Erkennungszeichen aus. Ein weißes Kostüm mit blauen Nadelstreifen würde sie tragen, mit einer roten Rose im Knopfloch.
Gisbert sah das vor sich. War's nicht wie im Film? Keine Ahnung hatte er, daß sich ein ähnlicher Traum für Sonja in St. Tropez verwirklicht hatte, und zum erstenmal, seit er den Fuß auf Rußlands Boden gesetzt hatte, fühlte er dessen Seele nahen mit Schritten, die keine Bolschoi-Primaballerina graziöser trippeln konnte.
Nicht Zufall konnte es sein, daß ihm der Nußknacker in die Hand gegeben wurde. Vorsehung war's.

Der Ingenieur fiel ihm ein. Keinesfalls durfte er ohne Geschenk auftreten. Blumen wären passend, würden aber vermutlich als unpassend empfunden. Aber man geht auch nicht mit einer Plastiktüte ins Bolschoi.
Etwas im Zimmer deponieren? Man bringt das Geschenk hinein, aber nicht die Dame. Die Dejournaja, die auf der Etage genau gegenüber dem Fahrstuhl

sitzt und den Schlüssel aushändigt, paßt auf wie ein Luchs.
Auf der Gorki-Straße kam Gisbert am Intourist-Hotel vorbei und überlegte, ob er etwas im Devisenladen kaufen sollte. Etwas, das man in die Tasche stecken konnte wie einen Ring oder eine dieser gelben oder braunen Bernsteinketten. Aber Tatjana konnte dünne oder dicke Finger haben, und die Russen haben mehr Bernstein als jedes andere Land. Originell war das nicht und möglicherweise auch nicht erwünscht. Devisen schon eher. Vielleicht war es ein Fehler gewesen, Marina mit Cognac und Zigaretten zu kommen.
Er beschloß, mit leeren Händen, aber nicht mit leerer Brieftasche zu kommen, und fühlte prickelnde Erwartung in sich hochsteigen wie Champagnerperlen. Leicht und federnd wurde der Schritt, denn es war ein ganz anderes Gefühl, mit einem Ziel, das nicht mehr zu verfehlen war, durch Moskau zu flanieren.
Im Zimmer nahm er den dunklen Anzug aus dem Schrank, nebst der blauen Clubkrawatte mit den gelben Streifen, die er als Erkennungszeichen angegeben hatte. Und zum weißen Hemd kam die zweite Rasur des Tages. Ganz anders als ein Russe roch er, obwohl er sich Russisch Juchten auf die Backen klatschte. Und wie ein Steppenwolf, der auf Pirsch geht, verließ er das Hotel. Einfach zu eng wurde ihm das Zimmer, obwohl noch mehr als eine Stunde Zeit blieb.
Und auf eine Weise, die ihn irritierte, knabberte sie an seiner Selbstsicherheit. Hinauf zum Roten Platz zog es ihn, als ob sie ihm die Kathedrale des heiligen Basilius zurückgeben könnte, aber das breitflächige

Pflaster fraß die federnde Leichtigkeit des Schritts, und die rotbraunen Kremlmauern kamen ihm vor wie ein feindseliger Wall. Geh deines Wegs, Fremdling, schienen sie zu sagen. Was du hier suchst, hast du nicht zu suchen.
Unterschwellig spürte er, wie die Mystik des Platzes, den sie als das Herz Rußlands bezeichnen, nach ihm griff.
War er tatsächlich im Begriff, etwas zu tun, was man hinter diesen Mauern nicht mochte?
Autorität spürte er, die erhöht wurde durch das schrille Pfeifen des Milizionärs, der die Ausfahrt der Wagen am Tor des Spassky-Turms ankündigte. Es war wohl Dienstschluß im Kreml, und lange schwarze Autos mit verhängten Fenstern rasten mit einem Tempo heraus, das die Wichtigkeit ihrer Insassen bekundete. Den Leuten, die in diesem Augenblick die weißen Markierungen um keinen Zentimeter überschreiten durften, fuhr sie in die Glieder.
Es gehört, dachte Gisbert, zum System, daß du auf deine Bedeutungslosigkeit hingewiesen wirst. Und er erinnerte sich an einen Besuch in Bonn, wo er am Bahnhof einem sehr bekannten Bundestagsabgeordneten ein Taxi vor der Nase weggeschnappt hatte. Spaß des kleinen Mannes in einer kleinen Stadt.
Er ging über den gewaltigen Platz, dessen Majestät ihn zu bedrücken begann, auf die andere Seite, die ihn abschließt mit der geduckten zaristischen Fassade des Kaufhauses GUM, dessen grünes Dach wie ein träger Lindwurm in der Abendsonne schimmerte.
Hier war nicht das Trottoir der Touristen mit den Fotoapparaten, sondern das der Leute mit den Einkaufstaschen und den Gesichtern ohne Neugier.

Bunte Tupfen setzten kleine Gruppen von lachenden und plappernden Mädchen, und hier und da gab es einen kurzen, aber sofort wieder abdrehenden Blick für den Fremdling. Gisbert glaubte zu spüren, daß hinter seiner Flüchtigkeit kaschiertes Interesse steckte, aber da hatte er seine Lehren hinter sich.
Und vor sich Tatjana. Totale Bereitschaft bedeutete sie im Gegensatz zu dieser unnahbaren Fröhlichkeit, aber gerade das war es, was ihn unsicher machte und sogar trübe Verzichtsgedanken aufkommen ließ.
Doch er verscheuchte sie. Sagte sich, man kann nicht gewinnen, wenn man gar nicht erst das Spielfeld betritt.
Es bot sich ihm, als er von der Anhöhe des Kremls herunterkam, von der vielfachen Größe eines Fußballfeldes, denn es war der Swerdlow-Platz. Seine Erhabenheit hat nicht das Monumentale des Roten Platzes, aber mehr Eleganz, und das Bolschoi-Theater mit seinen weißen Säulen thront wie die Perle auf einem meisterlich gearbeiteten Ring.
Er wunderte sich, daß schon Autos vorfuhren. Schwarze Limousinen mit Chauffeuren waren es, die gleichen, die vorhin aus dem Spassky-Tor des Kremls herausgeschossen waren wie Raketen, bloß war es jetzt, als ob sie Piano spielten. Dem Bolschoi nähern sich auch hohe Herrschaften mit der gebührenden Feierlichkeit.
Überhaupt fuhren nur hohe vor. So ein kleiner Moskwitsch hätte da ausgesehen wie ein Pickel auf den Nasen der vornehmen Damen, die ausstiegen in Kostümen und auch langen Roben, wie er sie hier noch nie gesehen hatte. Und den Moskwitsch hätten sie verscheucht wie einen lästigen Moskito.
Dabei, dachte Gisbert, gehört doch eigentlich alles

dem Volk, und es gibt keine Klassenunterschiede. Kein anderer als Lenin, der da oben auf dem Hügel zu besichtigen war, hatte es gelehrt.
Doch dies war nicht der Moment für sozialistische Dialektik. Auf Tatjana kam es an, auf Natürliches und Greifbares, und aus dem Tröpfeln des Publikums wurde ein Strömen. Sie hatten, um den Genossen Zufall auszuschalten, der bei solchen Dingen so gern die Rolle des Kobolds spielt, die äußerste rechte Säule zum Treffpunkt gewählt, doch je näher der Zeiger auf halb acht rückte, um so größer wurde Gisberts Befürchtung, Tatjana könne links und rechts verwechseln. Viele Frauen haben eine seltsame Vorliebe dafür.
Plötzlich aber stand sie, wie aus dem Boden gestiegen, vor ihm. Weißes Kostüm mit blauen Streifen, rote Rose, blonde Haare – und noch hübscher, als er sich's ausgemalt hatte.
»Herr Gisbert?« Sie sagte es mit einem burschikosen Lächeln und einem Charme, der ihn verwirrte, weil er meinte, ihm irgendwo schon begegnet zu sein. Erst später, als er im Fauteuil Gelegenheit hatte, ihr Profil zu studieren, fiel ihm die junge Lieselotte Pulver ein.
Zunächst kam er sich linkisch und ein bißchen alt vor. Sie mochte 25 oder ein bißchen mehr oder weniger sein, und seine 44 begannen da schon zu wiegen. Und russisch kam ihm an ihr eigentlich nur das rollende ›r‹ vor. Auch in Paris oder in München wäre sie aufgefallen.
Logischerweise fiel sie deshalb im Foyer des Bolschoi Gisberts deutschen Reisegenossen auf. Und da es sich zum größten Teil um Schwaben handelte, die als Häfelesgucker bekannt sind, was bedeutet, daß

sie mit besonderer Vorliebe in fremden Töpfen herumschnüffeln, fand er sich konfrontiert mit einem ungewöhnlichen landsmannschaftlichen Gemeinschaftsinteresse.
Man kann nicht sagen, daß es ihn überrascht hätte. Es war eine Sache, mit der zu rechnen gewesen war, zumal sie den Leuten seine ständige Abwesenheit bei Museumsbesuchen und Stadtrundfahrten erklärte.
Dem war, wie er den Gesichtern der flüsternden Pärchen und Grüppchen entnahm, nichts mehr hinzuzufügen.
Indes befand er sich in einem Vorteil, den die Lästermäuler, teils wegen ihres heftigen Interesses, teils aus Unkenntnis der Gegebenheiten, viel zu spät erkannten.
Tatjana hingegen kannte sich aus. Sie zog ihn, kaum daß sie das Foyer betreten hatten, an den Schwanz einer vergleichsweise kleinen Menschenschlange, die jedoch mit erstaunlicher Geschwindigkeit anwuchs.
Er begriff es erst, als sie ihn aufklärte: »Das ist genau der richtige Moment, um vor der Vorstellung noch Schampanskoje zu bekommen. Er gibt Stimmung, und Sie mögen ihn doch, oder?«
Eigentlich war er ein bißchen enttäuscht, daß es eher wie in einer Stadion-Kantine als wie in einem Theater zuging. Nach Bier und kaltem Rauch roch's zwar nicht, aber dafür nach süßem Krimsekt und fettem Gebäck, und mit einigem Staunen sah er, daß sich die Leute kein Gläschen einschenken ließen, sondern nach ganzen Flaschen und Gläsern griffen.
Russen kegeln in die vollen, sagte er sich, ohne es an Tatjana weiterzugeben. Und natürlich sagte er ihr auch nichts von der Freude seines schwäbischen Herzens, von dem billig eingekaufte Rubel wie Stei-

ne fielen. Hier bot sich eine prächtige Gelegenheit, den spendablen Kavalier zu spielen, ohne es zu spüren. Umgerechnet wurde die Sektflasche, die er von der freundlichen dicken Serveuse erwarb, zum Nasenwasser.

Freilich, das Zeug war so warm, wie der Tag gewesen war, und klebrig dazu, aber seine Perlen schienen in Tatjanas Näschen zu prickeln und aus ihren Augen zurückzuspringen.

»Auf eine gute und lange Freundschaft«, sagte sie, als sie ihr Glas an seines klirren ließ, aber er wußte nicht, wie sehr die Russen Trinksprüche lieben und daß er jetzt auch einen hätte anbringen müssen.

Sie verzieh's ihm. Aber wie alles gekommen wäre, wenn er den Mut aufgebracht hätte, ihr zu sagen, daß die Freundschaft kurz sein würde, weil dies seine letzte Moskauer Nacht war, läßt sich nicht sagen, sondern nur ahnen.

Sie machten die Flasche, weil sie wacker mithielt, leer, und als er es in den Beinen spürte, fiel ihm ein, daß er wegen ihr das vorgezogene Abendessen der Gruppe im Metropol versäumt hatte. Zum letzten Glas nahm er fettes Gebäck, das ihm Sehnsucht nach einem Magenbitter verschaffte.

Aber die Nähe eines schönen, begehrenswerten Mädchens ist eine tauglichere Hilfe. Federleicht wurden Magen und Kopf, als es zum erstenmal läutete, und Gisbert begegnete den halb fragenden und halb wissenden Blicken seiner Reisegenossen mit dem unbeschwert fröhlichen Lächeln eines Mannes, dessen hoffnungsvolle Freuden über den Abend hinaus gesichert sind.

Das gab, ohne ihn zu stören, vor allem bei den Frauen neues Getuschel.

Aber sie konnten sich nicht aufhalten damit, weil es geläutet hatte. Auf die mit roten Teppichen belegten Treppen gingen sie zu, um ihre Plätze einzunehmen, weil der Deutsche allemal ordentlicher auf Signale reagiert als der Russe.
Gisbert wollte ihnen folgen, aber Tatjana hielt ihn zurück. »Es ist noch so viel Zeit, daß wir eine zweite Flasche nehmen könnten. Wollen Sie?«
Offenbar meinte sie es ernst, und der Gedanke, sie könnte noch trinkfester als Marina sein, dämpfte den Höhenflug seiner Erwartungen.
Ob sie es spürte, war nicht auszumachen, als sie sagte: »Wir haben noch viel Zeit, Gisbert. Nur die Touristen folgen dem ersten Läuten. Da, sehen Sie!«
In der Tat bewegten sich Figuren, die Jeans und Sandalen trugen, als ob das nicht das Bolschoi, sondern ein billiger Zirkus sei, die rot ausgelegten Treppen hinauf. Die Russen hingegen blieben bei ihrem Schampanskoje, als ob sie nur seinetwegen gekommen wären, und pflegten angeregte Unterhaltungen.
Gisbert fand, obwohl nicht jeder einen Schlips trug, ihre Kleidung angemessener als die der Ausländer, die neben deutsch vornehmlich englisch und französisch sprachen, und er mußte seine Indignation loswerden.
»Man könnte meinen, sie wären auf einem Campingplatz!«
Tatjanas Lächeln wurde eine Spur dünner. »Wir machen Leuten, die Devisen ins Land bringen, keine Vorschriften.«
Aber er spürte etwas durchschimmern von der Seele, auf deren Suche er war.
Und das war aufregender als Leute, die mit Sandalen hineintrampelten in einen Tempel der Muse, dessen

Pracht schamlos entweihend. Tatjana, Gebäck knabbernd, schien es zu übersehen und zog ihn durch das sich langsam leerende Foyer in eine Nische, da, wo die Treppe begann.
»Ein Binokel sollten wir mieten.«
Er blickte sie verständnislos an. Binokel, das war ein schwäbisches Kartenspiel für ihn, und danach stand sein Sinn nun wirklich nicht.
»Kostet nur zehn Kopeken. Warten Sie hier, ich hol's.«
Sie reihte sich in die kurze Schlange ein und kam mit einem kleinen Opernglas zurück. Von weither holte er die Erinnerung, daß die Großmutter noch so dazu gesagt hatte. Es mußte Zweiglas bedeuten oder so ähnlich, und die Russen benutzten viele Lehnwörter.
»Man sieht mehr, und wir werden uns abwechseln.«
Er nickte, und da läutete es wieder. Auch die Russen fingen jetzt an, ihre Gläser zu leeren. Hübsche und elegante Frauen waren dabei. Tatjana war keine Ausnahme.
Und dann verschlug ihm die goldrote, vom gleißenden Licht kristallener Lüster überflutete Pracht des Bolschoi den Atem. Sie wurden in den dritten von fünf Rängen, die sich hufeisenförmig um die Bühne ranken, in eine kleine Loge geführt, und er hatte nie etwas Schöneres gesehen. Und dazu noch Sessel ganz vorne an der Balustrade. Einziger Nachteil war, daß sie umrahmt wurden von den Leuten seiner Reisegruppe. Er fühlte spitze Blicke der Frauen und neidische der Männer im Kreuz.
Aber sie juckten ihn nicht lange. Allen machte die Hitze zu schaffen, die heraufwaberte aus dem goldenen Kessel, weil es einer dieser heißen Moskauer Ta-

ge gewesen war, die nicht enden wollen. Die Männer zogen die Jacketts aus, und die Frauen fächelten sich Luft zu mit Programmheften, die sie nicht lesen konnten.

Schräg links von ihnen, genau im Zentrum des prunkvollen Rundbogens, lag eine Loge, die viel größer und reicher verziert war als die anderen. Tatjana sagte ihm, es sei die Zarenloge gewesen und gehöre nun der Politprominenz des Kremls, aber bedeutende Köpfe hatte sie mit dem Binokel nicht entdecken können. Vielleicht war das Personal an der Reihe.

Gisbert gab die interessante Information an seine Reisegenossen weiter und genoß es, einmal den Führer der Leute spielen zu können, die seit Tagen hinter Museumsdienern hertippelten.

Und es ging immer noch nicht los.

Tatjana sagte, es sei die Einstimmung des Publikums. Man müsse das Bolschoi auf sich wirken lassen, um den Genuß zu steigern, und man habe andere Zeitbegriffe als im Westen.

Gisbert übersetzte es für sich auf seine Weise. Vor Mitternacht, das war klar, konnte er nicht allein mit ihr sein.

13

Vom Inhalt der ›Nußknacker‹ verstand er wenig, vom Ballett nicht viel, auch wenn er durchaus beeindruckt war von den graziösen Tippelschritten der Primaballerina. Sie rannte, wenn er das recht begriff, immer einem Kerl davon, der wie ein Alchimist aussah, im Vergleich zu ihr eher plattfüßig hüpfte und so tat, als ob er das arg dünn geratene Mädchen mit einem einzigen Biß knacken könnte. Schöne Musik dazu. Manchmal getragen, manchmal wild. Und am Schluß ging ein wahrer Rosenhagel auf die Bühne nieder, kein Strauß, jede einzelne Blume flog für sich, und Tatjana stand auf und klatschte lange mit leuchtenden Augen, als ob sie Gisbert vergessen hätte.
Sie verließen die Loge als letzte und mußten dann noch das Binokel abgeben. Von der Reisegruppe war niemand mehr zu sehen.
»Und jetzt?«
»Wir nehmen die Metro«, sagte sie. »Bis wir hier ein Taxi bekommen, sind wir längst bei mir zu Hause.« Gisbert nickte lächelnd. Umstände machte sie nicht, und es ging erst auf 23 Uhr. Er hatte einen Besuch in der Devisen-Bar des ›National‹ oder ›Intourist‹ befürchtet, die beide nicht weit waren, aber Zeit gekostet hätten.

Und diesmal, dazu war er fest entschlossen, würde er nicht bis in den Morgen hinein reden und trinken.
In der Metro fanden sie sogar Sitzplätze, und ohne Zeit zu verlieren, fuhr er mit dem Test fort, den er im Theater begonnen hatte. Ihre Hand hatte er ein Weilchen gehalten, ohne daß sie Rückzugsversuche gemacht hätte.
»Du bist richtig begeistert gewesen.«
»Du nicht?« fragte sie erstaunt.
Er bejahte es mit heftigem Kopfnicken, aber viel lieber hätte er sie geküßt für die spontane Bereitschaft, mit der sie das ›Du‹ annahm. Diesmal hatte er, das war klar, auf der Liste des Ingenieurs einen Volltreffer gelandet.
»Eine phantastische Primballerina!« sagte sie begeistert.
Fachmännisch nickte er, hütete sich aber zu bekennen, wie dünn er sie gefunden hatte. Schnell kannst du beim Kunstgespräch zum Banausen werden.
In der Station Turgenjew mußten sie umsteigen. Sie betonte den Namen in der Mitte. Sagte Turgénjew, und das war ihm neu. Aber mitreden konnte er beim Dichter besser als beim Ballett. Er hatte die ›Aufzeichnungen eines Jägers‹ gelesen, die Turgenjew vom Zaren nie verziehen worden waren, weil sie die furchtbare Lage der Leibeigenen schilderten.
Er sagte es Tatjana, während sie auf der Rolltreppe standen, die sie hinauftrug in eine andere marmorne Helle. »Und sogar nach Sibirien ist er verbannt worden,« fügte er hinzu.
»Aber erst«, sagte sie, ›als er seinen Nachruf über Gogol ohne Genehmigung der Zensur erscheinen ließ. Übrigens ging er nach zwei Jahren Verbannung für immer ins Ausland. War damals ganz einfach...

Aber hier kommt unser Zug.«
Im fast leeren Wagen wollte er das Gespräch fortsetzen. Wie meinte sie das? Ihre Stimme hatte eigenartig spröd geklungen, doch jetzt schüttelte sie unwillig den Kopf und redete nur noch wenig und Belangloses für den Rest der Fahrt, der ihm lang wurde.
Mitternacht war vorbei, als sie ausstiegen, und es verblüffte ihn, wie sich die Szenen glichen: graue Hochhäuser wie bei Marina, die besonders trist wirkten, weil nur aus wenigen Fenstern mattes, gelbliches Licht drang.
Die kleine Zweizimmerwohnung hatte haargenau den gleichen Schnitt wie die Marinas, und im Handumdrehen standen wieder Wodka und Gebäck auf dem kleinen Couchtisch.
Aber Gisbert wollte gefährlichen Anfängen wehren.
»Offen gestanden«, sagte er, »wäre mir etwas anderes lieber.«
»Zum Beispiel?« In ihren großen Augen mischten sich Überraschung und Ironie. »Verträgst du nichts richtiges?«
»Sicher doch.« Seine Stimme war um beruhigenden männlichen Klang bemüht. »Aber wie wär's mit einem Glas Wasser zuerst? Es war ein langer und heißer Tag, und ich habe einen Mordsdurst!«
»Selbstverständlich«, sagte sie und ging in die Küche. Mit zwei großen Gläsern und einer Flasche Mineralwasser kam sie zurück, und mit zwei Zügen trank er ein ganzes Glas leer. Wenn der Wodka drankommt, dachte er, werde ich einen Teil drin verschwinden lassen.

Er kam dran, aber was dann drankam, verschlug ihm die Sprache. Mit vielem und mit Reizvollem hatte er

gerechnet, doch Tatjanas Eröffnung fegte wie sibirische Kälte ins Zimmer.
»Du bist verheiratet, nicht wahr?«
Was sollte das? War das ein Thema in einer Situation, die man gemeinhin als eindeutig bezeichnet? Wollte sie plötzlich die Prüde spielen?
Gisbert brauchte einen kräftigen Schluck Wodka und eine Zigarette, und bis die brannte, war sein Entschluß gefaßt. Zwischen Moskau und der Heimat lagen zweieinhalbtausend Kilometer, und Sonja war sogar noch weiter weg. Und vor ihm saß die verführerischste Ausgabe von Rußlands Seele, gefesselt an ihr Land, aber frei und bereit für ihn, wenn er's nur richtig anpackte.
»Nein«, sagte er und blickte vorbei an ihr, blauem Rauch nach, der sich durchs halb geöffnete Fenster kringelte. »Verheiratet war ich einmal.«
Es sah sinnierend aus, und der Moll-Ton paßte dazu. Um Anlehnung buhlte er und glaubte zu spüren, daß er ankam, ja, die Lüge kam ihm sogar wie eine seltsame Art von Halbehrlichkeit vor, weil Sonja schließlich davongelaufen war und er sich nicht nur durch eine gewaltige räumliche Distanz von ihr getrennt fühlte.
Tatjana kam aus dem Sessel zu ihm auf die Couch herüber. »Mach es dir doch gemütlicher! Was brauchst du Jackett und Krawatte? Wir sind nicht mehr im Theater.«
Unter ihrer hauchdünnen weißen Bluse zeigte ein kleiner Busen, daß er keiner Stütze bedurfte, und als Gisbert die Hemdsärmel hochkrempelte, elektrisierte ihn ihre Hand auf dem nackten Arm.
In der anderen hielt sie ein Glas, das voll war. Aber nicht mit Wasser. »Auf unsere Freundschaft!«

Eines, dachte er, trink ich noch. Aber dann wird nicht mehr gefackelt!
Als er das Glas abgesetzt hatte, küßte er sie lange, doch als seine streichelnde Hand von ihrem Rücken nach vorn ging, drückte sie sie sanft zur Seite.
Und was jetzt kam, war der zweite Hammer.
»Würdest du mich heiraten?«
Er hustete, und es war, als ob der Wodka wieder aus der Magengrube aufsteigen wollte.
»Wie...wie kommst du darauf? Und wie stellst du dir das vor?«
»Einfacher, als du denkst.« Ihr Lächeln war entwaffnend.
Gisbert griff zum Glas, als ob es eine Waffe gegen Hilflosigkeit wäre. Und er wußte nicht, daß er ein Gesicht machte wie ein Nußknacker, der Kieselsteine erwischt hat.
Was war anzufangen mit diesem »Einfacher, als du denkst«? Sicher war nur, daß sie keine Witze machte. Sehr ernst, von ihm abrückend, fuhr sie fort: »Es war dumm von mir, dich so zu überfallen, Gisbert, und ich kann mir vorstellen, was du jetzt denkst. Es ist auf jeden Fall falsch, und du wirst gleich sehen, warum.«
Er gab der trockenen Kehle Mineralwasser, sagte aber nichts.
Drei- oder viermal zog sie an ihrer Zigarette, und es war, als ob jede Fröhlichkeit mit dem Rauch abzöge.
»Also hör zu. Ich hätte das nicht sagen sollen, aber nun hast du auch das Recht auf eine Erklärung. Ihr Ausländer glaubt Rußland zu kennen, wenn ihr ein paar Tage hier seid. Man führt euch wie Schafe herum und zeigt euch, was man euch zeigen will. Aber ihr seht nicht hinter die Fassade. Bei den Häusern

nicht und bei den Menschen nicht. Ist nicht vorgesehen, verstehst du? Und daß du hier bist, verdankst du nur deinem französischen Ingenieur. Franzosen haben etwas an sich, das uns Russinnen anzieht, und natürlich habe ich mit ihm geschlafen.« Ihr Zeigefinger ging in Richtung des zweiten Zimmers, auf das auch Gisbert gehofft hatte.
War man als Deutscher zum Heiraten verdammt, um hineinzukommen? Sonja, das war sicher, und es machte seine Laune noch trüber, spielte ein Spiel, das verdammt leichter war als das, mit dem er sie hatte schlagen wollen.
Und er brauchte nicht auf die Bestätigung zu warten. »Ehrlich, du bist ganz anders. Nicht so direkt, meine ich. Der Franzose führt dich ins Bett, wie er dich zum Essen führt, verstehst du? Und die kleine Russin hat Spaß dran, weil es eine charmante Natürlichkeit ist. Aber ihr deutschen Männer gleicht eher ein bißchen den russischen.«
»Wirklich? An Erfahrung scheint's dir ja nicht zu fehlen!«
»Kann sein.« Ihr Lächeln stieg nicht von den Mundwinkeln in die blauen Augen hoch. »Sagen wir, ich befasse mich seit einiger Zeit mit Ausländern, und meine Arbeit als Dolmetscherin hat's mit sich gebracht, Englisch, Französisch und Deutsch. Und seit ich diese Wohnung habe, finden außerdienstliche Gespräche nicht mehr ausschließlich im Restaurant statt.«
»Du könntest ruhig etwas präziser sein und sagen: im Schlafzimmer.«
»Warum nicht? Ich brauche Geld. Keine Rubel natürlich.«
»Also, wieviel?«

Er bereute es sofort. Die Traurigkeit, die in ihre Augen stieg, war feucht, und entweder zeigte sich da die Seele, auf deren Suche er war, oder sie war eine Schauspielerin von Bolschoi-Format.
Oder beides?
Sie schenkte Wodka ein, aber nur für sich.
»Bitte, ich brauch' auch einen. Und entschuldige.«
Sie deutete mit einer Hand zur Flasche und wischte sich mit der anderen eine Träne ab. Dann tranken sie.
»Das mit der Heirat«, sagte sie und sah dem Rauch ihrer Zigarette nach, »habe ich ganz anders gemeint, als du denkst. Ich habe mein ganzes Geld gespart dafür. In Devisen natürlich. Kann ja den Mann, der mich aus diesem Land holt, nicht mit Rubel bezahlen.«
»Das verstehe ich nicht.«
Schwach hing das Lächeln an ihren Mundwinkeln.
»Ihr könnt vieles nicht verstehen. Aber nun hör mal wirklich gut zu. Es gibt für ein Mädchen wie mich, du kannst von mir aus auch sagen: für die Russin, eine einzige Chance, dieses Land zu verlassen, und die heißt Heirat mit einem Ausländer. Du hörst mich in deiner Sprache reden. Und ich kann sogar in ihr denken, obwohl ich dein Land nie gesehen habe. Viele Deutsche glauben mir das nicht, und mit den Franzosen, Engländern oder Amerikanern ist es das gleiche. Ich habe mir das alles mit einem Rieseneifer und ein bißchen Talent erarbeitet, und es gibt mir Befriedigungen, die du kaum verstehen wirst. Aber es gibt auch Sehnsüchte, von denen du nichts verstehst.«
»Warum eigentlich nicht?« Er rang nach einem Verständnis, das zwischen Schlaf- und Wohnzimmer schwankte, und er spürte, wie die Hürde wuchs, die es zu überspringen galt.

Sie hatte davon gesprochen, daß *sie* zahlen wollte. Es war die Umkehrung der Normalität, die von so freudvoller Logik gewesen war, als er das Haus betreten hatte.

Eine dicke Brieftasche steckte in seiner Hose, und es war schlicht unfaßlich, wie Tatjana nun die Situation umdrehte.

Sie stand auf und zog an der Schiebetür eines Schranks, der vermutlich aus dem Holz der Birke war, die er liebte wegen ihrer weißgrünen Schönheit und ihrer Widerstandskraft.

Aber dies war kein Augenblick für Romantik. Auch nicht für die russische Seele, obwohl Tatjana eine breitbäuchige Balalaika herauszog.

Musik jetzt? Sein Bedarf war vom Bolschoi gedeckt, aber seither war so viel passiert, daß ihn nichts mehr wundern konnte.

Glaubte er. Doch sie zupfte nicht an den Saiten, sondern am Boden des Instruments. Es war offenbar ein doppelter Boden, denn heraus purzelten Geldscheine wie Sterntaler. Deutsche Mark, Dollar, Francs und auch englische Sterling-Pfunde, auf denen die Queen lächelte.

Wie eine Fata Morgana kam ihm das vor, und verrückterweise fiel ihm ein, wie wenig das Lenin gefallen würde, der so streng dreinblickte auf den Rubelscheinen, die er illegal erworben hatte.

»Was soll das?«

»Nun, es dürften umgerechnet an die zehntausend Mark sein. Sie gehören dir, wenn du mich heiratest.«

»Spinnst du?« Er starrte sie mit einer Dümmlichkeit an, die ihm Sonja nie erlaubt hätte.

Aber Tatjana blieb ganz ruhig. Und sie hatte wieder trockene, klare Augen.

»Das ist deine Prämie für die Umstände, die ich dir mache. Du mußt mich ja nur heiraten zum Schein für unsere Behörden, verstehst du?«
»Nein«, sagte Gisbert und verhalf sich zu einem neuen Wodka.
»Also paß auf. Die Sache dauert ein paar Monate, aber darauf kommt's nicht an. Hauptsache ist dein Einverständnis. Ausländer dürfen Sowjetbürgerinnen durchaus heiraten, wenn die keine Geheimnisträger oder sonst irgendwie belastet sind. Und gegen mich liegt nichts vor. Das kann ich dir versichern.«
In Augen, die erkaltet waren, stieg aufmunterndes Feuer. Und es war, als ob sie die Wand des Schlafzimmers einrissen.
»Natürlich«, fuhr sie mit der einnehmenden Geschäftigkeit eines Versicherungsagenten fort, »lassen wir uns sofort scheiden, wenn wir drüben bei dir angekommen sind. Du verdienst zehntausend Mark für eine Gefälligkeit, und ich falle dir in keiner Weise zur Last. Das ist Ehrensache!«
Der Groschen war gefallen. Aber zur Ruhe kam er nicht. Gisbert war es, als ob er wie ein Kobold in ihm herumhüpfte.
Warum ausgerechnet ich? Mit dem französischen Ingenieur hat sie geschlafen und mit Sicherheit ihren Spaß dran gehabt. Und mir stellt sie eine unüberspringbare Hürde vors Bett.
Was tun?
Mit einer Anstrengung, die ihn schwer ankam, verkniff er sich den nächsten Wodka. Wenn ich besoffen bin, dachte er, sage ich zu und stehe morgen vor einer Moskauer Behörde, um das verrückteste und unmöglichste aller Aufgebote zu bestellen. Lehne ich ab, fliege ich raus.

»Sieh mal, Tanja« – er suchte ihr mit der Koseform zu schmeicheln –, »sieh mal, es ist bei uns nicht alles so, wie ihr euch das in eurer Isolierung vorstellt. Die Arbeit liegt nicht auf der Straße, und das Geld auch nicht. Ihr meint immer, man braucht bloß den Hut hinzuhalten, und es fallen Sterntaler hinein.«
»Ich habe dich nicht um einen Vortrag über den Kapitalismus gebeten!« Ihre Augen wurden noch kleiner und dunkler. »Habe ich dir nicht garantiert, daß ich dir nicht zur Last fallen werde und mich sofort scheiden lasse, wenn wir drüben sind? Ich kann mich durchsetzen, verlaß dich drauf!«
Sie schenkte Wodka nach, und er trank mit.
Was sie da sagte, war schwer zu bezweifeln, aber noch viel sicherer war, daß man ihn als Bigamisten am Wickel hätte, ehe er Moskau verlassen konnte.
»Sag ja und laß uns ins Bett!« Die blauen Augen wurden wieder größer und funkelten. Und es war schwer, in diesem Moment allen Mut zusammenzukratzen.
Aber Gisbert tat's. Angst und Ehrlichkeit vereinigten sich zum Kampf gegen verführerischen Lustgewinn, und auch der aus der Magengrube in den Kopf steigende Wodka trug seinen Teil zur Entscheidungsfindung bei. Alkohol war kein Förderer bedeutender Betterfolge. Und so wagte er's.
»Ich muß dir was gestehen, Tanja.«
Sie kniff die Augen zusammen. Wie weggezaubert war das Lachen, das ihm alles verheißen hatte.
»Spuck's aus, job twoju matj!«
Es war ein häßlicher Männerfluch, der überhaupt nicht zu ihr paßte, aber wenn sich Wodka mit fraulichem Instinkt vermählt, geht viel Damenhaftes über Bord.

»Ich kann gar nicht tun, was du willst, weil ich leider doch verheiratet bin. Aber ich würde es sofort tun, wenn ich frei wäre, glaub's mir!«
Die Backpfeife kam wie der blitzschnelle Pfotenschlag einer Katze. Und sie nahm die Flasche mit, die den Teppich tränkte, aber keiner bückte sich nach ihr.
»Chui jobanny!«
Der Fluch war noch schlimmer als der erste, aber Gisbert verstand nicht, wie tief er ihn in seiner Männlichkeit traf. Er verstand nur, daß alles aus war, und spürte seine Knie beim mühsamen Aufstehen weich werden. Doch auch unterschwellige Erleichterung. Der Kosakensprung ins Bett wäre keine Glanznummer geworden.
Aber sie war noch nicht fertig. Zwang ihn wieder auf die Couch mit einer Schimpfkanonade, die überging in ein Schluchzen, das ihn vor neue Probleme stellte. Darf man da trösten? Gar die Umarmung wagen?
Er wußte es nicht. Wußte nur, daß es bei Sonja nicht angebracht war, und entschloß sich, der Erfahrung mehr zu vertrauen als dem Experiment. Ein Experiment morgens um vier in einer russischen Wohnung mit der russischen Seele!
Schon zogen die fahlen Streifen der Dämmerung am östlichen Horizont hoch.

Gisbert ging. Eine Flucht war es eher, und er ahnte nicht, wie nahe er am Ziel gewesen war bei seiner Suche nach der russischen Seele. Tatjanas Aufschrei und die Backpfeife waren nichts anderes als das feurige Crescendo dieser unnachahmlichen russischen Lieder wie ›Kalinka‹ gewesen. Aus schmachtender

Traurigkeit können sie sich in wilde Höhen hineinsteigern und dann wieder hinabfallen in so unendlich scheinende Schwermut.
Nein, Gisbert wußte nicht, was er versäumt hatte. Tröstbar war die Seele gewesen, die sich da so unverhüllt dargeboten hatte, und sie hätte ihm auch verziehen, wenn ihm seine Verklemmtheit und das Vordergründige seines Suchens nicht gefühlvolleres Verständnis genommen hätten. Vielleicht hätten sie sich geliebt und geweint, und sehr nahe wäre er dann der russischen Seele gewesen.
Aber man wird mit Hilfe einer touristischen Inklusivreise noch lange nicht zum russischen Seelenhelfer.
Und jetzt, um halb fünf eines Tages, der die gleiche Hitze wie der gestrige bringen würde, war er nicht nur weit weg von der Seele, sondern auch vom Hotel. Laut Programm war es der einzige Tag, der seiner Gruppe zur freien Verfügung stand, und mit dem Nachtschnellzug würde man dann nach Leningrad fahren.
Aber Gisbert sehnte sich nur nach seinem Bett. Schwer und staksig war der Schritt, der um Mitternacht noch gefedert hatte vor freudvoller Erwartung, und nicht einmal ein Ziel kannte er, weil dem schweren Kopf keine Erinnerung an die Metrostation abzuringen war.
Alle Hochhäuser waren von der gleichen grauen Traurigkeit, und bald merkte er, daß er nur auf Verbindungswegen ging und sich im Kreis drehte. Keine Spur von einer Hauptstraße. Und auch keine Menschen. Offenbar wurde im Paradies der Werktätigen gar nicht so früh mit dem Werken begonnen.
An einer Ecke, wo ein paar dünne Birken den

schüchternen Versuch machten, der grauen Eintönigkeit Farbe zu geben, sah er einen Jogger in blauem Trainingsanzug auf sich zukommen.
Jogger sind freundliche Menschen, dachte er. Hart gegen sich selbst, aber stets hilfbereit. Er wird mir den Weg zur Metro zeigen. Mit beiden Händen machte er dem Mann ein beredtes Zeichen seiner Hilflosigkeit.
Aber der blickte nicht auf ihn, sondern auf seine Uhr. Man hörte ihn auf zehn Meter keuchen, und er mußte wohl Probleme mit der Zeit haben, die er sich gesetzt hatte.
Einen vom Ehrgeiz gepackten Jogger stoppt man nicht.
»Metro?« schrie Gisbert.
Der Mann lief an ihm vorbei, wie man an einer Plakatsäule vorbeiläuft, machte aber mit dem Daumen eine Bewegung nach hinten. Dann war er um die Ekke verschwunden.
Gisbert folgte dem Zeichen. Er stellte fest, daß er sich im Kreis bewegt hatte, fand aber nach einer Viertelstunde die breite Chaussee, an die er sich erinnerte. Er hatte sie mit Tatjana überquert. Die Metro-Station konnte nicht weit sein, und er sah jetzt Leute, die offenbar das gleiche Ziel hatten.
Und dann sah er das Taxi. Es fuhr, wiewohl nicht auf dem Mittelstreifen, wo den Regierenden alles erlaubt ist, viel zu schnell, aber die Straße war frei, und die Milizionäre schliefen noch.
Gisbert fuchtelte, wie bei dem Jogger, wieder mit beiden Händen und ging so weit auf die Straße hinaus, daß der Mann entweder halten oder kühn ausweichen mußte.
Er hielt mit kreischenden Bremsen, aber aus einem

roten Bulldoggengesicht sprang Gisbert böser Unmut an. Und dazu Flüche, die unverständlich, aber dennoch leicht begreiflich waren.
»Hotel Metropol«, sagte Gisbert und wagte es, die Hand an den Türgriff zu legen.
Daß sie ihm die Bulldogge nicht wegschlug, war alles.
»Njet«, sagte sie, und dann noch: »Job twoju matj!« Und die Hand ging nicht auf Gisbert los, sondern auf den Ganghebel.
»Moment!« schrie Gisbert und zog die Brieftasche aus der dunklen Jacke, die hier draußen bei den Wohnsilos viel feierlicher wirkte als im Bolschoi. Wie ein Spätheimkehrer vom Opernball sah er aus. Die Brieftasche war von stattlicher Dicke, und der Mann stutzte. Und als ihr Gisbert einen Hundertmarkschein entnahm, nahm er grinsend die Hand vom Ganghebel und riß die Tür auf.
»Charascho. Pajecheli!«
Das heißt soviel wie: »In Ordnung, fahren wir los.« Aber es bedurfte keiner Übersetzung, denn sie fuhren schon. Auf welliger Straße ließ die Bulldogge den Wagen tanzen und hüpfen, daß Gisbert bleich wurde, weil sein Magen Wodka nach oben schickte. Zum Glück mußte der Dicke das Tempo im dichten Morgenverkehr des Zentrums drosseln, aber es war erst halb sieben, und der Hunderter hatte weit mehr als eine Stunde Zeitgewinn eingebracht.
Unbemerkt von den Mitgliedern seiner Reisegruppe konnte Gisbert sein Zimmer aufsuchen.

14

Sonja Tischbein flanierte mit beschwingten Schritten durch Straßen und Gäßchen von St. Tropez, hier und da vor dem Schaufenster einer Boutique innehaltend und die Preise durch drei dividierend. Es war ein durchaus zielbewußter Bummel, denn sie hatte eine telegrafische Anweisung bei ihrer Bank bestellt, und der Sinn stand ihr nach jugendlichem Chic. Für den Verwirklicher ihrer Träume. Es gab keinen, der sich messen konnte mit Pierre, und angemessen wollte sie sich kleiden.
Sie kaufte jungmädchenhaften Schnickschnack für den Tag, aber auch damenhaft Preziöses für den Abend. Schnell hatte sie mehr als die 9000 Francs, die ihr der perfide Strauchdieb in Ramatuelle gestohlen hatte, ausgegeben, aber sie zahlte lächelnd, und Gisbert, der in einem Moskauer Hotelbett Rausch und Enttäuschung hinausschnarchte, hätte gestaunt über ihre fröhliche Selbstsicherheit.
Sie brauchte ein Taxi, um die Einkäufe ins Hotel zu befördern, und als der Wagen von der Hafenpromenade aus Höhe gewann, huschte in ihr Lächeln über diesen girrenden Markt der Eitelkeit die Zufriedenheit der Siegerin. Vierzig minus zwanzig. Einen Mann hatte sie erobert, dessen Mutter sie sein könnte. Aber niemand konnte es ihr ansehen. Das war si-

cher. Und mit den neuen Kleidern sowieso nicht. Fast wäre sie dem Pagen, der die Pakete in die Hotelhalle trug, trillernd vorausgehüpft.
Aber wie zufällig saß Madame Delamarre in einem Ledersessel, der so gut placiert war, daß ihr niemand entgehen konnte, der die Halle betrat.
Es war nicht zu übersehen, daß Madame Delamarre sie zu sprechen wünschte. Mit einer Geste, die mehr Aufforderung als Bitte war, deutete sie auf den freien Sessel neben ihr.
Es war Viertel vor zwölf, fast Essenszeit. Gern hätte sie noch ausgepackt, aber es wäre unmöglich gewesen, der Wohltäterin davonzulaufen, obwohl sie ihr Verdienst natürlich nicht überschätzen durfte. Die Eroberung Pierres hatte schließlich sie, Sonja, ohne Hilfe geschafft, und mit solchen Federn würde sich die alte Schraube nie schmücken können!
So etwas sagte man zwar nicht, aber das Lächeln, mit dem sie Platz nahm, entsprach ihren Gedanken.
Auch Madame Delamarre lächelte. Bloß um einige Nuancen anders, aber Sonja war viel zu sehr mit sich selbst beschäftigt, um ein Auge für derlei Feinheiten zu haben.
»Wollen wir heute zusammen essen, ich meine, wollen Sie an meinem Tisch Platz nehmen?«
Sonja spitzte die Ohren und kam zu sich. Das war kein Vorschlag, den du dir überlegen kannst, sondern das war überlegte und überlegene Strategie, die Ausreden nicht zuließ.
»Aber gerne«, sagte sie. Und ihr Lächeln stieg vom Olymp herunter in die Verbindlichkeit des Alltags.
Madame Delamarre packte die Sache mit beiden Händen an, wie sie es mit der Languste des Hors d'œuvre tat. Mit geübten Fingern ließ sie die Schalen

krachen, die das rötlich weiße Fleisch umschlossen, und hatte das Beste davon schon im Mund, als Sonja, der noch so vieles an französischen Tischen ungewohnt war, gerade den Kopf mit den bartähnlichen Fühlern und den toten Augen abgetrennt hatte. Sie aß nicht gerne mit den Händen, die auch dann noch rochen, wenn man sie mit der Serviette abgetupft hatte.
Vielleicht gerade deshalb empfand sie Madame Delamarres Eröffnung als besonders impertinent.
»Sie sind gut gelaunt, meine Liebe, und Sie riechen nach Mann.«
Mit Hors d'œuvres schien sie sich nur beim Essen aufzuhalten. Was Pierre anging, wählte sie die Direttissima, was Sonja, die durchaus gesprächsbereit Platz genommen hatte, weil eine Gemeinsamkeit beim Ursprung ihres Glücks nicht abzuleugnen war, gegen den Strich ging. Neugier, dachte sie, ist verständlich, aber wenn sie dich alte Fregatte platzen läßt, erfährst du gar nichts!
Peng!
Nicht der Mund sagte es. Es waren die Augen, die sich nach verärgertem Blitzen wieder der Languste zuwandten. Leider übernahmen die Finger das Störrische, und sie tat sich an einer spitzen Schale weh.
Die Delamarre, schon fertig mit der Languste, blickte versonnen den ersten Rauchkringeln ihrer Zigarette nach.
»Schon Liebeskummer, ma chère?«
Das war noch frecher, und es war jetzt klar, daß sich eine sofortige Aussprache aufdrängte. Und wenn es ein Gewitter war, das für Klärung sorgte. Ein für allemal.

Und schwebte nicht ein Hauch von Eifersucht über dem Tisch?
Gut, wenn du's nicht anders willst, Alte. Machen wir tabula rasa!
Sonja schob die Languste, die ihren Daumen hatte schmerzen lassen, ohne den Gaumen anzuregen, zur Seite. Und da der zweite Gang, hier ›la suite‹ genannt, die übliche Zeit auf sich warten ließ, zündete auch sie sich eine Zigarette an und nahm einen kräftigen Schluck vom Chablis, den die Alte bestellt hatte wie zu einem feierlichen Anlaß.
»Warum, Madame Delamarre, sollte ich Liebeskummer haben?« Es klang herausfordernd, aber aggressionslos wie die lässige Verteidigung eines Erfolgreichen, der in sich selbst ruht.
»Tant mieux pour vous – um so besser für Sie, meine Liebe!«
Es klang fast freundlich, aber Sonja, durch den eigenartigen Verlauf des Gesprächs hellwach geworden, überhörte den Unterton von Spott nicht.
Aufgelauert hatte ihr die Alte, weil sie etwas los werden mußte. Sonnenklar war das. Und sie konnte grünes Licht haben. Alle grünen Lichter der Welt!
Sonja, deren Herz voll war von Pierre, lief der Mund über, ehe das Dessert kam. Madame Delamarre erfuhr, sieht man von gewagten Zärtlichkeiten ab, die Sonja lieber verschwieg, alles, was sie wissen wollte, und nach dem Rückblick schwärmte Sonja in die herrlichen Tage hinein, die vor ihr lagen.
»Sie werden ihn wiedersehen?«
»Aber sicher! Was denken Sie denn?« In ihrem Lächeln stand die Überlegenheit der Siegerin, aber gleich bedauerte sie die Euphorie. Zu eitel und selbstgefällig war es, vor einer Frau, die nie ein sol-

ches Erlebnis haben würde, die Prinzessin zu spielen.
»Verzeihen Sie, Madame Delamarre. Ich glaube, ich rede zuviel.«
In ihrem Blick lag Mitleid von der Sorte, die man Aschenputteln schenkt.
»Aber wieso denn, ma chère? Ich freue mich für Sie, ehrlich. Es ist das besondere Erlebnis, das uns zu besonderen Frauen macht, stimmt's?«
Sonja nickte und dachte, daß das »uns« eine gelinde Frechheit war, aber die Gewißheit, Pierre erobert zu haben, stimmte sie friedfertig.
»Ich habe«, sagte sie, »einfach Glück gehabt. Und Glück kann man nicht kaufen.«
»Wann sehen Sie ihn wieder? Ich meine, haben Sie ein Rendezvous abgemacht?«
»Aber natürlich! Er ruft mich zwischen fünf und sechs an.«
»Nun ja. Ein fixiertes Treffen ist das ja wohl nicht.«
Die Delamarre ließ die Antwort so genüßlich auf der Zunge zergehen wie die mousse au chocolat, und Sonja ärgerte sich, weil sie so schonend mit ihr umgegangen war.
»Zweifeln Sie etwa daran, daß er anruft?« Ton und Augen wurden aggressiv.
»Habe ich nicht behauptet, oder? Aber man kann telefonisch nicht nur zu-, sondern auch absagen.«
Es ist der Neid, durchzuckte es Sonja. Laut aber sagte sie: »Zerbrechen Sie sich nicht den Kopf für mich. Ich werde ihn treffen, und...und nicht nur das!«
»Kennen Sie eigentlich seinen vollen Namen und wissen Sie, wo er wohnt?«
»Sind Namen und Adressen das wichtigste, wenn man liebt?«

»Hm. Sagen wir mal, beides kann nützlich sein.«
Jetzt war Sonja so wütend, daß sie aufstehen wollte, aber Madame Delamarre legte ihr die Hand auf den Arm. »Aber, aber, wer wird denn gleich davonrennen? Glauben Sie, ich gönne Ihnen Pierre nicht?«
»Man könnte es meinen!«
Das Lächeln der Delamarre war sanft und streichelnd wie ihre Hand. »Eifersucht ist nicht mein Fach, meine Liebe. Erfahrung schon eher, und nun mache ich Ihnen einen Vorschlag: Wenn Sie wollen, sehen wir uns heute abend vor Ihrem Rendezvous in der Halle. Sagen wir, ich warte ab sechs. Recht so?«
»Gut, wenn Sie meinen. Aber viel Zeit werde ich nicht haben.«
»Ich werde«, sagte Madame Delamarre mit verständnisvollem Lächeln, »nichts davon stehlen.«

Sonja legte sich hin, ohne das Bett aufzudecken. Und im Schlaf, der nach der wilden und heißen Nacht über sie kam, versank das Geschwätz der Alten, die offenbar nicht abgeklärt genug war, um ihre Eifersucht zu beherrschen.
Viertel nach fünf. Gut, das hieß gar nichts. Von den Eltern hatte Pierre gesprochen, an denen man beim gemeinsamen Urlaub nicht einfach vorbeigehen kann, und möglicherweise waren sie am Strand, wo man nicht telefonieren kann, wie man will. Und die Rolle des Vaters war nicht zu unterschätzen. Ein bedeutender Mann mußte er schon sein, wenn der Sprößling an einem einzigen Abend mehr Geld ausgeben konnte als eine vierköpfige Familie in der Woche!
Sie stand auf und begann, die dritte Zigarette anzündend, durchs Zimmer zu gehen.

Die ersten Zweifel schlichen sich an mit der Heimtücke, gegen die es kein Rezept gibt. Wenn diese mißgünstige Delamarre doch recht hätte?
Sie setzte sich aufs Bett neben das Telefon. Aber es blieb stumm, und der Uhrzeiger rückte auf sechs.
Als die fünfzehnte Minute nach sechs anbrach, zog sie sich an. Unten in der Halle wartete die Delamarre, und unwiderstehlich zog es sie hin zu ihr, obwohl sie sie haßte. Und sie wußte, daß es unnötig war, etwas von den neuen Sachen anzuziehen, die sie gekauft hatte. Jeans und T-Shirt genügten.
Um diese Zeit war die Halle fast leer. Es war eine Stunde vor dem Abendessen; noch schien die Sonne und die meisten Gäste waren noch nicht von den Stränden oder von der Hafenpromenade heimgekehrt.
Als kluge Strategin hatte sich Madame Delamarre so gesetzt, daß man ungestört reden konnte. Selbst der Portier, der lustlos im ›Nice Matin‹ las, hätte Luchsohren gebraucht. Es war der, der Lucien Espinasse an Sonja vermittelt hatte.
»Zigarette?« fragte Madame Delamarre, als Sonja Platz genommen hatte. Sonja nahm die Packung mit nervösen Fingern, und die Alte wußte, daß keine weiteren Fragen nötig waren. Da saß eine, die von allein kommen würde.
»Ich brauche was zu trinken«, sagte Sonja.
»Apéritif? Wasser?« Die Stimme der Delamarre klang wie die einer besorgten Krankenschwester. Und da kein Kellner sichtbar war, stand die Ältere auf. »Lassen Sie nur, ich mach das schon!«
Sie durchquerte die Halle bis zur Rezeption und gab ihre Bestellungen auf.
Der Garçon brachte zwei Whisky pur; dazu eine

große Flasche Mineralwasser und zwei Gläser extra.
»Sie können wählen, meine Liebe, aber ich denke, der Whisky ist nicht fehl am Platz, stimmt's?« Sonja hatte den ihren ausgetrunken, ehe sie ausgeredet hatte, und schenkte Wasser nach.
»Noch einen?«
Sonja trank Wasser und nickte, und die Delamarre bestellte nach.
»Gleich, Kind, wird's besser.«
Das war nicht nur Menschenfreundlichkeit, sondern kluges Kalkül. Verklemmte schütten weder ihr Herz aus, noch begreifen sie den wohlgemeinten Rat.
»Er hat also nicht angerufen?«
Sonja nickte nur hilflos.
»Na und? Geht deshalb die Welt unter? Und habe ich Sie nicht vorgewarnt?«
Sonja blickte sie mit großen Augen an, die feucht wurden. »Ich...ich habe Ihnen nicht geglaubt.«
»Ah, quelle gosse! Was für ein dummes großes Kind! Die Erfahrung der Côte fehlt Ihnen. L'aventure est au coin de la rue, an jeder Straßenecke lauert das Abenteuer, aber man muß es mit anderer Optik sehen. Ich meine, eben nicht so wie anderswo.«
»Aber wir wollten uns doch treffen heute!«
»Nun ja, Sie verwechseln wir und ich.«
»Sie meinen, er wollte gar nicht?«
»Wenn Sie mich so direkt fragen«, sagte Madame Delamarre duldsam, »muß ich das bejahen.« Sie lächelte einfühlsam. »Was halten Sie von einem kleinen Spaziergang? Die Luft wird Ihnen guttun, und wenn Sie Lust haben, essen wir später irgendwo eine Kleinigkeit.«

Sie gingen durch Straßen und Gäßchen, und Sonja

kam wieder an den Boutiquen vorbei, in denen sie sich am Vormittag für den Abend ausgestattet hatte. Für einen, der nicht mehr wert war als der Schuft von Ramatuelle? Beschwingt wie nie war ihr Schritt gewesen, und jetzt, das empfand Madame Delamarre mit einem Hauch von Mitleid, trottete neben ihr ein Häuflein Unglück dahin, an dessen Zustandekommen sie kräftig mitgeschaufelt hatte.
Sie hatte sich einen Jux gemacht mit dieser nicht mehr ganz knusprigen, aber eigentlich doch beneidenswert passablen blonden Deutschen; halb hatte sie diese biedere Naivität gereizt, halb die eigene Überlegenheit, die sich zusammensetzte aus Geld und der Illusionslosigkeit der späten Jahre. Weg mußten die Illusionen der Kleinen, und je schneller das geschah, um so schneller würde sie wieder auf den Beinen stehen.
Sie nahm ihre Hand wie die einer Freundin und zog sie, weitab vom hektischen Geschiebe der Hafenpromenade, zu den Tischchen eines kleinen Straßencafés. Die meisten von ihnen waren jetzt, zur Essenszeit, frei. Nur eine alte Dame mit Hund und ein gelangweiltes mittelalterliches Pärchen hockten herum, und nur langsam klang die Hitze eines Tages ab, der kein Sonnentag für Sonja gewesen war.
Wieder bekam sie Lust auf Whisky, aber Madame Delamarre bestellte mit resolutem Kopfschütteln eine »infusion«, was sich als hundsgemeiner Pfefferminztee entpuppte und Sonja das Näschen rümpfen ließ.
»Da hätten Sie mich ja gleich zur Heilsarmee bringen können!«
»Sieh an, der Humor kehrt zurück. Das nenne ich ein gutes Zeichen.«

»Hm. Ich dachte, Sie wollten mich aufklären über diesen...diesen Typ.«
»Will ich auch, meine Liebe, will ich auch! Und dieser Tee ist genau das richtige für Magen und Nerven. Sie müssen, ma chère, begreifen«, fuhr die Delamarre fort, »daß ich Ihnen, sozusagen von Frau zu Frau, helfen wollte.«
Aber noch war Sonja nicht in die Knie gezwungen. »Bin ich ein geschlechtlicher Sozialfall, der Samariterdienste braucht?«
Die Alte bekam schmale Augen, in deren Winkeln die Krähenfüße durchs Make-up drängten wie zornige Zeugen der Wahrheit. »Wir sind nicht mehr zwanzig, meine Liebe!«
»Weiß ich selber«, schnippte Sonja.
Madame Delamarre lächelte nachsichtig. Sie entnahm ihrer Handtasche zuerst eine Brille und dann ein dünnes, zusammengeheftetes Papierbündel.
»Pierre ist sehr penibel mit den Abrechnungen, müssen Sie wissen, und diese Zettelchen kennen Sie doch, oder?«
Es waren alle Rechnungen, die Pierre an diesem unvergleichlichen Abend so selbstverständlich und chevaleresk bezahlt hatte, angefangen mit den Apéritifs bis zum sündhaft teuren Champagner.
»Stimmt alles?«
Sonja, die blaß geworden war, nickte nur. Langsam begann sie das Ungeheuerliche zu begreifen.
»Mit dem Trinkgeld«, brummte die Alte, »hätte er nicht so um sich zu werfen brauchen. Hier, sehen Sie!«
Sonja wurde noch bleicher. ›Pourboires‹ stand auf einem separaten Zettel, und es mußte Pierres Handschrift sein. Sie wunderte sich, wie ungelenk sie war

und wie wenig sie zu seiner natürlichen Eleganz paßte. Und über die Summe wunderte sie sich auch. Es wäre ihr nicht entgangen, wenn er wirklich mit so viel Trinkgeld um sich geworfen hätte.
»Faux frais«, sagte Madame Delamarre, was ungefähr so viel wie falsche Spesen bedeutet. Und mit einem Schulterzucken fügte sie hinzu, daß beim Hobeln eben Späne fallen.
Sonja aber begann nicht nur den Kuhhandel zu begreifen, sondern kam sich auch vor wie eine Kuh. Einem Gigolo hatte die Alte sie in die Arme getrieben und alles bezahlt. Fürstlich bezahlt – für eine ganze Urlaubswoche hätte das gereicht! Aber noch niederschmetternder war, was jetzt kam.
»Das sind nur die Ausgaben. Sein Honorar geht natürlich extra.« Madame Delamarre steckte ihre Brille wieder ein und hob die Hände mit den Flächen nach oben, wie um Unabänderliches kundzutun.
Und sie kam Sonja tatsächlich wie ein Viehhändler vor.
»Sie müssen ihn also heute getroffen haben.«
»Selbstverständlich. Das war abgemacht so. Schließlich hatte er auch einen satten Vorschuß, und da wir nun schon mittendrin sind, müssen wir auch alles hinter uns bringen, nicht wahr?«
»Wieviel?« Sonja versuchte sich zu fassen.
»Das ist meine Sache.«
»Von wegen! Keinen Franc bleibe ich Ihnen schuldig!« Sonja trommelte mit den Knöcheln auf dem Tischchen herum, daß die Teetassen wackelten.
»Sie sollten ruhig bleiben und mir zuhören. Nur wenn Sie alles wissen, bringen Sie die Sache hinter sich. Ja, ich habe ihn sozusagen gemietet für Sie, so, wie ich's gelegentlich auch für mich gemacht habe.

Hier gibt's das eben, und was ist dabei, wenn man sich's leisten kann?«
»Er hat also nur Theater gespielt?«
»Aber natürlich! Und ich weiß, daß er's kann! Ein As ist er, und ich habe gewollt, daß Sie einen Spaß haben und wieder lachen können. Faut sortir le grand jeu, habe ich ihm gesagt.«
»Was heißt das?«
»Nun, alles bringen eben, keine halben Sachen. Die Kleine hat Kummer, hab ich gesagt, und den wirst du ihr schön austreiben. Und das hat er doch wohl, oder?«
Ihr wissendes Lächeln machte Sonja noch wütender.
»Ein bezahlter und verlogener Bock! Wie konnten Sie nur so gemein sein!«
»Sie werden zu laut, Kind. Wollen Sie den Leuten ein Schauspiel geben?« Madame Delamarre legte einen Schein auf den Tisch und zog sie auf die Straße.
Sie gingen durch Gassen, die fast leer waren und die Sonja nicht kannte. Dafür lernte sie Pierre Galateau kennen, der weder Student noch fils à papa war, sondern aus einem Fischerdorf in der Nähe stammte und dort im Winter seinem Vater beim Flicken der Netze half. Und im Sommer machte er Geld in St. Trop. »Saisonarbeiter« nannte es Madame Delamarre. Er war, weshalb seine Preise bedauerlicherweise stiegen, einer der Gefragten in seiner Branche, und nicht selten gehörte er zum Party-Service einer dieser stolzen Yachten, auf deren Hecks vor neidvoll gaffenden Touristen der Apéritif genommen wird, wenn sie an der Mole ankern. So ein Schiff muß auch seine Seetüchtigkeit beweisen, und dann muß auch Manneskraft bewiesen werden, weil es nicht zum Transport von Bananen, sondern zum Vergnügen

gebaut worden ist. Und nicht nur die jeunesse dorée fährt mit, sondern Damen des certain age, die auch unterhalten sein wollen.

Mit solchen Worten und fast mütterlicher Behutsamkeit versuchte Madame Delamarre zu kitten, was ein zugegebenermaßen schöner, aber nicht eben mit hohen Geistesgaben gesegneter Jüngling zerteppert hatte.

Und auch das Du bot sie Sonja an. Um so natürlicher kam es, als sie sich den Jüngling ja auch geleistet hatte und durchaus geneigt schien, ihn nicht abzuschreiben. »Wenn ich früher meinem Mann Szenen gemacht habe, sagte er, er sei nicht aus Holz. Gut, dachte ich, dann bin ich's eben auch nicht. Geld ist nicht alles, meine Liebe, aber es hilft über vieles weg, nicht wahr?«

»Aber schenken«, sagte Sonja trotzig, »lasse ich mir nichts. Schon gar nicht so was! Ich zahle die Rechnungen und...und das Honorar.« Das Wort ging ihr nicht leicht über die Lippen.

»Geschenke nehme ich nicht zurück.« Madame Delamarre sagte es lächelnd, aber bestimmt. Und nach einer kleinen Pause, in der sie versonnen in den violettschwarzen Abendhimmel blickte, der sich über die Bucht legte: »Sieh mal, Kind, du hast einen reichen Mann, und ich bin eine reiche Witwe. Geld ist also unwichtig zwischen uns, und warum sollen wir den Männern nicht zeigen, daß wir uns nicht ungestraft betrügen lassen?«

Sonja blieb brüsk stehen. »Habe ich behauptet, ich würde betrogen?« Das mit dem Reichtum überging sie. Er war sehr jung, und mit Sicherheit hielt er keinen Vergleich mit dem der Delamarre aus.

Sie wurde am Arm weitergezogen, und das dünne

und wissende Lächeln der anderen machte sie noch störrischer.
»Aber, aber, Sonja! Ein Blinder sieht doch, daß du Ärger mit deinem Mann hast und Abwechslung suchst! Ist ja auch legitim, und ich hab's am ersten Abend gemerkt. Du kannst es Erfahrung nennen. J'ai vécu, ma petite!«
Ma petite! Sonja kam sich noch viel kleiner vor. Mit einem heimlich bezahlten Gigolo hatte sie einen Mann betrogen, dem nicht viel mehr vorzuwerfen war, als daß er manchmal am Fernseher saß, wenn sie anderes im Sinn hatte. Gut, sie hatte ihn einen Spießer genannt und ihm die Sporen gegeben, weil er noch nicht Abteilungsleiter war, aber mit dem Lottogewinn hatte er alles kompensiert, und zum Dank dafür war sie abgehauen, um die große Welt zu erleben.
Nun fühlte sie sich von ihr belächelt. Und nach Moskau hatte sie ihn getrieben. Ganz anders als in den Tagen, in denen sie alles verdrängt hatte, sah sie das jetzt. Abgestoßen hatte sie ihn, und russische Schwermut hatte ihn angezogen.
»Ich würde«, sagte sie zu der erstaunten Hortense Delamarre, »morgen das Flugzeug nehmen, wenn ich wüßte, daß ich ihn anträfe.«

15

Gisbert Tischbein kämpfte im Hotel Metropol mit harten russischen Sitten. Nicht nur mit der Dejournaja hatte er es zu tun, die ab zehn Uhr alle fünf Minuten an seiner Zimmertür polterte, sondern auch mit dem Reiseleiter, den er, der Not gehorchend, hereinlassen mußte. Eine neue Gruppe war eingetroffen, und die Koffer sollten um elf vor der Tür stehen.
Aber sie mußten erst gepackt werden, und als sich der Reiseleiter vom beklagenswerten Zustand seines Schützlings überzeugt hatte, legte er selbst Hand an und schickte ihn unter die Dusche, die er mit kaltem Wasser speiste.
Sie war von gewissem, wenn auch nicht übermäßigem Nutzen. Deshalb verordnete er ihm auch noch Kopfschmerztabletten, und die Dejurnaja, die die Etage von ihrem Sitz am Anfang aus beaufsichtigte, verwandelte sich vom knurrenden Wachhund in Mütterchen Rußlands hilfsbereite Seele. Von ihrem Eisschrank steuerte sie einen Siphon mit eiskaltem Mineralwasser bei, den Gisbert zu Dreivierteln leerte; den Rest spritzte er sich ins Gesicht.
Einer Rose glich er, die über Nacht im Trockenen lag und sich plötzlich in der Vase vollsaugen darf.
Und er half dem Reiseleiter sogar beim Packen. Nur

zwei Krawatten und ein Oberhemd blieben beim hastigen Aufbruch im Schrank liegen, ein tragbarer Verlust, der die Dejournaja für vergessenes Trinkgeld entschädigte, ehe das Zimmermädchen mit den Aufräumungsarbeiten begann.
Und dann war Mittagessen. Reisen in Rußland zeichnen sich nicht immer durch makellose Präzision aus, aber den hungrig abreisenden Gast gibt es nicht, zumal ihn Selbstversorgung vor kaum lösbare Probleme stellen würde. Deshalb empfing jeder auch noch sein Lunchpaket für den Abendzug nach Leningrad.
Und dann erschien der Unterdirektor des Hotels zu einer kleinen Ansprache, die die Dolmetscherin so flüssig übersetzte, als ob sie sie selbst aufgesetzt hätte. Sie bereitete die unschuldigen kleinen Pointen so geschickt vor, daß jeder wußte, wann er lachen mußte und klatschen. Außerdem spendierte das Haus Schampanskoje. Daß er mit Intourist schon beim Einzug der Gäste verrechnet war, tat der allgemeinen Freude keinen Abbruch und machte die Herzen warm.
Der Sekt war auch warm und erfreute die Herzen der Kellner, die nach heiligem Brauch einige Flaschen zurückhielten, weil Gruppen dieser Art erfahrungsgemäß zurückhaltend mit Trinkgeld sind.
Doch Gisbert hatte andere Sorgen. Wenn Sonja, dachte er, zu Hause wäre, würde ich die nächste Linienmaschine nehmen und Leningrad sausen lassen. Leisten kann ich's mir, und überhaupt, was ist Geld? Ja, was ist es? Es hat Sonja in den Süden getrieben und mich zu diesen blöden Leuten, die mich angaffen.
Sie taten's wirklich. Alle waren sie überzeugt davon,

daß er sich eine rauschende Nacht nach dem Bolschoi geleistet hatte, und die roten Augen und das bleiche Gesicht, das wußte er, waren ihnen beredte Zeugen. Und mit Sicherheit hatte auch der Reiseleiter über seine Hilfsdienste gegackert, die notwendig geworden waren.

Er stand ganz schön im Regen beim Anbruch dieses Nachmittags, der programmiert war für Einkäufe. In der Gruppe natürlich. Diese Herdenmenschen konnten sich offenbar nicht anders bewegen, und selbstverständlich würde die Dolmetscherin behilflich sein.

Es war auch schon eine Sammlung für sie im Gange. Da ließen sie sich nicht lumpen, und mit augenzwinkerndem Stolz ließen sie sie ahnen, daß es Devisen sein würden, die sie offiziell freilich nicht annehmen durfte. Aber man war ja nicht auf den Kopf gefallen, und sie auch nicht. Onkels und Tanten aus dem reichen Westen waren bei der Vorbereitung eines schönen Werks.

Sie ahnten nicht, wie Gisbert Tischbein, der Eigenbrötler ihrer Gruppe, an zehntausend Mark vorbeigegangen war, die eine Russin aus einer alten Balalaika gezogen hatte.

Gisbert hatte es noch nicht verwunden. Aber er trottete mit. Ging über die von einem Jahrhundert ausgetretenen Stufen des zaristischen Kaufhauses GUM ebenso wie durch die modernen und fast pompösen Räume des größten Kinderkaufhauses der Sowjetunion; schließlich, wie es kapitalistischer und kommunistischer Logik entsprach, durch Devisenläden, wo das Angebot kostbarer war.

Aber nicht umwerfend. Das schwäbische Gehirn mit dem eingebauten Taschenrechner erkannte sofort,

daß der Kaviar um keine Mark billiger war als im Stuttgarter Feinkostgeschäft. Und wenn er den Flug dazurechnete, fand er ihn, obwohl Millionär geworden, unerschwinglich. Ein Studienrat aus Reutlingen kaufte eine Balalaika, deren Holz so hell war, daß es wohl noch nach Harz roch, und wieder mußte Gisbert an die alte braune Balalaika denken, die Tatjanas Sparkasse war und mit der sie ihn hatte kaufen wollen.
Wozu Andenken kaufen, wenn man solche Souvenirs mitnimmt! Er war wütend über sich, über Moskau, über Tatjana und die nunmehr gesicherte Erkenntnis, daß die russische Seele weder käuflich noch auffindbar war. Und dafür hatte er, wenn man vom Bolschoi absah, auf alle kulturellen Erlebnisse verzichtet!
Alle anderen Reisegenossen, das sah man ihnen an, waren voll von ihnen, und es entgingen ihm auch nicht spähende Frauenaugen, die wissen wollten, ob er nicht nur ein wilder Abenteurer, sondern auch ein schlichter Geizkragen sei. Schließlich nimmt man, wenn man weiß, was sich gehört, Präsente mit.
Aber was wissen vordergründige Gaffer von der russischen Seele, von ihrer traurigen Schwermut und dem jauchzenden Crescendo ihrer Lust! Keiner von ihnen hatte die Hand ausgestreckt nach diesem Puls, und man brauchte sie ja bloß anzuschauen. Nie werden ihn Wurstfinger, die nur Geld zählen können, spüren!
Halt, ein alter Samowar wäre schön! Wie die züngelnde blaue Flamme der Holzkohle durchzuckte ihn der Gedanke. Summte die Seele nicht mit, wenn der Samowar in den eiskalten Winternächten in rauchigen Bauernkaten und guten Bürgerstuben den

Tee bereitet und die alte Babuschka den lauschenden Kindern Geschichten erzählt?
Gisbert schob sich vor zur Dolmetscherin, die einigen Damen bei der Auswahl bunter, handgestickter Tischdecken behilflich war.
»Einen Samowar möchte ich kaufen.«
»Aber selbstverständlich, Herr Tischbein.«
Sicher, dachte Gisbert, kennt sie meinen Namen nur, weil ich immer gefehlt habe.
Es gab nur elektrisch betriebene Samowars aus Messing oder falschem Silber. Doch einen echten alten mit Holzkohlenfeuerung wollte er haben, und der Preis war ihm wurscht. Du holst keine Seele aus der Steckdose. Aber das sagte er nicht.
Sie aber sagte: »Die schönen alten stehen sozusagen unter Denkmalschutz und dürfen nicht ausgeführt werden. Es sei denn, mit Sondergenehmigung, aber das ist umständlich, und außerdem müßten wir aufs Land fahren, um einen zu suchen.«
Damit war der Samowar gestorben. Er erinnerte Gisbert an Tatjana, die zwar jung war, aber auch mit einer Sondergenehmigung ausgeführt werden wollte.
Er kehrte Moskau ohne ein käufliches Souvenir den Rücken.

Der Bahnhof glich einer großen Markthalle, die Pause macht. Vergeblich kämpfte die leichte Brise der Dämmerung des Sommertags mit einer bleiernen Hitze, die eine unübersehbare Menge von Reisenden stehend, sitzend und liegend mit einer Gelassenheit hinnahm, die sich wie Watte auf die übliche Geschäftigkeit von Bahnhofshallen legte. Der Duft von Melonen mischte sich mit dem von schwarzem und

feuchtem Moskauer Brot, aber auch mit dem von Schweiß, und zum erstenmal bekamen die Leute von Gisberts Gruppe eine Ahnung von Rußlands stählernen Adern, von der gewaltigen Bedeutung eines Schienennetzes, auf dem täglich Millionen unterwegs sind. Auf Reisen, bei denen drei Tage nicht viel und acht Tage nichts Besonderes sind.
Ihr Trip war kurz. Siebenhundert Kilometer nur und auf der Paradestrecke des Landes, die hohe Geschwindigkeiten erlaubt. Leningrad und Moskau, alte und neue Hauptstadt des Landes, Divas und Rivalinnen.
Hier, auf dem Bahnhof, im Gewimmel des riesigen Vielvölkerstaats Sowjetunion, schämte sich Gisbert ein wenig darüber, wie wenig er getan hatte, Moskau zu erkunden, um Vergleiche anstellen zu können zwischen zwei außergewöhnlichen Städten, die er wohl nie mehr sehen würde.
Sonja war schuld daran. Rächen hatte er sich wollen an ihr, aber jetzt kam wieder Vernunft in die Gedanken. Aus dem grimmigen Sucher der russischen Seele wurde der Tourist, der nach dem Gebotenen und nicht nach den Sternen greift.
Geld hatte er zum Beispiel. Viel schwarzes Geld, das unheimlich günstig eingewechselt war und verbraucht sein wollte. Die Bank zu Hause würde ihm ein Nasenwässerchen dafür geben.
Viel Reiseproviant war am Bahnhof nicht aufzutreiben. Aber er fand Wodka, obwohl Gorbatschow gegen ihn wetterte.
Her damit. Warum nicht? Vielleicht würde er einen Schicksalsgenossen finden, der dankbar dafür war. Oder aber einen Blödmann, gegen den Wodka die beste Medizin war. Das Zeug taugte für jede Situa-

tion. Jedenfalls für fast jede. Die Gelegenheiten, bei denen er nichts taugte, hatte er hinter sich.
Und vor sich eine richtige Reise. Nicht diese Fliegerei, dieses ereignislos hastige Überspringen von Ländern, sondern bodenständige, erlebnisreiche Fortbewegung nach alter Väter Sitte.
Mehr noch. In einen russischen Zug steigst du nicht ein wie in jeden anderen. Die alten Dampflokomotiven sah er vor sich, schnaufend auf der endlosen transsibirischen Strecke mit Väterchen Frost kämpfend, der ihnen Eiszapfen an die Schnauzen klebte, die wie die grauen Barthaare von Seehunden aussahen. Wohlige Wärme aber war in breiten Waggons, in denen es nach Tee duftete und wohl auch nach feuchtem schwarzem Brot und fetten Würsten, weil lange Reisen viel Proviant verschlingen.
Aber auch ein Hauch undefinierbarer Mystik fuhr mit, der mit der Seele zu tun hat. Anna Karenina, war sie nicht mit solchen Zügen von Moskau nach Leningrad gereist?
Schneeflocken, nasse und schwere, aber auch federleichte, die der Sturm peitscht. Schöne Frauen mit Muffs für die zarten Hände und bärtige Männer mit Pelzmützen. Gisbert malte sich in der ausglimmenden Hitze des Sommertags sein russisches Wintermärchen, schwitzend unter der Last des Gepäcks, das jeder zum Waggon 17 zu tragen hatte.
Ein reservierter, prächtiger blauer Waggon. Die Gruppe enterte ihn mit dem Geschnatter der Damen und dem wohlgefälligen Grunzen der Männer. Ein Salonwagen fast. Das Reisebüro hatte nicht zuviel versprochen. Vornehm ging's zu.
Puritanisch freilich auch. Pärchen, die liebend gerne ein Zweierabteil genommen hätten, wurden ebenso

auseinandergerissen wie legitime und betagte Ehepaare, die in der nächtlichen Trennung eine spaßige Abwechslung sahen. Doswidanja in Leningrad. Reisen bildet, und sie hatten längst gelernt, was Auf Wiedersehen auf Russisch heißt.
Auch Doswidanja Moskwa klang gut. Für Gisbert vielleicht ein bißchen schwermütiger als für die anderen, aber das merkte keiner. Eine spaßige Abwechslung war die Trennung von Sonja längst nicht mehr, doch er verscheuchte die Gedanken an Frankreichs Süden, als die mächtige elektrische Lokomotive mit einem sanften, kaum spürbaren Ruck anfing, ihn nach Rußlands Norden zu ziehen.

Einen weißhaarigen, nicht unsympathisch wirkenden Abteilgenossen hatte er zugeteilt bekommen, und seltsam genug war die Vorstellung der beiden Herren. Sicher, sie hatten sich gegenseitig registriert, aber eigentlich ohne sich gegenseitig wahrzunehmen. Auch ein Außenseiter? Hatte er überhaupt an den gemeinsamen Essen teilgenommen? Bestimmt nicht an allen. Da war sich Gisbert ganz sicher.
»Huttenlocher«, sagte der Mann. Es klang sehr schwäbisch und er bekam ein »Tischbein« zurück.
»Ich weiß«, sagte der andere. »Sie sind aufgefallen. Als Solist sozusagen. Ich übrigens auch, aber im Gegensatz zu den anderen haben Sie's nicht bemerkt, weil Sie zu sehr mit sich selbst beschäftigt waren. Ist natürlich Ihre Privatsache. Glauben Sie bloß nicht, ich wäre neugierig wie die Weiber!«
Gisbert hob statt einer Antwort die Schultern und bekämpfte einen kleinen Stich in der Magengrube. Zum Ausweinen hatte er nun wirklich keine Lust, und ein Beichtstuhl war dieses Zweierabteil wohl

auch nicht. Oder hatte man den KGB auf ihn angesetzt? Ein Spitzel in der Maske des Biedermanns? Schließlich war er auffällig genug herausgetreten aus dem Rahmen einer sogenannten Studienreise, und konnte dieser Kerl nicht ein Russe sein, der ihm auf den Zahn fühlen sollte? Man hatte von solchen Methoden gehört, und war die Tatsache, daß er oft bei Mahlzeiten gefehlt hatte, nicht schon fast ein Beweis?
Kommen lassen, dachte Gisbert. Laut aber sagte er: »Wissen Sie, was die Leute über mich reden, ist mir wurscht.«
Er hielt das für eine neutrale und clevere Antwort, und sie wurde auch freundlich akzeptiert. »D'Leut brauchet halt was zom schwätze«, sagte Herr Huttenlocher.
Es war eher die Sprache der schwäbischen Eisenbahn als die des KGB und räumte mit Gisberts gröbsten Bedenken auf. Eine schwäbische Abteilung hatte der Staatssicherheitsdienst wohl kaum, aber deshalb brauchte er sich von diesem Huttenlocher noch lange nicht ausfragen zu lassen.
»Schön geräumig, was?« sagte der. »Vor allem im Schlafwagen kann man die russische Breitspur so richtig genießen, und sie haben uns in die erste Klasse gelegt. In der zweiten fahren vier Mann zweistökkig.«
Er will sich als Experte ausgeben, dachte Gisbert und blieb reserviert. Er haßte Angeber, und wenn einer, der vielleicht jeden Tag von Backnang nach Stuttgart fuhr, so tat, als ob er auf der Strecke Moskau-Leningrad zu Hause wäre, ging ihm das gegen den Strich. Aber schon bekam er eine Zigarette angeboten und das Feuer dazu, ehe er ablehnen konnte. Sie rauchten

und sahen die Lichter der letzten Moskauer Schlafburgen als gelbliche Pünktchen am südlichen Horizont verschwinden. Der Zug fing an, sich mit seiner Reisegeschwindigkeit in die Nacht zu bohren.
Recht hatte der Huttenlocher schon. Zur weiträumigen Bequemlichkeit der weichen Bänke, denen man ansah, daß sie sich im Handumdrehen in bemerkenswert breite Betten verwandeln ließen, kam der Service, von dem sich die Bundesbahn eine gewaltige Scheibe abschneiden konnte. Kekse und große, schön verpackte Zuckerstücke lagen auf nachttischähnlichen Konsolen, und ihr Zweck wurde sehr schnell durch eine ebenso rundliche wie freundliche Aufwärterin erhellt. In hohen und breiten Gläsern brachte sie sehr heißen grusinischen Tee, und man hörte sie gar nicht kommen, weil sie mit Hausschuhen auf weichen Teppichen mit bunten orientalischen Mustern ging.
»Tschai«, sagte sie, und »poschalsda«. Man möge, bitte, zugreifen hieß das. Aber den Rest verstand Gisbert nicht.
Dafür aber der Herr Huttenlocher, und er hatte sogar ein kleines Gespräch mit der freundlichen Runden, das Gisbert aus der aufkommenden Gemütlichkeit riß.
Doch ein Spitzel? Wie kann einer, der eben noch schwäbisch geredet hat, in die perfekte russische Konversation verfallen?
Denn dafür hatte er schon ein Ohr gekriegt, und da biß keine Maus den Faden ab: Es war kein tastendes Herumstochern in der fremden Sprache, sondern ein ordentliches, wenn nicht gar gepflegtes Russisch.
Und Herr Huttenlocher genoß es, als die Aufwärte-

rin gegangen war, mit einem dünnen Lächeln, das nicht frei von Stolz war.
»Ich bin nicht das erste Mal hier, müssen Sie wissen.«
Gisbert rührte mit dem langen Löffel zwei große Stücke Würfelzucker in seinen Tee und nickte.
»Man hört's.«
Es sollte desinteressiert und belanglos klingen, als wollte er sagen, es sei dunkel draußen, aber es schwang ein Unterton von Neugierde mit, die befriedigt sein wollte. Und Herr Huttenlocher schnappte ihn auf.
»Ist natürlich kein Zufall, Herr Tischbein. Ich bin für zwei Jahre in diesem Land gewesen, als Sie vielleicht noch gar nicht auf der Welt waren.«
»Wann?«
»Einundvierzig bis dreiundvierzig.«
»Also im Krieg.« Und nach einer kleinen Pause, in der Gisbert heißen Tee schlürfte: »Doch, es hat mich schon gegeben, aber ich war noch ganz winzig.«
»Beinahe wie unser Kanzler, was? Gnade der späten Geburt. Nichts mitgekriegt. Weiße Weste ohne Kleckerchen.« Huttenlocher kicherte, wurde aber gleich wieder ernst. »Entschuldigen Sie, so war's nicht gemeint, und ich will Sie auch nicht mit Veteranengeschwätz langweilen.«
»Wie meinen Sie das?«
»Nun ja, Sie müssen das doch kennen. Moskau, Stalingrad, Leningrad. Glühende Hitze, Durst, Schneelöcher, klirrende Kälte, Hunger. Was wir doch für Kerle waren!«
»Nein«, sagte Gisbert Tischbein mit einer Ehrlichkeit ohne Unterton, »das möchte ich nicht unbedingt hören.«
»Sollen Sie auch gar nicht, mein Lieber, sollen Sie

auch gar nicht! Aber wir gehören zur gleichen Reisegruppe, und ich habe Sie beobachtet. Und ich habe das verdammte Gefühl, daß Sie das suchen, woher ich gerade komme.«
»Und das wäre?« Gisbert versuchte, durch geringschätziges Abblasen von Rauch Sicherheit zu gewinnen.
»Das ewige Rußland.«
»Hm. Ich verstehe Sie nicht.«
»Aber ich könnte es mir vorstellen«, sagte Herr Huttenlocher mit einem Lächeln, das Gisbert irritierte. »Sie kommen mir nämlich vor wie einer, der etwas sucht, das sich aber auf die Art und Weise, wie er es anstellt, nicht finden läßt.«
»Vielleicht sollten Sie etwas deutlicher werden.«
»Gut, ich will's versuchen. Es ist Ihr Blick, der mir das sagt. Manchmal ist er ungeduldig und manchmal traurig, und es gibt in der ganzen Gruppe keinen ähnlichen.«
»Finden Sie?«
»Natürlich! Sie machen russische Augen, und wenn ich mich nicht verdammt täusche, versuchen Sie, eine Art von Seelenforschung zu betreiben, stimmt's?«
Gisbert hatte nicht damit gerechnet, so schnell überführt zu werden. Aber auch keine Lust, sich aushorchen zu lassen. Er griff einfach nach seinem Lunchpaket, und der andere machte es ihm nach und spendierte sogar lauwarmes Bier dazu.

16

Der Zug ratterte nicht nur durch die Nacht, er schaukelte auch. Gisbert empfand es, als sie die Betten mit angenehm weichen Matratzen hergerichtet hatten, wie das Schaukeln einer Kinderwiege, der eine Oma, in der er Mütterchen Rußland sah, vom Lehnstuhl aus sanfte Tritte gibt. In kurzen Pyjamahosen lagen sie auf dem Rücken, rauchten, und auf der breiten Konsole zwischen den beiden Betten stand eine von Gisberts Wodkaflaschen. Als Schlaftrunk gedacht und schon halbleer.
Es war, als ob die beiden Einzelgänger der Gruppe sich zum Gespräch gesucht und gefunden hätten.
»Wissen Sie«, fragte Herr Huttenlocher, »warum es so schaukelt?«
»Wohl das Tempo, oder?«
»Nicht nur. Die Schienen leiern mehr aus in den heißen Sommern und den langen kalten Wintern. Aber was Sie jetzt erleben, ist noch gar nichts. Moskau-Leningrad ist eine Paradestrecke. Sie sollten mal in den Ural oder in den Kaukasus fahren. Da wackelt's ganz anders!«
»Das haben Sie alles gemacht?« Gisbert griff nach der Flasche, ohne das Halsende abzuwischen, und nahm einen Schluck, der ein doppelter wurde, weil der Wodka einfach in ihn hineinwackelte.

»Klar. Ich bin fast jedes Jahr hier. Komische Sache, ich weiß. Aber um ihnen das zu erklären, reicht die Nacht nicht aus.«

»Wollen Sie schlafen?« Leise Enttäuschung schwang mit. Gisbert fühlte sich zum Kind werden, das nicht nur von der Oma geschaukelt sein, sondern auch eine Geschichte hören will.

Und da Wodka die Zunge löst und Hemmungen abbaut, fügte er grinsend hinzu, er sei nicht nach Rußland gekommen, um Nächte mit Männern zu verbringen, aber er sei nun wirklich neugierig, und wer A sage, müsse auch B sagen.

Und so kam es, daß eine neue Flasche aufgemacht werden mußte und der Herr Huttenlocher in einem schwankenden Abteil rollende Räder gewissermaßen zurückdrehte in eine Zeit, in der er angefangen hatte, ein Mann zu werden. Das ist für jeden Burschen eine sehr wichtige Zeit, aber verflixt verzwickt kann sie werden, wenn sie zusammenfällt mit der Idee eines Verrückten, Krieg mit Rußland anzufangen.

»Als Sie achtzehn wurden«, sagte Herr Huttenlocher und angelte sich die Flasche, »hat man Ihnen wohl ein Auto vors Haus gestellt, oder?«

»Nicht direkt. Verdienen hab ich's mir schon müssen.«

»Von mir aus. Heute macht's der Vater. Aber wie wollt ihr begreifen, wie es ist, wenn einen ein kriegshungriger Vater Staat mit dem Panzer nach Rußland schickt? Ruckzuck von der Schule weg. Oh, ich weiß, Sie wollen kein Veteranengeschwätz hören, aber Sie wollen wissen, was zum Teufel mich jetzt, da's mir keiner befiehlt, in dieses Land treibt und warum ich sogar seine Sprache spreche, stimmt's?«

»Genau das. Es ist ziemlich ungewöhnlich.«
Huttenlocher drehte sich vom Rücken auf die Seite und suchte Gisberts Augen. »Wissen Sie, daß die Menschen hier ganz anders sind, als die meisten Leute bei uns glauben, wobei ich Politiker übrigens nicht ausnehme?«
Gisbert sagte, daß er es schon glaube, hütete sich aber, sich auszulassen über seine Erkundungen der russischen Seele. Ja, er fühlte sogar Schamgefühle hochsteigen, die nicht verbrannten im Wodka.
»Ihr seid«, fuhr der andere fort und blies Rauchkringel zur schwankenden Decke, unter der die Koffer wackelten, »in eurer Jugend an nichts gehindert worden. Ihr konntet reisen, wohin ihr wolltet, und euch jeden Wunsch erfüllen. Im Frühling meines Lebens aber hat's nicht geblüht, sondern gebrannt. Unerfüllbare Träume haben wir mit uns herumgeschleppt, als euch schon die Langeweile packte, weil euch ja alles zugeflogen ist.«
Gisbert konnte es nicht leugnen und dachte an Sonja, die mit dem zugeflogenen Lottogewinn ausgeflogen war und schuld daran war, daß er jetzt von Moskau nach Leningrad schaukelte. Er setzte die Flasche an und spürte die Zunge schwerer werden.
»Eigentlich wollte ich wissen, warum Sie reden können wie ein Russe.«
»Hm. Das ist eine lange Geschichte. Die bringt uns bis nach Leningrad und ist erst halb fertig. Wollen wir nicht lieber schlafen?«
»Ich kann jetzt nicht.«
Herr Huttenlocher lächelte. »Sie sind mir aber gestern recht strapaziert vorgekommen.«
Vielleicht, dachte Gisbert, werde ich ihm alles erzählen, aber jetzt ist er dran. Und laut sagte er: »Sie kön-

nen ja auch mit Geheimdienst oder solchem Zeug zu tun haben.«
Trotz und Provokation schwangen mit, und die Antwort des Herrn Huttenlocher war ein lautes Wiehern. »Gar nicht schlecht, mein Lieber, gar nicht schlecht! Bloß ein bißchen anders, als Sie denken. Der KGB hat sich tatsächlich befaßt mit mir.«
»Jetzt in Moskau?« Gisbert saß plötzlich kerzengerade im sanft schaukelnden Bett.
»Nun ja, sie interessieren sich ein bißchen dafür, was ich so mache. Haben mich sozusagen gespeichert.«
»Sehr interessant!«
»Ja, aber gar nicht so verrückt aufregend, wie Sie glauben. Und da Sie mir jetzt sowieso keine Ruhe mehr lassen, gebe ich noch eine halbe Stunde drauf, aber dann wird geschlafen. Zwei oder drei Stunden braucht auch ein alter Mann wie ich.«

Herr Huttenlocher erzählte nicht sein Leben, aber jenes Bruchstück davon, das in dessen Frühling passierte und an dem er noch laborierte im Herbst. Vom letzten großen Krieg sprach er, von seiner gewaltigen Zerstörungsmaschinerie, die nicht nur die Welt veränderte, sondern auch ihr winziges Schräublein Erwin Huttenlocher. Seltsame Kratzer bekam es, weil es sich nicht drehte, wie es sollte, und es waren Kratzer, die blieben.
Beinahe wäre auch ein Stück davon weggesprengt worden, und das geschah so: Die grimmige Kälte des 41er Winters vor Moskau hatte ihm den rechten Fuß erfroren. Eine Erfrierung wievielten Grades es war, wußte er nicht, aber der Fuß fing an, schwarz und gefühllos zu werden, und er wußte nur, daß die Ärzte in den Feldlazaretten in solchen Fällen zur Kno-

chensäge griffen, weil sie gar keine andere Wahl hatten.
Indes hatte es sich gefügt, daß die Russen zur gleichen Zeit ein großes Loch in den Panzer schossen, welcher kriegswichtigeres Material als ein Fuß darstellte und daher geflickt werden mußte. In einer elenden kleinen Ortschaft bei Wolokolamsk, keine fünfzig Kilometer von Moskau entfernt, machte sich die Werkstattkompanie ans Reparieren des Kampfwagens, was dessen Besatzung eine mehrtägige Kampfpause verschaffte. Verbracht wurde sie in einem intakten, vergleichsweise soliden hölzernen Haus, das sicherer als ein Panzer war, wenigstens vorübergehend, weil sich die Front immer noch, wenn auch mit unheildrohender Langsamkeit, gen Moskau vorschob.
Es wurden die unbegreiflichsten und schönsten Tage des Panzerschützen Huttenlocher in einem Feldzug, dessen Sinnlosigkeit er sich nur mit der grandiosen Selbstüberschätzung seines Initiators erklären konnte. In der märchenhaft bulligen Wärme des hölzernen Hauses war Walentina Alexandrowna in sein Leben getreten. Am ersten Tag war sie versteckt worden von den Eltern, weil sie befürchteten, es könne ihr Unheil geschehen von den fünf Deutschen aus dem abgeschossenen Panzer.
Der Panzerschütze Huttenlocher zeigte der Matka, wie sie die Mutter nannten, seinen Fuß, mit dem er zum Doktor hätte gehen sollen. Die Frau erschrak, aber sie riet ihm ab. Ob sie von der Sägerei in den Feldlazaretten wußte oder einfach auf die eigene Heilkunst vertraute, blieb ungeklärt, aber man kauderwelschte sich zusammen für eine Behandlung im Hause.

Kräuter, die sie im Sommer in den Wäldern gesammelt hatte, kochte sie im großen Ofen, in dem sie auch mit Sauerteig Brot backen konnte, und sie fand noch andere Zutaten. Aus dem Ganzen machte sie einen gräulichen Brei, mit dem der Fuß in Abständen von einer Stunde eingerieben wurde. Zuerst machte es die Mutter, aber dann kam, scheu zuerst wie ein herantrippelndes Vögelchen, Walentina Alexandrowna. Und es war Gisbert, als ob sich die Stimme des Herrn Huttenlocher veränderte. Und nicht nur sie. Wie breite, aber ungemein treffsichere russische Prosa reihte er die Sätze aneinander, Walentina Alexandrowna beschreibend und das, was sie miteinander getan hatten.

»Sie war, müssen Sie wissen, meine erste Liebe. Ein Wesen zwischen Kind und Frau und von einer Anziehungskraft, die elektrisierte. Tartarischer Einschlag, wenn Sie sich das vorstellen können. Ich meine, leicht betonte Backenknochen und um eine Winzigkeit schräggestellte Augen, in denen sich Angst und Neugier stritten. Das glatte blauschwarze Haar war im Nacken zu einem Knoten verschlungen. Siebzehn war sie und ich achtzehn, und wir haben uns wie zwei Magnete aufeinander zubewegt. Dagegen gab es kein Mittel wie für erfrorene Füße.«

»Sie...Sie haben geschlafen mit ihr?« Gisbert konnte es nicht mehr unterdrücken.

»In der zweiten Nacht, mein Lieber, und dann eben wieder! Sie hat uns im Keller ein Lager aus Matratzen und Wolldecken gemacht, und ich kann Ihnen schwören, daß trotz der Affenkälte keiner fror und der Krieg weiter weg war als der Mond.«

»Aber er kam zurück.«

»Logisch. Nach fünf oder sechs Tagen. Die Russen

standen keinen Kilometer vor dem Ort, als wir abhauen mußten, und Walentina wäre mitgegangen, wenn ein Schimmer von Vernunft in der Sache gesteckt hätte. Niemand kann sich vorstellen, wie wir den Krieg verflucht haben.«
»In welcher Sprache denn?« Gisbert wurde praktisch.
»Nun, sie hatte in der Schule von Wolokolamsk ein ausgezeichnetes Deutsch gelernt, aber ich nahm auch meine ersten Russisch-Stunden bei ihr und konnte schon ein bißchen mehr als fluchen. Und dann habe ich weitergemacht. Vielleicht, weil eine erste Liebe, wenn sie auf solche Art zustande kommt, eine unheimliche Triebfeder ist. Sie hat mich sogar zurückgeschnellt zu ihr, und es kommt vor, daß ich mich wie ein Märchenprinz fühle, weil das damals die irrsinnigste aller Ideen war. Mit Beharrlichkeit ist, wie Sie sehen, vieles zu erreichen.«
Gisbert sagte nichts und bekam, als er sich die Augen rieb, feuchte Finger.
Huttenlocher merkte es, ohne hinüberzublicken.
»Sehen Sie, jetzt bin ich Ihnen doch mit dem alten Veteranengeschwätz gekommen. Dieses Rußland führt zu langatmiger Sentimentalität. Sie brauchen nur seine alten Dichter zu lesen.«
»Das ist es ja gerade, was mich beschäftigt«, sagte Gisbert. »Sie passen nicht in die Zeit und nicht ins System, aber die Menschen können sich doch nicht total verändert haben.«
»Haben sie auch nicht. Es werden nur falsche Bilder von ihnen gezeichnet. Bei Hitler war's ein hirnrissiges Feindbild, und heute wird ihnen ein lustloses Leben angedichtet, bei dem sie ständig vor dem Kreml strammstehen. Aus der Zeitung lernt keiner

die Russen kennen, und glauben Sie bloß nicht, unsere lieben Mitreisenden wären viel schlauer geworden. Wenn sie wirklich an die Menschen herankämen, würden sie merken, wie geschickt sie sich ihre Freiräume verschaffen und das System unterlaufen. Ich werd's Ihnen beweisen.«
»Sie...Sie haben auch in Leningrad Freunde?«
Huttenlocher nickte und machte eine Handbewegung zum Fenster, hinter dem Birken vorbeihuschten, deren weiße Stämme noch zart waren und sich in der Morgenbrise bogen. »Es hat eine Zeit gegeben, in der es schlicht unvorstellbar war, einmal in diese Stadt zu kommen. Hier» – er deutete auf die Birkenwälder – »haben die Deutschen ihren Ring um Leningrad gezogen. Nie ist eine Stadt gnadenloser belagert worden, und nun fahren wir hinein auf weichen Betten und werden Freunde treffen. Eigentlich kaum faßbar, oder? Sie werden mehr von Rußland wissen, wenn wir heimfahren.«
»Ich glaube, wir müssen uns anziehen«, sagte Gisbert mit einem unbehaglichen Gefühl von Schäbigkeit. Irgendwo, so spürte er, war die russische Seele zugestiegen, die er mit Marketenderwaren zu erkaufen gedacht hatte.
Ganz langsam und fast geräuschlos schlich der Zug in die große Halle des mitten in den Newski-Prospekt gepflanzten Sackbahnhofs ein.

Gisbert war kein Einzelgänger mehr. Er suchte die Nähe des Mannes, mit dem er eine schlaflose Nacht auf Schienen verbracht hatte. Brauchte sie plötzlich, weil er Sicherheit und Abgeklärtheit spürte, die ihm fehlten, und sogar den Drang, sich ihm anzuvertrauen.

Aber zunächst verlor er ihn aus den Augen. Am Nachmittag, als die Besichtigungen begannen, schlief Gisbert auf seinem Hotelbett ein, das er nur hatte testen wollen, und die Damen der Gruppe hatten ihren Gesprächsstoff, weil er schon beim Mittagessen mehr gegähnt als gekaut hatte. Nach Leningrad kommen und schlafen! Der Mann war auf dem falschen Dampfer und ein blinder Passagier dazu.
Man bekam noch mehr zum Tuscheln, als er beim Abendessen neben diesem Herrn Huttenlocher saß, dem zweiten Einzelgänger, der nicht einzuordnen war. Wäre Gisbert nicht mit einer jungen Russin, deren Reize nicht abzustreiten waren, im Bolschoi gesehen worden, man hätte diese neue und überraschende Zweisamkeit mißverstehen können.
Zumal sie miteinander in der fast unwirklich hellen Nacht, die Gisbert an eine Reise in den schwedischen Mittsommer erinnerte, am Ufer der Newa spazierengingen.
Hier erfuhr Gisbert den Rest der Geschichte, die so ganz anders als alle war, die er kannte. Herr Huttenlocher hatte nach seinem Intermezzo vor Moskau, das ihm einen Fuß gerettet hatte, noch viel Krieg in Rußland machen müssen und neben einem Bauchschuß bemerkenswerte Sprachkenntnisse mitgenommen, die er, als alles vorbei war, in Abendkursen weiterpflegte, weil ihn das Land, zu dessen Vernichtung man ihn ausgeschickt hatte, auf eine Weise, die er magnetisch nannte, anzog. Daß Walentina Alexandrowna eine Rolle dabei spielte, lag für den immer gieriger lauschenden Gisbert auf der Hand.
Er brauchte nicht lange zu warten. Erwin Huttenlocher war dabei, als die ersten ordentlich organisierten Reisen in die Sowjetunion angeboten wurden.

Zwar war es damals unendlich mühsam gewesen, Kontakte anzuknüpfen, aber seine Sprachkenntnisse waren hilfreich, und seine Bekanntschaften vermehrten sich wie die des französischen Ingenieurs, der Gisbert unter die Arme gegriffen hatte, doch war der Zweck nobler.
Mit Hilfe eines russischen Freunds hatte er, fünfzehn Jahre mochten es inzwischen her sein, Walentina Alexandrowna gefunden. Der Mann hatte sich viel Mühe gegeben, war in Wolokolamsk auf ihre Spur gestoßen, die nach Moskau führte, wo sie, reichlich rund geworden, mit dem Unterdirektor eines Kaufhauses verheiratet war. Es mußte, nach Herrn Huttenlochers euphorischer Darstellung, ein an Üppigkeit unübertreffliches Fest stattgefunden haben, bei dem der Unterdirektor morgens um drei den deutschen Gast Arm in Arm und überhaupt aufs freundlichste aus dem Haus begleitet hatte.
Leider hatten sie wegen des defekten Aufzugs zwölf Etagen zu Fuß gehen müssen und so herzhaft dabei gesungen, daß alle Mitbewohner erwachten und ein gutes Dutzend sich keifend im Treppenhaus versammelte. Und eine böse Mieterin des vierten Stocks hatte ihnen, als sie auf der Straße aufatmen wollten, mit sicherer Hand einen Eimer nicht eben sauberen Wassers über die schweren Köpfe geschüttet.
Gisbert lachte, als er das hörte, herzhaft in die helle und laue Leningrader Nacht hinein, aber Herr Huttenlocher dämpfte ihn wie einer, der mit nassen Handtüchern Wickel macht.
»Ich Dummkopf hätte bei den Smirnows schlafen sollen, wie sie's mir angeboten hatten. Wie früher bei Walentina im Holzhaus, verstehen Sie?«
»Nein«, sagte Gisbert.

»Gut, können Sie auch nicht. Was will so ein Inklusiv-Touristlein schon von Rußland wissen!«
»Vielleicht mehr als Sie glauben! Und auf sehr inklusive Weise sind wir ja wohl beide nicht mit unserer Gruppe verbunden, oder?«
»Zugegeben, mein Lieber, aber wir können nicht schon wieder eine Nacht an die Sache hängen.«
Herr Huttenlocher blieb stehen. »Wir gehen jetzt zurück, und glücklicherweise ist das Hotel nicht so weit weg wie damals. Kein Taxi kam, und ich hatte einen langen Fußmarsch. Und beschattet hat man mich auch. Observiert, wenn Sie das verstehen.«
»Warum?«
»Wegen dieses blödsinnigen Abgangs vermutlich. Wenn ich mich recht entsinne, habe ich im Treppenhaus deutsche Lieder gesungen, und es muß auch das von den zitternden morschen Knochen dabeigewesen sein. Ein ganzer russischer Wohnblock kann zusammenstürzen, wenn man das morgens um drei vom ersten bis zum fünfzehnten Stock hört, begreifen Sie das?«
»Ich denke schon. Aber vor allem begreife ich, daß Sie besoffen waren.«
»Nicht zu knapp mein Lieber!« Herr Huttenlocher grinste. »Sie kommen aus keiner russischen Wohnung, solange noch ein Fläschchen im Eisschrank ist, und der Unterdirektor eines Lebensmittelkombinats ist logischerweise kein Hungerleider.«
Gisbert hätte, was das Fläschchen anging, eigene Erfahrung besteuern können, verkniff sich's aber und fragte nach dieser komischen Observierung.
»Nun ja, Moskau ist um drei Uhr morgens still wie ein Dorf. Da hörst du schon Schritte hinter dir, auch wenn du nicht mehr kerzengerade gehst und ein biß-

chen vor dich hinsingst. Kurzum, zwei Typen haben mich plötzlich in die Mitte genommen und gefragt, wo's hingeht. Sie haben komischerweise den gleichen Weg und auch ein Auto gehabt. Sie waren nicht unfreundlich und haben mir zu rauchen gegeben. Was ich ihnen erzählt habe, weiß ich nicht mehr. Blackout, sozusagen.«
»Verständlich«, sagte Gisbert. »Soll ja in den höchsten Kreisen vorkommen.«
Herr Huttenlocher ging nicht auf den Spaß ein und fuhr fort: »Sie haben mich im Hotel Ukraina abgeliefert und sich dann wohl meinen Paß zeigen lassen. Sie wissen ja, daß der während des ganzen Aufenthalts an der Rezeption bleibt.«
»Klar.«
»Und so haben sie mich damals eben beim KGB gespeichert, und am nächsten Morgen sind sie bei Walentina und ihrem Unterdirektor anmarschiert. Muß gar nicht so fröhlich gewesen sein, und sie hat es mir durch den Freund mitteilen lassen, der sie für mich gefunden hat. Getroffen haben wir uns nicht mehr während dieses Aufenthalts, und der Unterdirektor hat Probleme in seinem Kombinat gekriegt.«
»Ist er geflogen?«
»Beinahe, aber er hat gute Beziehungen gehabt, und Walja hat auch beweisen können, daß sie mit Spionage und solchem Zeug nichts am Hut hat.«
»Aber Sie? Wie haben Sie's beweisen können?«
Sie waren am Hotel angekommen, und Herr Huttenlocher lächelte dünn. »Ein bißchen observiert haben sie mich halt, aber sie haben mich wieder rausgelassen, und bis jetzt habe ich noch jedes Visum gekriegt, das ich beantragt habe, aber ich ziehe es trotzdem vor, mit einer Delegazia zu kommen als allein.«

»Und Sie haben Walentina in Moskau gesehen? Auch diesmal?«
»Natürlich. Möglicherweise wird das routinemäßig registriert, aber man läßt sie in Ruhe. Es geht nicht zu wie in diesen blödsinnigen Filmen, müssen Sie wissen. Eher muß ich auf den Unterdirektor aufpassen. Ihm bin ich schon zu oft dagewesen, und es hat Zeichen von Eifersucht gegeben. Sie wird ziemlich heiß gegessen bei den Russen.«
»Gibt's Grund dazu?«
»Quatsch! Seelenverwandtschaft. Was will er dagegen haben? Möglich, daß ihm manchmal die Gnade der späten Geburt stinkt und er sich mit Wodka im Bauch vorstellt, wie mir Walja nicht nur den kaputten Fuß gestreichelt hat. Aber das geht vorbei, und außerdem bin ich dann ja wieder ein Jahr lang weg.«
Immer noch standen sie vor dem Hotel, und obwohl man noch ohne künstliches Licht die Zeitung hätte lesen können, war es bald Mitternacht. Herr Huttenlocher wollte aufs Portal zugehen, aber Gisbert hielt ihn zurück.
»Ich weiß noch lange nicht alles und bin überhaupt nicht müde.«
»Glückliches Privileg der Jugend«, seufzte Herr Huttenlocher. »Wenn man alt wird, versteht man dieses Ungestüm. Vor allem dann, wenn es einem selbst verwehrt war. Aber das können Sie wiederum nicht verstehen.«
»Und warum nicht, bitte?«
»Warum nicht? Weil in eurem Leben nichts quergelaufen ist. Deshalb denkt ihr quer, und das ist euer Problem. Mit Langeweile und plötzlichem Ungestüm schlagt ihr euch herum, ohne zu merken, daß das Leben viel zu kurz für solche Vergeudung ist.«

»Zu kurz?«
»Aber ja! Man merkt's wohl besser, wenn einem der Krieg in die besten Jahre hineinschlägt. Wenn man gegen ihn ist, meine ich. Und daß ich's bin, werden Sie ja wohl gemerkt haben. Es ist schlechtweg unvorstellbar, wie viele beschränkte Hirne es gibt, in das sich ein Feindbild hineinpflanzen läßt, und darüber habe ich zu Hause und hier in Rußland mit mehr gescheiten Leuten diskutiert, als Sie glauben!«
»Verbessert«, trotzte Gisbert, »haben Sie die Welt deshalb wohl kaum.«
»Aber ich kann, verdammt noch mal, mit Walentina Alexandrowna vernünftiger reden als mit Ihnen! Folglich könnte meine Reise ein bißchen mehr wert sein als die Ihre, meinen Sie nicht? Ein bißchen verschwommen sind Ihre Motive sowieso, das merkt ein Blinder!«
Diesmal schwang kein Humor mit, sondern deftiger Ärger, und um ihn zu unterstreichen, ließ er einen verdutzten Gisbert Tischbein vor dem Hotel stehen und ging flotten Schrittes durch die Halle zum Aufzug.
Vielleicht, dachte Gisbert, war es wirklich meine dümmste Idee, diese Reise zu machen.

17

In der Hitze, die über dem Strand von Pampelonne brütete, lag Sonja auf der Schaumgummimatte, die ihr der freundliche Bademeister ausgebreitet hatte, und ihr Busen war nur bedeckt vom Schatten, den der Sonnenschirm warf. Faul wie eine satte Löwin lag sie da, und ganz leise knurrte sie in sich hinein, wenn einer im Vorbeigehen Blicke nach ihr zu werfen wagte. Rien ne va plus, messieurs, sollte das heißen, und dieses messieurs wurde ganz klein geschrieben. Sie hatte genug von ihnen, und überhaupt von allem.

Auch von den Leuten, die ein paar Schritte weiter unter dem Strohdach der kleinen Restaurant-Terrasse mit viel zu lautem, nichtigem Geschwätz ihr Mittagessen einnahmen. Warum fiel ihr erst jetzt auf, daß die Franzosen zu laut sind?

Auf die Nerven ging ihr das wie der vollbärtige Asket, der alle fünf Minuten an ihren Füßen vorbeikeuchte, weil er sich zu endlosem Jogging kasteite, und auch die sündhaft edlen Hunde nervten sie, die mit Herrchen promenierten und trotz hoher Abstammung auch ihre feuchten Geschäfte machten. Und das bei den Preisen, die man zahlte am Strand, der der sauberste sein sollte!

Die Franzosen sind nicht nur laut, sondern auch

unordentlich. Vielleicht, dachte Sonja, war es meine dümmste Idee gewesen, diese Reise zu machen.
Ein dicklicher Herr, von dem ihre halbgeschlossenen Augen gar nicht mehr zu sehen wünschten als die behaarten weißen Beine mit den würmchenhaften Krampfadern, sprach sie plump an und machte Anstalten, sich hinzusetzen. Sie sagte: »Réservé«, drehte sich auf den Bauch und zischte noch ein »nix compris« dazu. Er ging ärgerlich weiter, und dann keuchte wieder der vollbärtige Asket vorbei.
Der Himmel war so blau wie immer, aber es war nicht mehr so, wie es vorher gewesen war.
Heimfahren? Sie hatte schon beim Aufwachen dran gedacht. Aber in ein leeres Haus? Es konnte nicht Sinn der Reise sein, Gisbert mit einer selbstgestrickten Schadenfreude zu beehren.
Aber im Hotelzimmer fiel ihr die Decke auf den Kopf, und im Speisesaal nervten sie nicht nur endlose Menüs, sondern auch die Delamarre, die sich den zweiten Platz an ihrem Tisch erobert hatte. Die alte Ziege spielte sich als herrschsüchtige Wohltäterin auf.
Sonja verließ den Strand an diesem Nachmittag früher als sonst und fuhr zu einer Agentur, die Appartements und Häuser vermietete.

Die Villa war nicht groß, aber hübsch auf einem Hügel mit breitkronigen Bäumen gelegen. Und teuer. »Es ist Hauptsaison, s'il vous plaît«, sagte die Dame bei der Agentur, »und die Besitzer legen Wert auf gute Mieter.«
Das schmeichelte. Sonja griff zu, wie es sich gehörte für eine Dame, die den Franc nicht umzudrehen brauchte.

Die Villa war aus grobem Naturstein erbaut, hatte ein leuchtendes rotes Dach, ein großes Wohnzimmer mit Kamin, drei Schlafzimmer, zwei Bäder, eine moderne Küche. Platz für sechs Personen und darum vielleicht sogar preiswert, wenn sie da waren.
Gisbert würde es eine irre Verschwendungssucht nennen. Wenn er nur da wäre! Man hätte es so nobel und gemütlich gehabt wie noch nie.
Es wäre schon was, wenn man sich wenigstens hören könnte. Ein Telefon mit eingebautem Zähler stand da, und man könnte durchaus mit Moskau oder Leningrad telefonieren, wenn man Geduld hatte.
Die hatte sie. Aber sie hatte keine Nummer.
Auf einmal war die Freiheit, die sie gewählt hatte, zum goldenen Käfig geworden. Sogar das Geschwätz der Delamarre könnte sie plötzlich wieder ertragen, aber nichts war zu hören außer dem aufreizend lauten Geklapper ihrer Schritte auf dem steinernen Boden.
Und als es dunkel wurde, kam die Angst. Wenn Riviera-Briganten gesehen hätten, daß hier eine Frau allein eingezogen war, wäre der Einbruch eine beschlossene Sache. Und wenn sie nur gefesselt und geknebelt wurde, hätte sie Glück gehabt. Sie brauchte nur den ›Nice Matin‹ zu lesen.
Eine Freundin kommen lassen. Das war es!
Aber die erste Nummer antwortete nicht, und für die zweite tat's der Anrufbeantworter. In ihrem feinsten Honoratioren-Schwäbisch raspelte Frau Gäbele die ihr sehr aufregend scheinende Meldung herunter, daß wegen Betriebsferien niemand zu sprechen sei, doch könne man während der nächsten dreißig Sekunden eine wichtige Mitteilung auf Band sprechen.

Klick. Nächste Nummer. Man hat, wenn's um Wichtiges geht, gar nicht so viele zur Verfügung.
Endlich die Ilse Wegmann. »O Gottchen, wie reizend von dir, Sonja! Saint Trop, mein Traum! Alles umsonst, sagst du? Von dir aus auch der Flug? Aber du hättest das früher sagen sollen, meine Liebe! Wir fahren übermorgen für acht Tage nach Paris, alles gebucht, verstehst du? Wirklich ein Jammer!«
Ja, wirklich, dachte Sonja. Ich kann ja nicht sagen, schick deinen Alten. Er hat mir oft genug Augen gemacht. Und ich hätte ihn, du wirst staunen, sogar kommen lassen.
Sie sagte es natürlich nicht und gab die Werbung für ihr Paradies nach zwei weiteren Anrufen auf. Man konnte mit solchen Sachen niemandem ins Haus fallen. Sie mußten vorbereitet werden.
Gisbert war schlauer gewesen. Gruppenreise nach Rußland, das garantierte Bildung und Anschluß, und sie sah ihn mit einer Lehrerin oder gar Kunststudentin durch Museen und über den Roten Platz flanieren. Unter dem gleichen Dach schliefen sie auch, und es konnte in Rußland auch nicht schwieriger als anderswo sein, sich da sehr nahe zu kommen. Und wer hatte ihn auf diese Idee gebracht? Keine andere als sie selbst, Sonja Tischbein!
Und jetzt hatte sie ihre Selbstisolation. Flucht vor Madame Delamarre und ihrer schmutzigen Phantasie. Der Kaffee, den sie sich draußen in der hübschen Küche machte, schmeckte salzig, weil ein paar Tränen hineintropften. Dann kam, im riesigen Wohnzimmer, der Bildschirm, der auch zu Hause flickte und kittete und die Langeweile mit so dünner Farbe übertünchte, daß man am nächsten Morgen nicht mehr wußte, wie sie ausgesehen hatte.

Sonja sah fern und hatte Fernweh. Sie konnte es nicht definieren, aber Gisbert war darin eingeschlossen. Sie war kein Zufall, diese Rußlandreise. Viel hatte er über das Land gelesen und schon immer Gelüste gezeigt nach ihm, die hinausgingen über die Türme des Kreml und über die Eremitage von Leningrad. Die russische Seele hatte es ihm angetan. Ausgerechnet diesem schwäbischen Musterknaben, der in Gesellschaft den Mund nicht aufbrachte und mit seiner Phantasie so geizte wie mit dem Geld.

Später kaute sie lustlos auf Weißbrot, Schinken und Käse herum, und sie fand den Bordeaux, von dem sie aus dem Supermarkt ein paar Flaschen mitgebracht hat, bekömmlicher.

Vom Essen blieb viel, vom Wein wenig übrig. Sie stieg in ein breites Bett mit einem Kopf, der schwer war, und mit Gedanken, die trüb waren wie das Meerwasser an den Stellen, wo es Tang und Quallen anschwemmte.

Warum machten sie so viel Wirbel ums Essen in diesem Land? Ein halber Kirchgang ist's mittags und abends im Hotel gewesen, und bei einem Fischlein, das auch nicht viel mehr hermacht als ein Bodensee-Felchen, verdrehen sie die Augen, und bei einer gefüllten kleinen Wachtel, die gerade drei Bissen abgibt, kommen sie ins Trillern. Gisbert hätte am dritten Tag nach Bratkartoffeln und sauren Kutteln geschrien, und wenn man's genau nahm, war das gar nicht so blöd bäuerlich, wie sie manchmal behauptet hatte. Ging die Wachtel, wenn sie die Zunge passiert hatte, nicht den Weg der Bratkartoffel, und war die nicht nahrhafter?

Oh, sie wußte sehr wohl um Finesse und Raffinement. Hatte beides auch beim französischen Liebhaber gesucht und erlebt. Besser als Hausmannskost, zugegeben. Aber war's nicht so professionell angerichtet wie die Gänge des Menüs? Mit diesen Gedanken schlief Sonja in einen neuen sonnigen Tag hinein und fühlte sich sehr einsam in einem sehr breiten Bett.

18

In der nördlichsten Millionenstadt der Welt hatte Gisbert die Einsamkeit des Einzelgängers abgestreift und in Gesellschaft des Architekten Erwin Huttenlocher ein ganz neues Reisegefühl entwickelt. Der Mann besaß Kenntnisse, die Gisbert immer aufs neue verblüfften, ja, man hätte glauben können, er sei dabeigewesen, als Peter der Große 1703 den Entschluß faßte, Sankt Petersburg aus dem Sumpf zu stampfen. Eine junge Stadt gegen Moskau, wo Gisbert auf Seelensuche gegangen war, deren schlüpfrige Banalität er für sich behielt – aber was für eine Stadt!
Er bekam sie auf andere Weise zu sehen als die Gruppe, und das fing beim Essen an, weil Huttenlocher Beziehungen hatte. »Keine Mahlzeit im Hotel«, sagte er. »Da kriegst du das gleiche lauwarme Zeug wie in Moskau, und am marmornen Luxus kannst du nicht runterbeißen.«
Sie waren nach ihrem nächtlichen Streit vor dem Sowjetskaja Hotel Duzfreunde geworden.
Erwin verstand sich aufs Platzreservieren wie ein Hotelportier, und die Stadt hatte er im Griff, als ob er nie anderswo gelebt hätte. Im Handumdrehen erfaßte Gisbert, daß man das Zentrum mit dem Newski-Prospekt die Große Seite nannte, daß jenseits der

Newa die Wyborger Seite, die Petersburger Seite und die Wassiljewski-Insel lagen. Und er erfuhr, daß man, um wirklich russisch zu essen, das alles hinter sich lassen und weit in namenlose Randbezirke hinausfahren müsse.

»Die alte russische Küche«, sagte Erwin, »ist nicht so raffiniert wie die französische, aber sie ist liebevoller, und keiner von unserer Gruppe wird eine Ahnung davon mitnehmen.« Und mit einem Grinsen lässiger Kennerschaft fügte er hinzu: »Russische Eier kennt hier keiner. Die sind eine deutsche Erfindung.«

So lernte Gisbert, der Seelensucher, die enorme Bedeutung der russischen Suppe kennen, die nur dem Namen nach mit der deutschen verwandt ist, weil sie eine komplette Mahlzeit darstellt mit allem, was der Körper bei extremen klimatischen Verhältnissen braucht.

Erwin erzählte ihm von den Zeiten, in denen nicht nur der Samowar den ganzen Tag auf der Holzkohlenflamme summte, sondern auch die Suppen pausenlos auf den russischen Herden köchelten, weil sie eine unglaubliche lange Geburtszeit haben. Allein die Bouillon, die Grundlage also, brauchte zwei Stunden zum Kochen von Fleisch und Knochen, und erst dann begann die ebenfalls Stunden beanspruchende Zubereitung, und jede Babuschka, die etwas auf sich hielt, verfügte über eine endlose Liste von Rezepten.

So erfuhr Gisbert, daß der Borschtsch, dem die feingehackte rote Rübe seine schöne Farbe gibt, auf der die saure weiße Sahne thront, viele Brüder hat, und unterschwellig empfand er auch, daß die geduldige und liebevolle Zuwendung der Frau für diese Sup-

pen mehr mit der Seele zu tun hat als seine Moskauer Metzgersgänge.
Er aß köstliche Suppen, fing an, seinen neuen Kompagnon zu begreifen, und war dankbar für seine Lektionen. Aber man fährt nicht wegen der Suppen nach Leningrad.
Es kam Gisbert zugute, daß der Architekt Huttenlocher in Leningrad verliebt war und eine Menge Leute kannte. Viele von ihnen sprachen deutsch, aber auch französisch, und an der Art, mit der sie es bis in die Noblesse des Konjunktivs hinein zelebrierten, merkte man, daß die Sprache von Voltaire höheren Rang genoß. Vom alten Zarenhof mochte es herrühren, von den Zeiten, in denen dieses Fenster zum Westen weit offenstand und die adligen Damen zwar ihren russischen Fürsten heirateten, aber verliebt waren in den Franzosen ihrer Träume.
Was in der Direttissima zu Sonja führte. Zwar hatte sie keinen schwäbischen Fürsten geheiratet, aber verliebt war sie in den Franzosen ihrer Träume.
Aber eigenartigerweise war in Leningrad das Thema viel leichter zu verdrängen als in Moskau.
War es das milde Licht der berühmten ›weißen Nächte‹? Oder die kaleidoskopartigen Szenenwechsel mit immer neuen Begegnungen und Gesprächen? Gisbert fragte nicht danach und ließ sich treiben. Fröhlicher und gesprächsfreudiger als in Moskau erschienen ihm die Menschen, doch das mochte auch daran liegen, daß ihm andere Kontakte geboten wurden.
Aber auch Anekdoten wie die des alten Mannes, der einen amtlichen Fragebogen auszustellen hat. Erste Frage: »Geburtsort?« Antwort: »Sankt Petersburg.« Zweite Frage: »Wo sind Sie zur Schule gegangen?«

Antwort: »In Petrograd.« Dritte Frage: »Wo haben Sie geheiratet?« Antwort: »In Leningrad.« Vierte Frage: »Wo möchten Sie leben?« Antwort: »In Sankt Petersburg.«
Die Rede war natürlich immer von derselben Stadt. Die Zaren hatten sie St. Petersburg genannt und auch zur Hauptstadt gemacht, weil sie viel schöner als Moskau war. Aber der deutsche Name wurde unpassend, als man im Ersten Weltkrieg gegen Deutschland kämpfte. Er wurde russifiziert in Petrograd, also in ›Stadt des Peter‹; das wurde aber nach zehn Jahren wieder unpassend, weil Wladimir Iljitsch Lenin den Zaren gestürzt und die rote Revolution ausgerufen hatte.
Von alten Leuten, mit denen ihn Erwin Huttenlocher bekannt machte, ließ sich Gisbert versichern, daß Leningrad zwar nicht mehr Petersburg sei und viel Glanz, Eleganz und Bedeutung verloren habe, dennoch aber hoch über das plebejische Riesendorf an der Moskwa zu stellen sei.
Und sie redeten nicht nur von der ausschweifenden Pracht der Paläste, sondern auch vom Geist. Petersburg war sein Zentrum gewesen, und es hatte sie angezogen und nicht mehr losgelassen, die Puschkin, Dostojewski, Gogol und auch Nekrassow und Lesskow, und wenn die alten Männer von den alten Zeiten sprachen, hörte Gisbert das Pferdegetrappel vom Newski-Prospekt, sah die schöne Anna Karenina vor sich und Gogol, wie er auf dem gewaltigen, über dem Newski thronenden Balkon des Restaurants Palkin in unwirklich weißer Abendhelle Inspirationen einzog für seinen unsterblichen ›Revisor‹. Seine Ironie ging ihm leichter ein als das feierliche Pathos von Puschkins ›Eugen Onegin‹.

Auf ganz andere Weise, als es Sonja in St. Trop erlebt hatte, fraßen Leningrads weiße Nächte sein Schlafbedürfnis auf. Im Bett, als die ›blaue Stunde‹, die die Tage trennt, in das zarte Rosa des Morgenlichts überging, nahm er ein Buch von Nikolai Gogol zur Hand, das er bis jetzt nicht angerührt hatte, weil er gekommen war, um ganz anderes anzurühren, und las aus den ›Petersburger Novellen‹ über den Newski-Prospekt:

»Wie voller Schönheit prangt diese prächtige Straße unserer Residenz! Ich weiß, daß nicht ein einziger ihrer blassen und abgehetzten Bewohner den Newski-Prospekt gegen alle Schätze der Welt eintauschen würde. Nicht nur der Jüngling von 25 Jahren, mit prachtvollem Schnurrbart und erstaunlich elegantem Rock, sondern auch der, an dessen Kinn sich schon weiße Haare zeigen und dessen Haupt glatt ist wie eine silberne Schüssel, ist vom Newski-Prospekt begeistert.

Und die Damen! Oh, die Damen lieben den Newski-Prospekt noch mehr. Und wer liebt ihn nicht? Kaum betrittst du den Newski-Prospekt, spürst du nichts anderes in der Luft als den Geruch des Bummelns. Selbst wenn du etwas Wichtiges, Notwendiges vorhast – kaum hast du den Newski betreten, vergißt du alles andere...«

Fasziniert von Gogols feinsinniger Betrachtung über eine der berühmtesten Straßen der Welt, lag Gisbert noch lange wach und ließ sich gefangennehmen vom Flair der alten Hauptstadt, das unwiderbringlich war. Eigentlich nur von den Menschen sprach der Dichter, und die waren anders geworden unter dem großen sozialistischen Gleichmacher.

Oder doch nicht völlig? Konnte es nicht sein, daß die

alten Sehnsüchte und die alten eitlen Wünsche verborgen waren hinter den Fassaden von Gesichtern, von denen sich so viele zu zwingen schienen, gleich auszusehen?
Er fragte seinen neuen Freund, als sie die Reisegesellschaft nach dem Frühstück wieder einmal in den Bus steigen ließen und über den Newski bummelten.
Huttenlocher lächelte und empfahl ihm, die Augen aufzumachen. »Du kannst Gogol hier immer noch finden«, sagte er. »Bloß mußt du dich vom Newski-Flair tragen lassen. Schau mal, dort sind zwei, die's tun.« Er deutete mit einer Kopfbewegung nach links, und Gisbert sah zwei schlanke Mädchen, die nicht nur durch Gang und Kleidung auffielen. Gogols »Taillen, schlank wie Flaschenhälse« fielen ihm ein, und sie stiegen aus eleganten weißen Röcken hinein in Blusen, von denen eine wie der perlmuttfarbene karelische Himmel und die andere wie die orangenfarbenen Fassaden der alten Adelspaläste aussah. Und dazu unter flatterndem Haar fröhliche blanke Augen, die wirkten wie eine fast freche Herausforderung an Leute, die aussahen, als ob sie zum Zahnarzt gingen.
Gisbert meinte sogar, einen kurzen, fragenden Blick zu erhaschen, nicht länger als ein Wimpernzucken, aber deutlich genug, um zurückzufunken.
Ins Leere natürlich. Und Umdrehen nützte nichts. Er sah nur noch flatterndes Blondhaar und hörte ein helles Lachen, das sich im Lärm des Newski verlor.
»Du siehst«, sagte Erwin Huttenlocher mit einer Art von väterlich wissendem Lächeln, »Leningrader Klasse hält sich. Hier gibt's die Mädchen mit den schönsten Stupsnäschen der Welt, und wahrscheinlich hätte ich längst eine davon zu Hause, wenn ich

nicht verheiratet wäre. Es gibt hier viel hübschere und interessantere Frauen als in Moskau, obwohl's die Moskauer natürlich bestreiten. Aber ich kann da mitreden. Es ist das Heidelberg des Nordens, glaub's mir!«
»Mitreden?« Gisbert blieb stehen.
»Aber sicher. Ich war oft genug hier.«
»Du...du hast hier eine Freundin gehabt?«
»Warum nicht? Bin ich dir zu alt?«
Gisbert schluckte. »Ich finde dich sogar ausgesprochen drahtig, aber irgendwie zu...zu seriös für so was. Das mit der runden Moskauer Walentina ist ja wohl was anderes.«
»Stimmt. Etwas ganz anderes sogar. Meine Leningrader Freundin kannst du durchaus mit den beiden von eben vergleichen.«
»So jung?«
»Nun ja, ein bißchen älter schon. Das waren Studentinnen. Meine ist Lehrerin, und wenn du willst, kannst du sie heute abend kennenlernen. Sie gibt eine kleine Party, und es werden nette Leute kommen.«
Wieder schluckte Gisbert. »Das sagst du erst jetzt?« Und er hatte, beflügelt vom Flair des Newski und wohl auch vom Augenaufschlag der Blonden, das sichere Gefühl, daß die Adresse besser sei als die ganze Moskauer Sammlung des französischen Ingenieurs.
Erwin Huttenlocher grinste. »Ich sage es erst jetzt, weil so etwas vorbereitet werden muß, und du wirst staunen, was russische Gastfreundschaft auf den Tisch und auf die Beine bringt!«
Auf dem breiten Trottoir bekam Gisberts Schritt eine federnde Beschwingtheit, die Gogol inspiriert hätte.
Nicht, daß ihn der Newski mit Faszination über-

schüttet hätte. Das eitle Geglitzer prunkvoller Läden geht ihm ebenso ab wie das zum Rendezvous einladende Straßencafé, aber ein eigenartiges Flair von Fin de Siècle spürte er, als ob eine würdevolle alte Dame zur feierlichen Erinnerung an große Zeiten Rouge aufgelegt hätte.
Und wieder sah er lachende hübsche Mädchen und Damen mit stolzem Gang, die ihn an Gogol erinnerten. Nur Gogols Männer sah er nicht. Keine Bärte, ja, nicht einmal Andeutungen derselben auf den Lippen, wiewohl jeder weiß, daß der Bart ein Symbol des ewigen Rußland ist. Und er erinnerte sich, auch in Moskau keinen Mann mit Bart gesehen zu haben.
Er fragte den Freund, und der lachte wieder. »Der Bart ist längst ab, mein Lieber! Hat unzweifelhaft mit der Revolution zu tun, obwohl Lenin und Stalin noch Spitzer und Schnauzer trugen. Gilt als dekadent heute, wenn du nicht gerade aus Georgien kommst, wo sie sich einen Dreck um Sitten und Gesetze kümmern und ein unverschämt freies Leben führen, wenn du es mit dem hiesigen vergleichst.«
»Mir kommt Leningrad freier und fröhlicher als Moskau vor.«
»Täusch dich da nicht! Du siehst die Miliz, die überall aufpaßt, nur deshalb nicht, weil du dir den Hals nach den Mädchen verrenkst. Keinen einzigen Gammler wirst du auf dem Newski entdecken, und einen Betrunkenen haben sie am Wickel, ehe er fünfzig Schritte macht. Aber es genügt auch, eine Zigarettenkippe wegzuwerfen, wenn du auf der Wache landen willst.«
»Sauber ist es, das stimmt.«
»Gar kein Ausdruck, mein Lieber! Du kannst ruhig geschleckt sagen. Ich halte jede Wette, daß du keine

sauberere Straße auf der Welt findest als den Newski. Du mußt einmal am frühen Morgen, wenn die Nachtschwärmer heimkommen, die Reinigungsbrigaden am Werk sehen. Viel Dreck bringen sie gar nicht zusammen, weil alles, was wegzuwerfen ist, schon in den Metallkübeln unter den Laternen liegt, und dann holt der Spritzenwagen das letzte Stäubchen vom Trottoir. Sie putzen den Newski wie eine Vitrine, und eigentlich ist es gar nicht schlecht, daß sie ihm keine Neon-Fassaden aufsetzen, sondern ihn ganz bewußt im letzten Jahrhundert lassen. Ein bißchen Nostalgie-Parfüm tut gut, auch wenn's nach diesem oktanarmen Ost-Benzin stinkt, stimmt's?«
Gisbert nickte und sah einer Schar von jungen Komsomolzinnen nach. Artig und mit großen Augen tippelten sie vorbei, auswärtige Kinder wohl bei einem Ausflug mit einer ebenfalls uniformierten dragonerhaften Chefin. Bei Gogol, dachte er, wär's eine englische Gouvernante gewesen.
Sie kamen am riesigen ›Haus des Buches‹ vorbei, das dennoch zu klein ist, um den gewaltigen Lesehunger der Leningrader zu stillen, und dann waren es nur noch ein paar Steinwürfe zur Eremitage an der Schloßbrücke, die die Große Seite mit der Wassiljewski-Insel verbindet.
»Vor dem Vergnügen die Bildung«, sagte Erwin Huttenlocher. »In der Eremitage mußt du gewesen sein, aber nie wirst du alles sehen können. Nur Fragmente kannst du aufnehmen, und wenn du Tage und Wochen investierst. Es ist der russische Louvre mit mehr als dreihundert Sälen, und wir werden uns natürlich keiner Führung anschließen, sondern die Sache ganz gezielt machen.«
Gisbert war's recht, und er war schon beeindruckt

genug von den mächtigen grün-weißen Fronten des Winterpalais, die mit dem Blau der Newa kontrastierten und ihm wie trotzige Künder der alten Noblesse von Sankt Petersburg vorkamen.
Der kundige Huttenlocher vergeudete keine Zeit. In eine der Gruppen schleusten sie sich ein, die vor dem berühmten Wappensaal warteten. Leonardos ›Madonna Litta‹ war sein Prunkstück, aber es war unmöglich, all den alten italienischen Meistern die Reverenz zu erweisen. Mehr als dreißig Säle füllten sie, und dazu verlangten Rembrandt und Rubens die gebotene Achtung neben französischen und auch deutschen Meistern, und Gisbert Tischbein hatte nach Leningrad kommen müssen, um seinen ersten Holbein zu sehen.
Er sagte es natürlich nicht, als er die Eremitage mit Beinen verließ, die schwer wurden. Zu gescheit hatte der andere über so manches Bild gesprochen und gezeigt, daß er ihm nicht nur etliche Jahre voraus war. Das Mittagessen ließen sie ausfallen und kauften Sahneeis auf der Straße, das vorzüglich schmeckte, und dann schlug Erwin Huttenlocher ein Nachmittagsschläfchen vor. »Es empfiehlt sich«, sagte er bedeutungsvoll, »heute abend fit zu sein.«

19

Am Abend, als sie auf der Großen Seite über den endlosen Moskowskij-Prospekt rollten, war der Verkehr noch gewaltig. Erst in den Außenbezirken ebbte er ab, bei den grauen Wohnsilos, denen man, wie denen in der Moskauer Bannmeile, ansah, daß sie aus Brachland hochgezogen waren.
»Hier«, sagte Huttenlocher, »sind die Deutschen gestanden, von 1941 bis 1944. Neunhundert Tage hat die Belagerung Leningrads gedauert, und obwohl es nie genommen wurde, hat keine andere Stadt so unter dem Krieg gelitten. Mehr als eine Million Menschen, ein Drittel der Bevölkerung, sind verhungert und erfroren, und wer diese Eishölle überlebte, war nicht der gleiche Mensch mehr wie zuvor. Und trotzdem wird die Tür aufgehen, an die wir klopfen werden. Eigentlich unvorstellbar, oder?«
Gisbert wußte darauf nichts zu sagen, und der andere wollte auch keine Antwort. Man ging zu Freunden mit einer Selbstverständlichkeit, als ob das eine Stadt wie jede andere wäre.
Die Lehrerin hieß Ludmilla, war nicht viel über dreißig und sah tatsächlich der Studentin ähnlich, nach der sich Gisbert auf dem Newski umgedreht hatte. Im winzigen Flur bekam Erwin die drei russischen Küsse auf die Backen und Gisbert einen Hände-

druck, den er als überaus herzlich empfand, und im kleinen Wohnzimmer machten sie das Dutzend voll. Und schnell schaltete Gisbert, der flotte Rechner. Um den ausgezogenen Tisch drängten sich vier Pärchen. Ludmilla und Erwin ergaben das fünfte. Blieb übrig ein Mädchen, das ihm zugedacht sein mußte. Zufälle gibt es da kaum, und es zeigte sich unverzüglich.
»Gisbert sitzt hier«, sagte Ludmilla mit lächelnder Selbstverständlichkeit und deutete auf den Stuhl neben einem Wesen, das Gogol über den Weg gelaufen sein mußte, als er über die Schönsten des Newski schrieb.
»Meine Kollegin Tamara«, sagte Ludmilla mit auffordernder Fröhlichkeit und makellosem Deutsch, und Gisbert brachte nur ein hölzernes und blödsinniges »angenehm« über trockene Lippen. Zu plötzlich setzten sie ihn neben die Fee seiner Träume.
Nichts, aber auch nicht die geringste Andeutung hatte dieser Schuft von Huttenlocher, der ihn jetzt unverschämt angrinste, von sich gegeben. Und dabei war das Süppchen mit den raffiniertesten Zutaten gekocht worden! Gern hätte er's ihm gesagt, aber offenbar verstanden die meisten in der Runde Deutsch, die junge Lehrerin Tamara sowieso.
»Sie sind zum erstenmal hier?« Dunkelbraune, mandelförmige Augen lächelten fragend, obwohl sie's sicher wußte, und auf der Gisbert zugewandten Backenseite neckte ein Grübchen.
»Ich habe mir einen Traum erfüllt.«
»Na s'dorowje«, krähte ein Mann, der Huttenlochers Alter haben mochte und ebenso gut erhalten war wie auch die neben ihm sitzende weißhaarige Dame. »Trinken wir auf seinen Traum!«

Er schenkte Wodka in Gläser, deren Größe Gisbert schon fürchten gelernt hatte. Aber zu seiner Erleichterung setzten die meisten nach einem Schluck ab, und erst jetzt nahm er wahr, was sich um die schöne Ludmilla scharte.
Der Mann, der den Trinkspruch ausgebracht hatte, war mit Abstand der Älteste. Zwischen dreißig und vierzig mochten die anderen sein, einige Damen wohl jünger und durchaus zu messen mit denen, die er auf dem Newski bewundert hatte.
Aber keine kam an Tamara heran.
Gisbert nahm ein Schlückchen außer der Reihe, um dieses Naturereignis zu feiern. Leningrads weiße Nächte bekamen eine andere Dimension.
Und auch alles, was er bis jetzt an russischen Tafelfreuden erlebt hatte. Alle Damen, mit Ausnahme der distinguierten Weißhaarigen, halfen der Gastgeberin, die sie nicht Ludmilla, sondern Luda nannten, beim Auftischen von Köstlichkeiten, die Gisberts Augen so groß machten, daß ihm Huttenlocher unter der weit überhängenden weißen Tischdecke ans Schienbein trat. »Spiel nicht das staunende Bäuerlein und halt dich zurück, das sind nur die Vorspeisen!«
Er sagte es leise, und einer Antwort wurde Gisbert durch einen Mann enthoben, der zu einem Trinkspruch aufstand. Er entschuldigte sich in einem bemerkenswert guten Englisch, daß er die Sprache Goethes nicht gut genug beherrsche, um die deutschen Freunde standesgemäß begrüßen zu können, und man trinke auf das Wohl der Damen, die weder Zeit noch Mühe gescheut hätten, den Abend festlich zu gestalten.
Und Geld auch nicht, dachte Gisbert. Kaviar und

manch anderes, was da auf den Tisch kam, gab es nur gegen Devisen und den eleganten Sommeranzug des Herrn wohl auch. Er strahlte die herb-lässige Männlichkeit des jungen Humphrey Bogard aus, und Gisbert war froh, auch mit Jackett und Krawatte gekommen zu sein.
Es kam Sekt, den sie Schampanskoje nannten, und er war zwar auch so süß wie sonst, aber gut temperiert. Kein Hotel hatte das bis jetzt geschafft, und überhaupt war Gisbert noch nie vor einem so üppigen Hors d'œuvre gesessen.
Und er hatte bis dahin nicht gewußt, auf was man alles trinken konnte. Alle zwei Minuten stand einer auf, und spürbares Pathos schwang im russischen Text mit. Und welche Freude sie am Essen hatten! Gisbert fragte sich, warum deutsche Augen am gedeckten Tisch nicht so leuchten können und ob es wohl damit zusammenhing, daß es unendlich schwerer ist, in Rußland Leckerbissen von solcher Qualität zusammenzutragen.
Vermutlich schon. Er nahm herben grusinischen Weißwein zum Kaviar, der nicht klebrig, sondern grobkörniger war als der, den er gelegentlich zu sündhaften Preisen in Deutschland gekauft hatte, und dennoch auf der Zunge zerging. Und der Stör! Und das feuchte, leicht säuerlich schmeckende dunkelbraune Brot mit der weichen goldgelben Butter, die man mit gehäuften Löffeln Kaviar garnierte. Das konnte nur das alte Sankt Petersburg und nicht das Leningrad der Kommunisten sein!
Aber wie machten sie das? Ohne Devisen oder sagenhafte Beziehungen war's unmöglich, und Gisberts Hirn, das auch nach einem Dutzend Trinksprüchen wie einer jener elektronischen Taschen-

rechner funktionierte, die hier so stolze Rubelpreise einbringen, errechnete unschwer, daß ein brauner deutscher Tausender noch nicht einmal die Hälfte dieser fürstlichen Vorspeisen gedeckt hätte.
Gut, das kann dir auch in Frankreich passieren. Aber nur in den Restaurants, vor denen diese Solitär-Diamanten von Michelin-Sternen glitzern und sich wie Kletten in deine Brieftasche setzen.
Die Assoziation kam spontan und beunruhigte ihn. Klar, daß Sonja da unten in St. Tropez zugriff! Stattlich war der Lottogewinn, aber die Rechnung, die sich da zusammenballte, würde es auch sein!
Und was machte er? Als kleiner Inklusiv-Tourist kam er, ohne eine Mark zu verschwenden, in den Genuß von Gaumenfreuden, die diese gastronomische Räuberhöhle von St. Trop überhaupt nicht bieten konnte.
Und neben ihm saß Leningrads schönstes Mädchen. Die Trinksprüche, die die Flaschenpegel sinken ließen und die Laune hoben, ließen ihm Sonjas Verschwendungs- und andere Süchte in milderem Licht erscheinen.
Gisbert lächelte, was sehr gängiges schwäbisches Brauchtum ist, in sich hinein. Der Schwabe ist stiller als der Rheinländer und fängt auch nicht zu singen an, ohne gefragt zu sein.
Fröhlich, aber ohne dies mit dem Lachen zu zeigen, das Leute ohne innere Werte als Posaune brauchen, sah er sich um.
Er meinte, schon einmal hier gewesen zu sein. Wieso eigentlich? Er hielt sich, trotz aller Trinksprüche, noch für durchaus aufnahmefähig, ja, sogar eher stimuliert als gedämpft von den diversen Getränken. Und plötzlich hatte er es. Ludmillas Zweizimmer-

wohnung hatte haargenau den gleichen Schnitt wie jene, in die er, unter ganz anderen Umständen freilich, in Moskau eingedrungen war. Nur mehr Bücher waren da, die die Schrankwand nicht schluckte und die das Zimmer auf Holzborden einrahmten und noch kleiner machten. Erwin klärte ihn über den Einheits-Grundriß auf: Hunderttausende solcher Zweizimmerwohnungen seien in den letzten Jahren im ganzen Land gebaut worden, und es kursiere der Witz, daß ein in der falschen landender Betrunkener sich immer zu Hause fühle.

Dann standen die Frauen auf, um die Reste der Vorspeisen ab- und den Braten mit riesigen Bergen von Blumenkohl und Salaten aufzutragen. Sie hatten tatsächlich zwei Tage mit Organisieren, Anstehen und Anrichten verbracht.

»Das alte Rußland und die unendliche Geduld seiner Frauen«, sagte Huttenlocher.

Und Gisbert dachte an Sonjas Ungeduld und dann an noch mehr, weil die hübsche Tamara, als ob sie seine Gedanken ahnte, anfing von Frankreich zu schwärmen. Nach ihrer Seele hatte er greifen wollen, und nun glitt sie ihm aus der Hand wie ein nasses Stück blauweißroter Seife.

»Vous parlez français?«

»Un peu«, brummte Gisbert mit vollen Backen und kaute langsam, weil er sich auf mehr nicht einlassen wollte.

Zum Glück insistierte sie nicht, aber sie verkniff es sich auch nicht, mit einem bezaubernden Lächeln, das vom Backengrübchen ins Verführerische hineingesteigert wurde, zu behaupten, daß es unter die Haut gehe, wenn ein Franzose »vous êtes belle« sagt. Oder gar »ravissante«.

»Sie glauben nicht, wie wir Russinnen das lieben!«
»Hm«, machte Gisbert mit neugefüllten Backen.
Oh, er glaubte es schon und er hätte gerne gesagt, daß es andere Frauen auch lieben, aber was ging sie das an? Und warum fiel ihr eigentlich kein besseres Thema ein? Ich muß, dachte er und spülte Braten mit grusinischem Rotwein, der so trocken wie der weiße war, hinunter, ich muß die Konversation in die Hand nehmen. Diese Lackaffen von Franzosen müssen mich nicht durch ganz Rußland verfolgen!
Er tat's, und beflügelt vom Wein fand er tatsächlich die richtigen Worte, um das Gespräch weg von den Franzosen und hin zur russischen Seele zu führen. Zuerst begriff Tamara gar nicht. Vermutlich schlicht deshalb, weil sie bei einem Ausländer solchen Tiefgang nicht vermutete. Aber dann brach's heraus aus ihr wie eine Quelle aus unergründlicher Tiefe: »O Duscha, Duschinka! O Seele, kleine Seele! Nie habe ich das von einem Ausländer gehört, auch von einem Franzosen nicht!«
Kriegte man die Brüder denn nie los? Gisbert fluchte es nach schwäbischem Brauchtum in sich hinein; laut aber sagte er: »Die Franzosen sind egoistische Charmeure. Von der Seele wissen sie überhaupt nichts, aber die Frauen fallen drauf rein und verbrennen sich wie die Motten am Licht.«
Eine Doublette war das, ein Doppelschlag sozusagen gegen die, die in St. Tropez saß, und die Leningraderin, die ruhig etwas ausspucken sollte über den wohl real existierenden Franzosen ihrer Träume. Vielleicht hatte der Ingenieur mit den Telefonnummern auch hier gewütet?
Aber Tamara ließ sich darauf nicht ein, sondern kehrte zur Seele zurück. In Tiefen, in die, wie sie

meinte, nur Russen steigen können. O Duschinka! Groß und traurig wurden die braunen Augen, und Gisbert befürchtete schon Tränen, mußte aber sofort erkennen, wie fremd ihm das seelische Fluktuieren war. Lächelnd hob Tamara ihr Glas: »Auf gute Freundschaft, Gisbert!«
Es war ein ganz privater Trinkspruch, weil Frauen keine offiziellen anbringen dürfen, und inhaltsschwer war er auch. Er brauchte ihr das ›Du‹ nur noch anzutragen, weil sie es auf die natürlichste Weise der Welt eingefädelt hatte, und als sie darauf anstießen, trank Erwins Luda mit einem komplizenhaften Lächeln mit. Und Gisbert fühlte sich gar nicht mehr auf einem Stuhl sitzen, sondern auf dem, was der Schwabe »a g'mähts Wiesle« nennt.
Aber noch nicht gemäht war die Tafel. Als neuer Hauptgang erwies sich das Dessert, denn es gab Kascha, die indes kein Alltagsbrei war, sondern aus dem Backofen kommendes Kürbismus, angereichert mit Butter und Rahm und mit Zucker bestreut, dazu Kissel, ebenfalls von der verfeinerten Festtagsart: Nicht die mit Kartoffelmehl und Zucker gekochten Johannisbeeren, sondern jene, die mit Mandelmilch und süßer Schlagsahne serviert werden. Gisbert öffnete den Gürtel um ein Loch und wunderte sich über Tamaras bemerkenswerte Schlankheit.
»Jeden Tag ißt keiner von uns so. Das ist euch zu Ehren, und man kann gut dazu trinken, findest du nicht?«
Er fand es durchaus, fühlte nichts als Beschwingtheit und dazu die Befriedigung, einen schönen Schritt weitergekommen zu sein.
Und wieder den Drang, den Seelenbohrer anzusetzen.

»Sind russische Männer eigentlich anders als wir ...wir Westler?« Eine überlegte und vielschichtige Frage, die wiederum einen Schritt weiterführen konnte.
Zu seiner Überraschung nickte Tamara heftig und tupfte sich mit der Serviette Mandelmilch und Schlagsahne von den Mundwinkeln. Aber gleich sollte er merken, daß das kein Werturteil war, das Anlaß zum Luftsprung gab.
»Siehst du, Gisbert, ich bin nie im Ausland gewesen und werde auch wohl nie rauskommen. Aber ich habe viele Ausländer kennengelernt, und wir Russinnen machen Augen und Ohren auf. Und wir lesen viel. Liebesromane, die von draußen hereinwehen, erfüllen uns mit einer Sehnsucht, die ihr euch nicht vorstellen könnt, aber wenn wir euch begegnen, seid ihr ganz anders.«
»Wie anders?«
Sie schob den Teller weg, und aus den braunen Augen verschwand wieder das Lächeln.
»Sagen wir mal, Ihr seid zu direkt und zu ungeduldig. Wir wollen die Zeit *vor* der Liebe genießen, die ihr wohl Flirt nennt, stimmt's?«
»Man kann's so sagen.«
»Gut, aber es ist etwas ganz anderes bei uns. Wir sind anders erzogen. Prüder, wenn du willst. Ich meine natürlich nicht diese leichten Damen, die heute in Moskau oder Leningrad Jagd auf Devisen machen.«
Gisbert zündete, sich wie ein Ertappter duckend, eine Zigarette an. Die gemähte Wiese bekam Disteln.
»Das, was ihr anbändeln nennt«, fuhr Tamara fort, »gibt es natürlich auch bei uns, aber die Spielregeln sind ganz anders.«
»Das verstehe ich nicht.«

»Oh, ihr versteht vieles nicht. Der russische Mann hat Geduld. Ihr nicht. Ihr spielt das Spiel nicht.«
»Was soll das heißen?« Er blinzelte, weil ihm der Rauch in die Augen stieg.
»Ja, ihr spielt nicht mit! Wenn eine Dame nein sagt, und bei uns muß sie das tun, wenn sie eine sein will, dann zieht ihr wie ein feiger Hund den Schwanz ein und haut ab. Der Russe aber wird erst richtig heiß, weil er sie erobern will, und wenn er ihr gefällt, dann gibt sie ganz, ganz langsam seinen Avancen nach.«
Gisbert, der sich von der gemähten Wiese auf den harten Boden der Tatsachen gestellt fühlte, war froh, daß ihn ein Trinkspruch zum Glas greifen ließ. Warum baute sie eine Festung auf, die in den zwei weißen Leningrader Nächten, die ihm blieben, nicht zu stürmen war? Oder wollte sie ihn angesichts dieser Lage, die sie natürlich kannte, im Schnellverfahren heiß machen? Wie war das zu klären?
Ich muß, dachte er, schärfer attackieren, und er empfand den Wodka als hilfreich. Aber schon kam der nächste Pfeil.
»Du hast doch Familie, oder?«
Das traf natürlich. Das Biest hatte ein raffiniertes Timing, und man sah's auch an den mit betonter Harmlosigkeit lächelnden braunen Augen.
»Sicher doch«, sagte er und zündete, das lange Pappmundstück fachmännisch zurechtbiegend, eine neue Papyrossa an.
Aber dann griff er an. Zum attackierenden Kosaken wurde er, und der Wodka hielt ihm den Steigbügel.
»Meine Frau ist dabei, mir Hörner aufzusetzen.«
Und in die überraschten und ganz groß werdenden Augen zischte er noch hinein: »In St. Tropez.«
»Oh! Und woher weißt du, daß sie...ich meine...«

In diesem Augenblick geschah etwas, das eine Russin mehr überzeugt als tausend Worte. Gisberts Blick bekam eine aus der Seele steigende russische Traurigkeit, und es war, als ob die ganze lachende und lärmende Gästeschar sich auflösen würde wie Rauch, weil Tamaras Hand auf seinem Arm lag. Die Russin ist eine große und großherzige Teilhaberin am Schmerz.
»Du weißt es bestimmt, daß sie dich betrügt?«
Gisbert nickte und griff zum Glas. »Was sollte sie sonst machen in St. Trop?«
Aber so einfach ging das nicht. Tamara wollte wissen, wie das alles zusammenhing, und sie hatten den richtigen Augenblick erwischt. Mütterliches Verständnis brauchte er, das ihm kein Huttenlocher und überhaupt niemand in dieser ganzen verdammten Touristengruppe bieten konnte. Und so erfuhr das Mädchen mit den mandelförmigen braunen Augen alles. Angefangen beim Lottogewinn, über Sonjas überstürzte Abreise, die man auch Flucht nennen konnte, bis zu Gisberts Trotzreaktion, die ihn in diese lärmende Gesellschaft und an Tamaras Seite geführt hatte.
Ihre Überraschung war nicht gespielt, aber Tamara fiel nicht vom Stuhl. Erstaunlich realistisch blieb sie, und wenn es noch eines Beweises ihrer Klugheit bedurft hätte, so lieferte sie ihn mit feiner und unumstößlicher Logik.
»Sieh mal, Gisbert, ihr lebt zu gut, und Geld verdreht euch die Köpfe. Vielleicht wird einem die Welt zu klein, wenn man überall hin kann. Wir kennen unseren Platz und werden mit unseren Sehnsüchten leichter fertig, weil wir alles nur träumen dürfen, was ihr tun könnt.«

Aber einem Kopf, dem in Leningrad die Hörner von St. Tropez wachsen, geht das nicht ein. Störrisch ist er und den Problemen anderer Leute unzugänglich. Empfindlich nur für Pfeile, die die Eigenliebe treffen.
Und da war er schon. Saß mitten zwischen den Hörnern.
»Wenn ich recht verstanden habe«, sagte Tamara mit einem Lächeln, das zu dünn war, um das Backengrübchen herauszulocken, »hast du keine Beweise dafür, daß sie dich betrügt. Aber auf Revanche sinnst du, stimmt's?«
Natürlich stimmte es, aber er konnte es nicht zugeben. Hatte nicht die geringste Lust dazu und fand überhaupt nichts mehr lustig. Wie ein beleidigtes Kind saß er da, und die Gastgeberin Ludmilla flüsterte mit Erwin Huttenlocher, von dem Gisbert gerne gewußt hätte, ob er mit ihr geschlafen hatte oder es heute nacht tun würde.
Und weil alle so fröhlich waren, fiel auch anderen sein trübes Gesicht auf. Tamara war hilfreich und klug. »Er hat zuviel gegessen«, sagte sie auf Russisch, »und ein bißchen Luft wird ihm guttun.«
Und schon hatte sie ihn an der Hand hochgezogen. Gisbert folgte wie ein Hündchen, das Gassi muß. Die frische Luft ließ ihn Wodka, Schampanskoje und Wein spüren.
»Diese Trinksprüche«, sagte er, »haben es in sich«, und er kam sich wie ein Dompteur seiner Stimme vor. Die Vokale waren gehorsam, aber er mußte die Konsonanten bändigen, die davonlaufen wollten.
Tamara lächelte. »So ein richtiges russisches Fest hast du noch nie mitgemacht, oder?«
»So eines nicht, ehrlich.«

»Wir machen nichts halbes, weißt du, wie...wie in der Liebe.«
War das eine Aufforderung? Eine Liebeserklärung oder eine Erklärung dafür, daß Liebe nicht in Frage kam? Er wollte Klarheit und verfluchte das zarte rosarote und von Osten kommende Blinken des Morgens, das die weiße Leningrader Nacht schon auflöste. Auf den Birken, die sie wohl überall zwischen den Wohnblöcken der Außenbezirke anpflanzten, zwitscherten die Vögel.
Aber leichter wurde der Schritt, und sie gingen auf eine der weißen Bänke zu, die einen Kinderspielplatz einrahmten.
»Wie hast du das mit der Liebe gemeint?«
Wieder lächelte sie. Aber er mußte mit dem Backengrübchen vorlieb nehmen, weil die braunen Augen zu einer rosafarbenen Wolke gingen. Und die Antwort war wie ein Schuß aus der Hüfte.
»Ich hab's mal mit einem Franzosen gemacht. War ein Charmeur wie aus dem Roman. Die Seele hat er mir aus dem Leib gerissen, aber er konnte nichts anfangen mit ihr, verstehst du?«
»Nein«, sagte Gisbert, und seine Hand verließ ihre Schulter, um Zigaretten zu suchen. Völlig unpräpariert war er für diesen Schock im Morgengrauen.
»Einfach abgehauen ist er, als er alles gehabt hat. Hat mich weggestellt wie ein leeres Glas Wodka.«
»Nie würde ich das tun, Tamara!«
»Bist du so sicher?« Die braunen Augen kamen von der Wolke zurück, ohne zu lächeln. »Wenn ich ihn abgewiesen hätte, wäre er gegangen, ohne zu murren. So sind sie, und so seid ihr alle. Ich hätte es wissen müssen.«
»Ich bin kein Franzose und überhaupt ganz anders!«

Wie zum Beweis warf Gisbert seine Zigarette weg und zertrat sie mit dem Absatz, bis kein Funke mehr kam und als ob sie ein Franzose wäre.
»Das sagst du doch nur, weil dich deine Frau mit Franzosen betrügt, und eine Revanche willst du auch, stimmt's?«
»Ist doch Unsinn, Tamara!«
»Wirklich? Ist es nicht so, daß ihr Westler die kleine Russin für ein naives Seelchen haltet? Aber ich hab's dir schon einmal gesagt, die kleine Russin macht die Augen auf und kann denken, und deshalb merkt sie, daß es beispielsweise den Franzosen ihrer Träume nur zwischen zwei Buchdeckeln gibt.«
Oder zwischen zwei Bettüchern, dachte Gisbert, aber er sagte nichts und blickte zu den Wolken hinauf, deren zartes Rosa in Weiß überging.
Sein letzter Leningrader Tag war da, und er würde nicht halten, was die weiße Nacht versprochen hatte. Die frische Luft hatte den Kopf gelüftet, und ganz nüchtern sah er das.
»Jetzt siehst du wirklich wie ein Cocu aus!« Sie lachte wieder, und es klang hell wie das Gezwitscher der Vögel.
»Cocu?«
»Weißt du nicht, daß die Franzosen einen Gehörnten so nennen? Es gibt unheimlich viele Witze über den Cocu. Bei uns nicht.«
»Und warum?«
»Weil es der russische Mann gar nicht lustig findet. Ein französischer Cocu merkt lange nichts, weil er zu eingebildet ist und sich für unwiderstehlich hält. Der russische Mann ist viel mißtrauischer.«
»Aber er wird auch betrogen, oder?«
»Selbstverständlich! Aber man muß geschickter lü-

gen. Das Spiel ist gefährlicher und reizvoller, wenn du das verstehst.«
»Hm. Du meinst, daß russische Eifersucht unangenehmer ist?«
»Genau das. Ihr seid schlapper als die Russen, und da mache ich keinen Unterschied zwischen Franzosen und Deutschen. Soll ich dir sagen, was ein Russe an deiner Stelle getan hätte? Ist natürlich reine Theorie, weil er nicht nach St. Tropez kann, aber nehmen wir an, er könnte. Dann wäre er aufgetaucht, hätte zuerst ein Hotelzimmer demoliert und dann den Mann, der es mit seiner Frau teilte. Anschließend die Frau. Etwas behutsamer, weil er sie noch braucht, aber wirksam genug. Und die Frau wird es für normal halten und sich sagen, daß es keinen Fisch ohne Gräten gibt.«
»Für normal? Ich habe meine Frau nie geschlagen.« Einige Backpfeifen, die ihm Sonja verpaßt hatte, verschwieg er. Sie gehörten nicht hierher.
Tamaras Lächeln stieg von den Mundwinkeln nicht in die braunen Augen. »Russischer Zorn, lieber Gisbert, heizt sich durch die Flasche an, und daran ändert Gorbatschow nichts, auch wenn sie ihn Mineralsekretär nennen. Im Durchschnitt, und das ist statistisch erwiesen, nimmt sich der Mann zwei- bis dreimal im Monat seinen Rausch, und da er, was statistisch ebenfalls stimmt, irgendwann einmal betrogen worden ist, bringt der Wodka alles hoch. Wenn es dann bei bösen Flüchen und zertepperten Tellern bleibt, ist es ein gutmütiger Rausch gewesen, aber die Statistik registriert mehr Prügel. Woraus du siehst, wie vorsichtig die kleine Russin beim Aufsetzen von Hörnern sein muß.«
»Eigentlich«, brummte Gisbert, lustlos an einer neu-

en Papyrossa ziehend, »habe ich was anderes als eine solche Lektion auf einer Parkbank erwartet.«
»Ich wollte, daß du nüchtern bleibst, und manchmal braucht man nicht nur Luft dazu. Aber wir sollten zurück, sonst kommen Luda und ihre Gäste auf dumme Gedanken.«
Sie reichte ihm die Hand, und wieder trottete Gisbert mit wie das Hündchen, das vom Gassigehen kommt.
Klar wie der Morgen war sein Kopf, und das unterschied ihn beträchtlich von den drei Männern, die auf dem bunten armenischen Teppich des Wohnzimmers schnarchten. Ihre Jacken benützten sie als Kopfkissen, und Erwin Huttenlocher war dabei. Die anderen waren wohl gegangen, und es roch nach kaltem Rauch und sauren Gurken.
Tamara war schnell weg. »Ich gehe«, sagte sie nur, »zu den Damen ins Schlafzimmer.«

20

Gisbert schlief auf dem harten Boden tiefer als im weichsten Bett, und als er aufwachte, stand die Sonne hoch am Himmel. Aus seiner Froschperspektive sah er die Damen Ludmilla und Tamara mit Erwin Huttenlocher beim Frühstück sitzen, und er brauchte eine Weile, um die Ereignisse der Nacht zurückzuholen. Dazu stellte er sich, um nicht gestört zu werden, schlafend. Die drei am Tisch verstand er nicht. Sie sprachen Russisch.
Alle anderen waren weg. Er schielte auf die Armbanduhr. Kein Wunder, gleich elf. Er simulierte ein geräuschvolles Gähnen, und am Tisch wechselte man von Russisch auf Deutsch.
»Endlich!« krähte Erwin Huttenlocher. »Du hast vielleicht gepennt! Hier ist's zugegangen wie in einer Zirkusmanege, ehe alle weg waren, aber dich hätte keine Bombe geweckt! Bübchen verträgt eben keine harte Feier, was?«
Gisbert kam mit brummendem Kopf hoch und gab keine Antwort. Auf Strümpfen stolperte er ins Badezimmer, und Luda rief ihm nach, es sei ein elektrischer Rasierer da. Unter der Dusche wurde er zum nörgelnden Schwaben. Das Wasser war nicht regulierbar und tröpfelte entweder wie ein lauer Regen, der sich nicht entschließen kann, oder es kam mit der

heißen Wucht eines isländischen Geysirs, der verbrüht, was sich ihm entgegenstellt. Nichts geht normal in diesem Land, brummte er und rieb sich das vom harten Boden steif gewordene Kreuz. Mit Sicherheit hatte Tamara in einem hübschen weichen Bett geschlafen, aber angeboten worden war ihm eine blödsinnige Parkbank und dann ein Fußboden, dessen Hinterhältigkeit er erst entdeckte, als er in die Hose schlüpfte. Reichlich waren Abfälle vom Tisch gefallen, und ein faustgroßer Fettfleck saß genau da, wo die Beine übergingen in die Gesäßbacken.
»Auch ein Souvenir«, brummte er, und die beiden jungen Frauen lachten herzhaft, als er zurückkam ins Wohnzimmer und es mit einer rückwärtigen Verbeugung vorstellte.
Auf die Idee eines Reinigungsversuchs kam keine, und das ließ ihn lustlos im Tee rühren und ins dunkelbraune Brot beißen, dessen feuchte Frische ihn dankbar hätte stimmen müssen.
»Tamara ist schon einkaufen gewesen«, sagte Luda, »und zur Arbeit muß sie auch. Sie hat gewartet, bis du aufwachst, und will sich verabschieden von dir.«
»Warum hat mich niemand geweckt?«
»Ganz einfach, Gisbert. Weil du unser Gast bist. Nach allem, was ich weiß, gilt der Gast bei uns mehr als bei euch.«
»Hm. Im Hotel hat man nicht das Gefühl.« Es war eine brummige, aus seinem Zustand aufspringende Unhöflichkeit, aber Ludmilla lächelte wie über ein trotziges Kindergeschwätz.
»Im Hotel bist du eine fremde Melkkuh, und hier bist du ein Freund. Für den Freund tun wir Russen alles.«
Gisbert dachte an die vergeblichen Hoffnungen, die

Tamara entzündet hatte. Er strich weiche, goldgelbe Butter aufs dunkelbraune Brot und kaute schweigend, ehe er die banale Feststellung traf, daß man immer dazulerne. Sein Blick mied Tamara, weil ihn ihr Lächeln ärgerte und er sich selbst zu keinem fähig fühlte mit Augen, die ein bißchen trüb und rötlich waren wie die eines Stallhasen.

Sonja, das war sicher, war nicht in St. Tropez, um nur die Hoffnungen zu entzünden. Ihm aber gelang kein Gegenschlag, und Tamara hörte nicht zu lächeln auf.

Bis es läutete. Ludmilla öffnete, und Gisbert wunderte sich, daß sie nicht zertreten wurde von dem Bären, der durch den winzigen Flur polterte und sich unter dem Türrahmen ducken mußte. Ein Grizzly von einem Meter neunzig mindestens und mit dem Kreuz eines Möbelpackers. Und ein Maul, das Feuer spie. Flüche und Feuerwasser, denn seine Fahne war unüberriechbar.

Alle duckten sich, aber Gisbert am meisten. Denn unbestreitbar war er das erste Ziel des Bären, der sich auszukennen schien und wohl wußte, daß Erwin Huttenlocher als Freund Ludmillas nur ein harmloser Statist war.

Natürlich brüllte er russisch, aber nie hatte Gisbert weniger der Dienste eines Dolmetschers bedurft.

Das kleine Zimmer wurde zum Bärenzwinger, und kein Dompteur war in Sicht. Dreimal lief der Riese um den Tisch, ehe er seine Pratzen, die die Reifen eines VW ohne Wagenheber gewechselt hätten, um Gisberts Stuhllehne krallte.

Er verstand nichts und alles. Tamaras beschwörende Verteidigung ebenso wie die felsenfeste Überzeugung des Burschen, daß sie ihn betrogen hatte.

Mit Vernunft war, so, wie er brüllte, nicht zu rechnen. Wenn ein Wunder möglich war, so nur durch die russische Gastfreundschaft. Aber erinnere einmal einen Schluckspecht, der sich gehörnt fühlt, daran!
Zwar lösten sich die Pratzen von Gisberts Lehne, aber nur, um Tamara eine Backpfeife zu verpassen. Sie heulte, und Gisbert überlegte, ob man den Bären mit Huttenlochers Hilfe bezwingen könne. Schnell gab er's auf. Der Huttenlocher, den er heimlich Hulo getauft hatte, saß eher wie ein Russe da, der ziemlich passiv an einer normalen Konversation teilnimmt. Es mußte mit der Seele zu tun haben, deren Erforschung er früh betrieben und vergleichsweise spät fortgesetzt hatte.
Nachdem Tamara eine zweite Breitseite auf die andere Backe empfangen hatte und noch intensiver heulte, sah Gisbert seine Zeit gekommen.
Aber Ludmilla ging dazwischen. War es die Seele, die sie ansportne, das Gastrecht zu verteidigen?
Gisbert, der nie eine interne russische Auseinandersetzung von solcher Intensität erlebt hatte, wußte es nicht. Tatsache war, daß sie plötzlich zwischen ihm und dem Hünen stand, der dem vermeintlichen Beischläfer unzweifelhaft zu zeigen gedachte, wo der gehörnte russische Barthel den Most holt.
Er holte ihn nicht. Luda, das erfaßte Gisbert instinktiv, jagte ihm einen jener Flüche in die grimmige Fratze, die wie ein eiskalter Wasserwerfer auf den heißesten Kampfhunger prallen.
Der Bär, der, wie sich inzwischen herausgestellt hatte, Anatoli hieß, trat einen halben Meter zurück wie ein Boxer, der auf das Kommando des Ringrichters hört.

Aber sein Ziel behielt er im lauernden Auge. Weit entfernt davon, sich in Sicherheit zu wiegen, riskierte Gisbert einen Blick auf Pranken, die halb geöffnet auf ihn zukamen und zwischen denen sich sein Hals wie ein ganz junges Birkenstämmchen ausnehmen würde.
Dabei war er von einer nicht überbietbaren Unschuld, die er dem Unhold ins Gesicht geschleudert hätte, wäre er seiner Sprache mächtig gewesen.
Wie oft sind Kriege entstanden, weil der eine des anderen Sprache nicht verstand.
Aber Ludmilla fluchte nicht schlechter als dieser Bär mit den Augen, die Zorn sprühten, und den Hörnern, die es nur in seiner Einbildung gab.
Und es wirkte. Er wich tatsächlich zurück und schien anzufangen, Worte aufzunehmen.
»Großartig macht sie das«, flüsterte Huttenlocher Gisbert ins Ohr. »Kein Mann hätte ihn beruhigen können, aber sie ist die Gastgeberin. Ihr kann er einen Funken von Vernunft und Höflichkeit nicht verweigern, und in diesem Moment lernst du mehr über Rußland als aus tausend Büchern!«
Aber es war ein Moment, in dem Gisbert nicht lernen wollte, sondern überleben.
Und die Chancen dafür wuchsen. Anatoli, eben noch bereit, die Wohnung nebst Insassen zu demolieren, ließ sich tatsächlich mit seinem ganzen Gewicht auf den Stuhl fallen, den ihm Ludmilla anbot. Mehr anwies eigentlich, denn sehr sichtbar hatte sie dem Bären das Kommando aus der Hand genommen. Zwar schnaufte er noch heftig, aber sein Schweigen ließ erkennen, daß er bereit war, Erklärungen entgegenzunehmen.
Er bekam sie. Ludmillas Stimme, die eben noch einer

schrill drohenden Sirene geglichen hatte, nahm die säuselnde Sanftheit an, mit der man aufgeregte Kinder beruhigt. Sie sprach von der Party zu Ehren Erwin Huttenlochers und seines Freundes Gisbert, von den vielen netten Menschen, die dabei waren und anschließend bei züchtiger Trennung der Geschlechter genächtigt hatten, wie es die beengten Verhältnisse erlaubten. Und nun saß der verbliebene kleine Rest eben beim Frühstück, zu dem er, Anatoli, natürlich herzlich eingeladen sei.
Der Bär ließ Blicke schweifen, in denen der Groll sich mit Unsicherheit mischte, und Gisbert mußte aufstehen, um sein Hinterteil vorzuzeigen.
»Siehst du, in der Sahne hat er geschlafen, der Ärmste! Und du führst dich auf wie ein wild gewordener Idiot! Und was soll er denken von uns und einem Riesen, der ein Spatzenhirn hat?«
Anatoli stützte die mächtigen Ellenbogen auf den Tisch, verschränkte die Finger und ließ die Daumen kreisen. Es sah aus, als ob ein Mühlrad in Schwung käme.
»Willst du dich nicht entschuldigen, aber auch bei Tamara, bitteschön!«
Gisbert verstand nichts, aber er spürte die Kapitulation des Riesen, der die Finger knacken ließ, ehe er sie voneinander löste und zum hohen Teeglas griff, das ihm Luda gefüllt hatte.
»Also, was ist?«
Anatoli sagte einen leisen Satz, der von weit her zu kommen schien, und Ludmilla antwortete mit der Andeutung eines Lächelns ebenso kurz. Ehe Huttenlocher übersetzen konnte, flüsterte Tamara Gisbert ins Ohr: »Er hat sich entschuldigt.«
Und plötzlich frühstückten alle, als ob nichts gewe-

sen sei, und es war nicht nur der gesunde Appetit des Riesen, der Gisbert staunen ließ. Tamara, der eben noch Tränen über die Backen gelaufen waren, machte Späßlein auf Deutsch und auf Russisch, und der Bär legte ihm die Pratze, die seinen Hals anvisiert hatte, mit den Worten »gutt Freund, serr gutt Freund« auf die Schulter.
Rendezvous mit der russischen Seele? Gisbert wollte nachdenken darüber, aber Tamara flüsterte ihm Worte zu, die ihn erneut aus dem Gleichgewicht warfen:
»Schade, daß wir's nicht getan haben.«
»Was?«
»Miteinander geschlafen, du Dummkopf!«
»Aber du hast doch nicht gewollt!«
»Wer sagt das? Ein bißchen Vorfreude wollte ich, aber heute, in deiner letzten Nacht hätte ich's gemacht.«
»Dann tu's doch!«
»Geht doch nicht. Jetzt liegt er auf der Lauer. Aber komm heute nachmittag um drei ins Haus des Buches, du findest mich im geographischen Rayon.«
Er wollte etwas erwidern, aber der Bär warf, Tee schlürfend, einen dieser Blicke herüber, die Vorsicht gebieten.
Und es war wirklich nicht der Moment, ihm neues Reizfutter zu geben.
Mit Diplomatie fing Gisbert ein belangloses deutsches Gespräch an, lobte Ludmillas Gastfreundschaft und tat, als ob es keine Backpfeifen und überhaupt keine Aufregung gegeben hätte.
Dabei hatte er an unheimlich Aufregendem zu kauen. Was hatte Tamara vor? Kein Thriller konnte mehr Spannung bieten, und neben ihm grinste Ana-

toli freundlich, weil sie ihm übersetzten, wie artig er auf den Überfall reagierte.
Das Frühstück endete in einer überaus freundschaftlichen Atmosphäre, und dann fuhr Anatoli alle, bis auf Ludmilla, die ihre Wohnung zu richten hatte, in die Stadt zurück. Er ist nicht irgend jemand, dachte Gisbert, denn er fuhr einen Wolga, und das ist das größte Auto, das sich ein Sowjetmensch, der kein ganz hohes Staatsamt bekleidet, leisten darf.
Anatoli legte eine Kassette mit englischer Rock-Musik ein und pfiff fröhlich mit.

Im Hotel legte sich der russenfreundliche Kriegsveteran Erwin Huttenlocher, der weiße Leningrader Nächte wie diese nicht mehr so leicht verdaute, ins Bett. Gisbert aber nahm eine zweite und ausgiebigere Dusche, die ihn frisch machte und bei der er noch fröhlicher pfiff als zuvor Anatoli am Steuer seines schwarzen Wolga. Aber nicht westlichen Rock pfiff er, sondern das Wolgalied, und er kam sich längst nicht so verlassen vor wie der traurige einsame Soldat am Strand des mächtigen Flusses, durch den, das war ihm nie bewußter gewesen als jetzt, Rußlands Seele strömt.
Mit einer eleganten weißen Sommerhose, wie sie, auch dessen war er sicher, auf dem ganzen Newski nicht zu sehen war, vertauschte er die mit dem großen Fettfleck verunstaltete alte und wählte ein bordeauxfarbenes Polohemd dazu. Er gefiel sich im Spiegel, hinter dem eine elektronische Wanze seine fröhliche musikalische Einlage weiterleitete, kommentarlos freilich, und vielleicht freute sich jemand über die Abwechslung und trommelte mit den Fingern den Takt dazu.

Auf dem Newski-Prospekt hatte sein Schritt die Beschwingtheit eines Edelmanns, der zum heimlichen Rendezvous mit der Großfürstin geht. O ewiges, geheimnisvolles Rußland! Wie gut war es, Sonja, der oberflächlich Erlebnishungrigen, einen Strich durch die Rechnung gemacht zu haben! Ohne den Wirt hatte sie sie gemacht, einen Wirt, der von Leningrads schönster Frau erwartet wurde. »Haus des Buches, geographischer Rayon«, hatte sie ihm, obwohl sie schon zwei Backpfeifen erwischt hatte, zugeflüstert. In einer ungemein brisanten Situation, in der nur eine heiß liebende Frau zu einem solchen Wagnis bereit sein konnte. War das vielversprechendste Billet d'amour nicht ein müder Papierfetzen dagegen?
Früh macht sich der solchermaßen beschenkte Mann auf die Füße, und bald stellte Gisbert fest, daß er nur noch fünf Minuten Weg, aber vierzig Minuten Zeit hatte.
Jetzt erst fiel ihm das notwendige Geschenk ein. Plötzlich stehenbleibend, schlug er sich mit der flachen Hand auf die Stirn, was nicht nur auf dem Newski als ungewöhnlich empfunden wird. Eine dicke Frau starrte ihn wie einen Geist an, ehe sie kopfschüttelnd weiterging; andere hasteten mit dem halb versteckten Augenblinken weiter, das er schon kannte und das seltsame Wahrnehmungen zu verbergen sucht.
Seltsames Rußland. Eine Berjoschka mußte her, ein Devisenladen. Mit seinen paar russischen Brocken erfragte er einen, und der junge Mann war nicht nur bereit, ihn die paar Schritte zu begleiten, sondern er schlug auch ein Devisengeschäft vor, das übliche. Eine Mark pro Rubel. »Dann kann ich mir dort auch was kaufen, panjemajete?«

Gisbert verstand, aber er hatte noch genug schwarze Rubel aus Moskau in der Tasche und sah keine Verwendung für neue. In einem Anflug von Großzügigkeit, der den Glücklichen beim Anblick von Opferstöcken befällt, schenkte er dem Jungen zwanzig Mark.
Dann schritt er zum Einkauf. Cognac und Zigaretten kamen diesmal nicht in Frage. Waren nicht standesgemäß und mochten für mickrige französische Ingenieure taugen.
Schöne Pelzmäntel gab's. Aber die guten fingen bei Zehntausend Mark an, und außerdem braucht man im Hochsommer keinen Zobel. Das war nicht nur schwäbisches, sondern auch natürliches Kalkül.
Geldprobleme gab's nicht. Man nahm Kreditkarten mit guten Namen, und gute Namen entdeckte er auch bei Blusen. Dior und Yves St. Laurent beispielsweise. Sonja, das war zu vermuten, würde eine Kollektion davon heimschleifen.
Warum also nicht was Hübsches davon für Tamara? Fast etwas Diebisches hatte das Lächeln, das er der Verkäuferin schenkte, aber sie war zu keiner Deutung imstande. Wohl aber begriff sie, daß sie als Modell dienen konnte, weil sie ungefähr Tamaras Größe hatte, und Gisbert wählte eine Bluse aus, die ihm exquisit vorkam. Dazu schlug ihm die Verkäuferin, die unendlich viel freundlicher war als die mürrischen Bedienungen der staatlichen Läden, eine honiggelbe Bernsteinkette stattlichen Ausmaßes vor, und er war eigentlich nur darüber verwundert, daß er mit 985 Mark davonkam.
Ein Blick auf die Uhr zeigte ihm, daß es Zeit war. Tamaras Sehnsucht, dessen war er sicher, konnte nicht kleiner als die seine sein.

Und schnell fand er die richtige Abteilung im riesigen Haus des Buches. Sie war da, strahlend und schön, als ob sie den rosaroten Morgen, der Leningrads weißer Nacht gefolgt war, nicht auf einer Parkbank, sondern brav im Bett verbracht hätte.
Aber es waren auch unendlich viele Menschen da. Einem summenden Bienenstock glich das Haus des Buches, und es war, als ob der Lesehunger größer als jeder andere sei in der Stadt, die im Krieg fast vier Jahre ausgehungert worden war.
Tamara konnte ihm weder um den Hals fallen noch ihm mehr Zeit widmen als jedem anderen Kunden. Aber was sie, ihm ein Buch zeigend, nach dem er gar nicht gefragte hatte, sagte, war mehr als eine Krönung der Reise: »Ich habe mich mit einer Kollegin arrangiert. In einer Stunde bin ich in deinem Hotel. Nimm unterwegs eine Flasche Schampanskoje mit und steck der Dejurnaja hundert Mark zu. Sag, daß du einen wichtigen Geschäftsbesuch erwartest. Bei Nacht wäre es komplizierter und teurer, aber es hätte sowieso keinen Sinn, weil Anatoli aufpaßt. Einen kleinen Vorgeschmack von russischer Eifersucht hast du ja gekriegt.«
»Aber wenn er trotzdem kommt?« Gisbert, an Größe und Kraft des Bären denkend, mußte einen leisen Zweifel anmelden.
Lächelnd schüttelte sie den Kopf, daß die braunen Augen unter dem Schwung der langen Haare verschwanden. »In meiner Arbeitszeit bin ich unverdächtig für ihn. Aber jetzt beeil dich und denke daran, wie kostbar unsere Zeit ist!«
Gisbert dachte daran, als er wie ein Traumwandler durch den Bienenstock ging, in denen Tausende Nektar zu suchen schienen in bedrucktem Papier

zwischen zwei Deckeln. Und es fiel ihm sein Buchhändler im Schwäbischen ein, bei dem er den Reiseführer für die Sowjetunion gekauft hatte und der an jedem Wochenende aus seinem leeren Laden neidvoll hinüberblickte zum benachbarten Metzger, in den Heuschreckenschwärme von Freßlustigen einfielen.
Und dann mußte er an die Dejurnaja denken. Zwar war die Rede davon, daß sie abgeschafft würde wie die Pariser Concierge, weil man im Kreml die lächerliche Antiquiertheit des Überwachungssystems jeder Hoteletage erkannt hatte, aber bis jetzt war er an keiner dieser direkt gegenüber dem Aufzug sitzenden Damen ohne eine Art von Beachtung, die einen kleinen Schuß zu beiläufig wirkte, vorbeigekommen. Und natürlich war er stets ohne Begleitung gewesen. Huttenlocher wollte sogar wissen, daß sie mit dem KGB zusammenarbeiteten.
Unsinn natürlich. Manchmal machte sich der Alte ein bißchen zu wichtig mit seinen Kenntnissen. Immerhin verdankte er ihm Tamara und das, was kommen würde in weniger als einer Stunde. Hörner würden dem Bären für seine unverschämten Backpfeifen wachsen.
Lächelnd griff er sich, schon weit von Tamaras Rayon entfernt, einen Bildband von Leningrad aus einem Regal.
Aber gerade als er zu blättern beginnen wollte, spürte er eine leichte Berührung an der Schulter, und neben ihm stand der Humphrey-Bogard-Typ von der nächtlichen Party Ludmillas. Sein kaum angedeutetes Lächeln bewies, daß kein Zweifel möglich war, und in den grauen Augen funkelte etwas, das Gisbert wie eine konspirative Befehlsgewalt empfand.

Trotz der Wärme des Tages trug er einen Trenchcoat wie Humphrey Bogard in Casablanca, und das trieb die Szene zu einer Unwirklichkeit hoch, die Gisbert in die Kniekehlen fuhr. Nur der Schlapphut fehlte.
Der Mann, von dem er nur wußte, daß er Oleg hieß und eine charmante Begleiterin namens Larissa dabei gehabt hatte, stellte den Bildband ins Regal zurück und sagte in einem bemerkenswert guten Deutsch, daß er ihn sprechen müsse. Am besten einfach so beim Schlendern durch die Abteilungen. Er sprach leise, und es war unmöglich, daß in diesem summenden Bienenstock jemand mithören konnte.
Gisbert rutschten Enttäuschung und Angst wie Blei von den Kniekehlen in die Füße. Aus war der Traum, und nicht nur das.
Oleg Bogard, wie ihn Gisbert für sich getauft hatte, war in der Tat im letzten Moment eingesprungen, um eine Katastrophe zu verhindern. Eines der Mädchen – o nein, nicht seine kluge Larissa, mit der man Pferde stehlen konnte – hatte diesem Eifersuchtstölpel Anatoli verraten, daß Gisbert und Tamara sich zwei Stunden von der Party entfernt hatten. Gut, vielleicht hatte er es auch mit Ohrfeigen aus ihr herausgepreßt, aber darauf kam's jetzt nicht an. Er, Oleg, wußte wiederum von seiner Larissa, weil Frauen eben nichts für sich behalten, daß demnächst ein Rendezvous im Hotel geplant war, das auf keinen Fall stattfinden durfte. Anatoli wußte es vermutlich noch nicht, aber er strich draußen auf der Straße ums Haus des Buches herum.
»Klassische Tragödie«, sagte Oleg. Und dann, nach einem Blick auf Gisberts Tragtasche: »Was hast du da drin?« Komplizen siezen sich niemals in Rußland.
»Ein Geschenk für Tamara.« Gisberts Stimme war

von rührender Hilflosigkeit, aber der praktische Oleg nahm ihm die Tasche weg: »Konfisziert für den Moment. Natürlich kriegt sie das Zeug, sobald Anatoli sich beruhigt hat. Wird übrigens höchste Zeit. Wenn ich sie nicht gleich warne, geht sie in dein Hotel, und dann gibt's einen Zirkus, wie du noch keinen erlebt hast!«
»Er wird ihr folgen?«
»Klar. Wie ich ihn kenne, lauert er am Personaleingang. Gut für uns. Wir können uns mit dem Publikum durch die große Pforte schieben. Sehen werdet ihr euch wohl nicht mehr. Du mußt's halt machen wie Erwin und wiederkommen. Aber jetzt gehe ich zu ihr, und du wartest hier.«
Noch nie hatte Gisbert wegen eines verpaßten Rendezvous ein dümmeres Gesicht gemacht.

21

Oleg hatte sein Auto in einer nahen Seitenstraße geparkt, und sie gingen schnell und ohne zu reden. Erst als sie einbogen in den brodelnden Verkehr des Newski, sagte er: »Sie ist traurig, aber auch dankbar. Und sie will, daß du wiederkommst.« O russische Seele, Duschka, Duschinka! Gisbert ahnte, daß sie keine Schwester des Happy End ist und ihm davonreitet wie die Hexe auf dem Besenstiel.
Aber Oleg, der Praktische und Retter in letzter Minute, ließ ihm keine Zeit, trüben Gedanken nachzuhängen. Er fuhr übrigens, wie Anatoli, einen Wolga, und Gisberts Füße ruhten auf dem bemerkenswerten Luxus eines kleinen handgeknüpften Teppichs. Ein Statussymbol mehr, aber er dachte nicht darüber nach, sah nur aus vage blickenden Augen das Humphrey-Bogard-Profil neben sich an, und von ganz weit her kam das musikalische Leitmotiv von ›Casablanca‹, unwirklich und verrückt.
Aber Oleg träumte nicht und duldete keinen Träumer neben sich. »Wir fahren jetzt zu mir nach Hause.«
»Wozu? Werden wir verfolgt?«
Oleg grinste. Er tat es nur mit dem Gisbert zugewandten Mundwinkel und angelte in seiner Tasche nach Papyrossy. Als beide rauchten, fuhr er fort:

»Du bist mein Freund, Gisbert, und man läßt Freunde, die Kummer haben, nicht ziellos durch die Stadt laufen. Gute Erinnerungen sollst du aus Leningrad mitnehmen!«
»Du hast leicht reden!«
»Ein gemütlicher Nachmittag mit einem Freund ist besser als ein hoffnungsloser Kampf mit einem Superschwergewichtler, oder?«
»Du meinst wirklich, daß er im Hotel aufgetaucht wäre?«
»Was denkst du denn! Mißtrauen hat lange Wurzeln bei uns, und von Eifersucht wollen wir gar nicht reden. Stell dir mal vor, dieser Riese reißt die Tür auf, hinter der du mit Tamara im Bett liegst!«
Gisbert bekam trotz der Nachmittagshitze eine Gänsehaut. Seine Phantasie mochte nicht überentwickelt sein, aber das konnte er sich sehr plastisch vorstellen. Er fing an, gegenüber Oleg dankbare Gefühle zu entwickeln.
»Aber das ist noch nicht alles, mein Freund!« Oleg hielt vor einer roten Ampel und bot wieder die Packung mit den Papyrossy an. »Sieh mal, dein Freund Erwin ist oft hier gewesen. Ein bißchen zu oft, meine ich. Das KGB weiß das natürlich auch, und du kannst sicher sein, daß es eines dieser Äuglein auf ihn geworfen hat, die Routinesache sein mögen, aber nicht einschlafen.«
»Wie soll ich das verstehen?«
»Nun, er ist dein Freund, oder?«
»Ja, seit ein paar Tagen. Wir haben uns erst auf dieser Reise kennengelernt.«
»Das ist denen doch wurscht! Ihr seid aus der Gruppe ausgeschert und macht euer eigenes Programm. Siehe letzte Nacht. Es ist sehr wohl möglich, daß

einer diskret hinter einem Baum gestanden hat, als du dich mit Tamara auf der Parkbank amüsiert hast.« Gisbert wollte protestieren, aber Oleg nahm eine Hand vom Steuer, um sie ihm auf die Schulter zu legen. »Reg dich nicht gleich auf, Junge! Gut, sagen wir, ihr habt euch unterhalten. Geistreich von mir aus, oder tiefsinnig. Spielt für diese Trottel doch überhaupt keine Rolle. Ein Faktum brauchen sie, und das ist ja nun wohl nicht wegzuleugnen, oder?«
»Natürlich nicht.« Gisbert zuckte mit den Schultern.
»Siehst du. Wenn wir also annehmen, daß einer hinter einem Baum stand, dann können wir auch annehmen, daß sie weiter observieren.«
»Was heißt das?«
»Nun«, fuhr Oleg mit einem maliziösen Grinsen fort, »es hätte beispielsweise der Fall eintreten können, daß dich nicht nur Anatoli in deinem Hotelzimmer überrascht hätte, sondern auch zwei KGB-Menschen in ihrem dezenten Zivil, daß so unauffällig ist, daß es dir sofort auffällt. In solchen Fällen kommt nie einer allein.«
Gisbert mußte an St. Tropez denken und an die natürliche Einfachheit, mit der dort Zimmerbesuche vonstatten gehen.
Und in einer Aufwallung von Manneszorn erklärte er, daß er die KGB-Fritzen rausgeschmissen hätte.
Grinsend ließ Oleg den Wagen in eine holprige Seitenstraße rollen. »Zuerst hätten sie dir eine begrenzte Zeit zum Anziehen gegeben, weil sie mit nackten Männern keine Verhöre machen, aber wahrscheinlich hätten sie dich und deine Tamara vorher so fotografiert, daß du dich schlecht hättest herausreden können mit einer geschäftlichen Besprechung. Und

deine Frau hätte einen Mordsspaß an den Bildern gehabt, findest du nicht?«
»Aber das gibt's doch nicht!«
»Zugegeben, die Methode ist nicht brandneu. Aber immer noch wirksam, weil die Menschen ja gleich bleiben, verstehst du? Wer in flagranti ertappt wird, erfüllt manchen Wunsch, den man an ihn richtet. Ist doch klar, oder?«
Aber das war Gisbert zuviel. »Hör auf mit dem Mist«, raunzte er. »Was sollen diese Krimi-Geschichten aus der Stalin-Zeit!«
»Gut, lassen wir's.« Oleg schlug den Ton an, mit dem man störrische Kinder beruhigt, und bog in eine weitere Seitenstraße ein. »Aber du wirst wohl zugeben, daß auch Anatoli genügt hätte.«
Dem hatte Gisbert nichts mehr hinzuzufügen. Sie hielten vor einem alten, aber auf eigenartige Weise sehr zaristisch und herrschaftlich wirkenden Haus mit massigen Konturen, in dem Oleg wohnte.
»Frauen«, sagte er, »können einem den Kopf verdrehen, aber bei mir ist es ungefährlicher als dort, wo du hin wolltest.« Die schwarze Limousine mit den verhängten Fenstern, die langsam an ihnen vorbeifuhr, als sie unter den Torbogen traten, sahen sie nicht.

Einer Hausbar, deren Größe ebenso beachtlich wie ihr Inhalt war, entnahm Oleg zwölf Jahre alten schottischen Whisky einer Nobelmarke, die sich Gisbert höchstens an Weihnachten leistete, und er tat, als ob dies für einen Leningrader, der zu leben versteht, die selbstverständlichste Sache der Welt sei. Es war angenehm kühl hinter den halbgeschlossenen Jalousien und den dicken alten Mauern des großen, mit Stilmöbeln ein wenig überfüllten Zimmers.

Nicht alle Stücke aus diversen Epochen paßten zusammen, aber Gisbert kam sich wie in einem Schloß vor, wenn er Vergleiche mit den russischen Einheitswohnungen zog, die er bisher betreten hatte.
Sie saßen in bequemen alten Sesseln um einen Barocktisch, an dem sich Oleg im matten Halbdunkel wieder in Humphrey verwandelte, und Gisbert saß nicht mehr mit dem gönnerhaften Selbstverständnis eines reichen Onkels aus dem Westen vor einem russischen Gastgeber.
Der andere spürte es nicht ohne Stolz. »Guter Tropfen, was? Den kriegt nicht jeder Landsmann hingestellt, verlaß dich drauf! Die Brüder kippen das Zeug runter wie Wodka und haben keine Ahnung, wie hart ich drum arbeite.«
»Aber wohl kaum mit deinen Händen«, sagte Gisbert und grinste.
»Hab ich auch nicht behauptet, oder?« Oleg-Humphrey betrachtete, wie beiläufig, seine gepflegten Nägel, ehe er fortfuhr: »Die Geschäfte gehen nicht schlecht, wenn man die richtigen Verbindungen hat und an die richtigen Waren herankommt. Was hast du übrigens dabei?«
»Dabei? Wie meinst du das?«
Oleg-Humphrey lächelte dünn. »Ich hätt' mir's denken können. Du bist ein Greenhorn. Dein Freund Huttenlocher kennt sich besser aus. Hättest ihn eben schon vor der Reise kennenlernen sollen.«
»Du meinst er...macht Geschäfte?«
»Ja, warum denn nicht, mein Lieber? Die ganze Reise, die du dir da leistest, kostet ihn keine Kopeke!«
»Und wie geht das? Ich habe nichts gemerkt davon.«
»Sieht dir durchaus ähnlich. Er schreit ja auch nicht herum, ist schon wie einer von uns. Ist dir nicht auf-

gefallen, daß er Ludmilla ein hübsches Päckchen gebracht hat?«
»Sicher. Ich dachte Parfüm, Zigaretten oder so. Er hat gesagt, es gilt auch für mich.«
Oleg lachte. »Du bist also Komplize wider Willen. Natürlich ist auch was für Ludmilla dabeigewesen, aber das meiste war für mich. Zwölf flotte Taschenrechner, wenn du's genau wissen willst.«
»Taschenrechner?«
»Klar. Sind bei euch sehr billig und hier sehr teuer.«
»Du ... du hast ihn bezahlt?« In Gisbert regte sich der Schwabe.
Wieder das nachsichtige Lächeln. »Unter Freunden wie Erwin und ich es sind, gibt's nicht das, was ihr Cash nennt. Da wäscht eine Hand die andere. Irgendwie und irgendwo. Wenn du was dabei hättest, würde ich's dir beibringen.« Und nach einer Pause, in der er das kristallene Glas mit seinen Künstlerhänden streichelte: »Ein Geschäftchen biete ich dir trotzdem an, weil du Erwins Freund bist.«
Gisbert nahm einen kräftigen Schluck Whisky von fast russischem Format.
»Und das wäre?«
»Oh, kein Geschäft für mich. Sagen wir, einen Freundschaftsdienst. Ich habe da einige ganz vorzügliche alte Ikonen, die du, auch wenn du dir die Absätze krumm läufst, in ganz Leningrad nicht zu sehen kriegst.«
Gisbert wußte um den Wert solcher Schätze, aber er wußte nicht, daß Oleg eingeweiht war in den Reichtum, den ihm das Lotto in den Schoß geworfen hatte. Auf alle Fälle entsprach ihm das Angebot, das Oleg ins Zimmer schleppte. Drei Ikonen von der stattlichen Größe eines normalen Zeitungsformats, und

auch ein Laie konnte erkennen, daß ihr Alter nicht anzuzweifeln war. »Siebzehntes Jahrhundert«, sagte Oleg, »und ich liefere auch die Expertise dazu.«
Gisbert gefiel die Ikone am besten, auf der der tapfere Sankt Georg hoch zu Roß mit dem Drachen kämpfte. Golden leuchteten im Hintergrund Kuppeln und Türme, die aussahen wie die des Kreml. Und Olegs Lob, daß er etwas davon verstehe, schmeichelte ihm.
»Wieviel?«
Oleg hob die Schultern und blickte versonnen dem Rauch nach, der sich um den schönen alten Stuck der Zimmerdecke kringelte. »Sieh mal«, sagte er, »eigentlich verkaufe ich solche Dinge gar nicht. Man hat keine Chance mehr, an sie heranzukommen, und du hast dir sofort das beste Stück gegriffen. Aber unter Freunden ist man nicht so. Sagen wir also zehntausend, und du hast ein halbes Geschenk.«
»Zehntausend was?«
»Mark natürlich. Du bist doch etwa nicht so naiv, an Rubel zu denken?«
Gisbert bemühte sich um weltmännische Klarstellung. »Hätten ja auch Dollars sein können«, sagte er mit dem Versuch eines Lächelns.
Immerhin gab sein eingebauter schwäbischer Taschenrechner leichten Alarm. Zehntausend als Freundschaftspreis waren ein bißchen happig.
Oleg schaute ihn mit dem undeutbar fesselnden Humphrey-Blick aus ›Casablanca‹ an. »In Deutschland werden sie dir das Drei- oder Vierfache dafür bieten, aber als Mann von Kultur wirst du's ausschlagen, stimmt's?«
Gisbert nickte, und es war das Nicken eines Mannes, der schon gekauft hat. Schon sah er den tapferen Sankt Georg im Wohnzimmer des Hauses hängen,

das erst noch zu bauen war. Edelste russische Kultur würde er mitbringen und Sonja ganz klein machen mit ihrer Putzsucht und all dem Tand, den sie in St. Trop zusammenkramte. Und zehntausend konnten da durchaus auch liegenbleiben. »Oms nomgucke sogar«, wie der Schwabe sagt.
Oleg und er beschlossen, gleich aufzubrechen zu einer Bank, der es ein Vergnügen war, mit kreditwürdigen westlichen Kreditkarten zu arbeiten.
Sie konnten zu Fuß gehen, da der Newski nicht weit war, und in seinem geschäftigen Gedränge war es selbst dem alerten Oleg unmöglich, die beiden unscheinbar gekleideten Männer auszumachen, die ihnen folgten. Ihr Auto hatten sie ganz in der Nähe von Olegs schöner Patrizierwohnung stehen lassen.

In seinem Hotelzimmer beglückwünschte sich Gisbert zu seinem Sankt Georg. Fast ein Rendezvous mit der russischen Seele war's, die ihm dieser eifersüchtige Tölpel Anatoli geklaut hatte. Er hielt den Heiligen, der mit dem Drachen kämpfte, an die Wand, um ihn von der goldenen und tiefstehenden Leningrader Sonne bestrahlen zu lassen, und kam sich auf eigenartige Weise beschenkt vor, obwohl ein ganz anderer Verlauf dieses Nachmittags geplant gewesen war. Das Bett, das eigentlich zerwühlt hätte sein müssen, lag mit der makellosen Glätte eines Ausstellungsstücks vor ihm, aber der Sankt Georg in der Hand spendete kulturellen Trost. Was ihn indes nicht hinderte, im Drachen, der keine Chance gegen den trefflichen Speer des Heiligen hatte, diesen blödsinnigen Anatoli zu sehen.
Vor hatte er nichts, weil ihn die weißen Leningrader Nächte doch sehr mitgenommen hatten, und so

wandte er gar nichts gegen Erwin Huttenlochers Vorschlag ein, am letzten Abend vor der Schiffahrt nach Helsinki mit der Gruppe zu speisen.
Als er das Zimmer gerade verlassen wollte, rief Tamara an. Auf dem Bett sitzend, den Sankt Georg in der einen und den Hörer in der anderen Hand, kam er sich erneut wie beschenkt vor, weil alles dagegen gesprochen hatte, daß er diese Stimme noch einmal hören würde.
Die Leitung rauschte, wie alle russischen Leitungen, wie eine Zapfsäule, aber sehr vernehmlich war die Traurigkeit in ihrer Stimme, und er spürte, daß sie ihm, wenn schon nichts anderes möglich war, einen Hauch von Seele schicken wollte. Herzlich bedankte sie sich für das Geschenk, ohne zu erwähnen, wer es ihr überbracht hatte, und obwohl er verhältnismäßig stark erregt war, fiel ihm auf, daß im ganzen Gespräch kein einziger Name fiel.
Eigentlich war es auch gar kein Gespräch, sondern eher die Art der russischen Mitteilung, die keine anderen Ohren braucht. Oh, sie konnten umständlich und stundenlang reden, wenn's um Alltagskram ging, das hatte er gemerkt, wenn er vor Telefonzellen gewartet hatte, aber dies hier war eine andere Sache. Doch bald würde man sich ja wiedersehen und über alles reden können. Sie sagte es mit einer Vorfreude, deren Echtheit nicht anzuzweifeln war, und er beeilte sich, nicht weniger freudvoll zuzustimmen.
Dann ging er hinunter in den Speisesaal, der seiner Gruppe zugeteilt worden war, und er mußte sich erst durchfragen, weil er ihn nie betreten hatte.
Es gab neugierige Blicke und Tuscheln, weil auch der abspenstige Huttenlocher zugegen war und ihm den Platz neben sich freigehalten hatte. Wie immer zum

Abschied gab es Schampanskoje, und er war, wie immer, lauwarm, und die beiden Außenseiter, die mehr und Besseres hinter sich hatten, tranken nicht viel. Die Leute hingegen wurden immer lustiger, und als sie singend anfingen zu fragen, warum es am Rhein so schön sei, verdrückten sich Gisbert und Erwin, um ihre Koffer zu packen.
Eine Viertelstunde saßen sie noch in Huttenlochers Zimmer, und Gisbert hätte zu gern gewußt, ob Erwin und Ludmilla das gelungen war, was er mit Tamara verpaßt hatte.
Aber der andere gab nichts preis. Redete von einem schönen, ja außergewöhnlichen Aufenthalt im herrlichen Leningrad, der hoffentlich auch Gisbert etwas gegeben hatte, auch wenn man nicht alles auf einmal haben könne. Weshalb Gisbert auch nichts von den zwölf Taschenrechnern sagte, die bei Oleg-Humphrey gelandet waren, der ihn, wenn auch auf ganz andere Weise als Tamara, ungemein beeindruckt hatte. Er streifte das Thema lediglich mit dem Satz, daß es im real existierenden Sozialismus offenbar Leute gebe, die es verstünden, bequemer und besser als im Kapitalismus zu leben.
»Worauf du dich verlassen kannst«, sagte Erwin Huttenlocher grinsend. »So eine Studienreise kann ganz lohnend sein, nicht war?«
Gisbert nickte, verkniff sich aber, von seinem Sankt Georg für zehntausend zu reden. Es gab eigentlich keinen Grund dafür, und vielleicht war es nur Opposition, weil der andere, bei aller Freundschaft, auch nicht über alles redete. Er ist, dachte er, als er in seinem Zimmer die Koffer packte, wohl schon ein halber Russe.
Den Sankt Georg wickelte er in ein gebrauchtes

Hemd, damit er's weich haben würde. Man weiß schließlich, wie die Koffer von den Männern mit den klobigen Händen durch die Gegend geschmissen werden.
Er dachte noch ein bißchen an Tamara, die jetzt wohl Buße tun mußte beim bärbeißigen Anatoli, und vermischte dies, schon halb träumend, mit einer milden Vorfreude auf die Schiffahrt durch den Finnischen Meerbusen.

Gut ausgeschlafen und ebenso gelaunt erschien er beim Frühstück, nach welchem die Koffer in den Bus geladen wurden, der zum Hafen fuhr.
Dort waren Zoll- und Ausreiseformalitäten zu erledigen, aber die Reisebegleiterin sprach unterwegs über das Bus-Mikrofon beruhigend von problemloser und zügiger Abfertigung, ehe sie noch einmal Leningrads Schönheiten pries und versicherte, nie eine angenehmere Gruppe durch Rußlands Prunkstück an der Newa geführt zu haben.
Die Leute klatschten und wollten spontan eine Sammlung veranstalten. Aber die Reiseleiterin winkte mit entsetzt hochgehobenen Händen ab, als ob sie mit nichts mehr beleidigt werden könnte als mit Trinkgeld.
Nur der alte Fuchs Huttenlocher begriff die Lage. Von Sitzreihe zu Sitzreihe ging er, in dezentem Ton erklärend, daß er die Sache regeln werde. Später, auf dem Schiff, werde er zehn Mark von jedem kassieren.
Nicht jeder begriff auf Anhieb, und mißtrauische Blicke wurden wie Pfeile gegen Huttenlocher abgeschossen, zumal er sonst die Gemeinschaft gemieden, wenn nicht gar verachtet hatte. Aber andere, die

ein bißchen besser studiert hatten auf der Studienreise, beruhigten sie: »Sie darf offiziell nichts annehmen, versteht ihr? Auch der Busfahrer hat Augen im Kopf, und vielleicht gibt's noch andere. Laßt das ruhig den Huttenlocher machen und gebt ihm das Geld später.«

Und so schob Erwin Huttenlocher, als die Reiseleiterin nach seinem Gang durch den Bus wie zufällig an seinem Sitz vorbeistreifte, zwei blaue Scheine in die Tasche ihres Sommerkostüms, was außer ihr noch ein still vor sich hin schmunzelnder Gisbert bemerkte. Er ist schon ein Hundling, dachte er. Nicht nur mit Neckarwasser gewaschen.
Und dann kam, in einer nicht unmodernen, aber sterilen Halle, die Paßkontrolle. Es ging ein bißchen langsamer als zu Hause, weil die Russen ziemlichen Wert darauf legen, daß nicht jeder, der gerade Lust hat, aus dem Land herauskommt, und sie standen Schlange wie russische Hausfrauen, wenn's Apfelsinen oder Bananen gibt.
Unterschiedlich war die Zeitdauer, in der der Uniformierte in seinem Glashäuschen die Pässe betrachtete, aber mit Befriedigung stellte Gisbert fest, daß keiner, der sein Visum, das in der Sowjetunion separat ist und nicht in den Paß eingestempelt wird, abgegeben hatte, noch einmal kontrolliert wurde. Sie durften mit ihren Koffern an Zöllnern vorbeigehen, die sich auf fast freundliche Art desinteressiert zeigten wie Kellner im Restaurant.
Was soll ein Tourist schon an Wertvollem in den Westen schleifen? Nur was hereinkommt, ist interessant für die Russen. Gisbert hielt stumme Zwiegespräche mit seinem Sankt Georg, der mehr als drei-

hundert Jahre auf seine Ausreise hatte warten müssen, und lächelte still in sich hinein.
Und mit fröhlicher Beschwingtheit schob er dem Uniformierten seinen Paß und das Visum hin, auf dem in kyrillischer Schrift Gisbert Tischbein nebst anderen persönlichen Angaben zu lesen war.
Daß der Mann leicht stutzte, entging Gisbert, weil er es mit professioneller Routine zu tarnen verstand.
Aber der hinter ihm stehende Erwin Huttenlocher stutzte auch und gab ihm einen leichten Puffer. »Ist was los mit dir?«
Er sagte es flüsternd, und Gisbert wollte gerade flüsternd »Quatsch« sagen, als er große Augen bekam. Der Uniformierte, fast noch ein Jüngling, zog aus einer Schublade einen Zettel, und es war, als ob in seinen Augen das Licht unverbindlicher Freundlichkeit abgeschaltet würde. Und den Zettel hielt er so, daß nicht einmal der neugierig von hinten schielende Huttenlocher etwas lesen konnte. Dann nahm er den Telefonhörer ab, ohne die Wählscheibe zu bewegen. Direktleitung also. Gisbert ahnte, daß dies kein gutes Zeichen war, und Huttenlocher wußte es.
Was der Mann sagte, war ganz leise und nur ein einziges Wort. Aber es konnte, das war ihm am Mund abzulesen, nur Tischbein heißen.
Noch konnte es Routine sein, aber die Augen des Paßkontrolleurs wurden noch um eine Idee schmäler, während er unangenehm lange auf Antwort wartete.
Huttenlocher benützte die Pause, um Gisbert zuzuflüstern: »Hast du was Besonderes im Koffer?«
Unmerklich nickend flüsterte Gisbert zurück: »Ja, eine Ikone. Ziemlich alt.«
»Jesus Maria!« stöhnte Huttenlocher.

22

Sonja Tischbein steuerte ihren Leihwagen über die sich schlangenartig an der Küste entlangwindende Corniche. Wie ein silberner Spiegel lag das Meer unter ihr, aber sie hatte sich sattgesehen daran, hatte genug wie ein Angler, der wieder hineinwirft, was er herausgezogen hat. St. Tropez hing ihr zum Hals heraus, und den Rest hatte ihr eine Schiffsparty gegeben, zu der Hortense Delamarre sie überredet hatte, obwohl sie sich von der zuckenden Hektik der Stadt abzuschotten versuchte.

Als Smalltalk mit dickbäuchigen Geldprotzen hatte es angefangen, um dann über eine Champagner-Schwemme auszuarten in eines jener Gruppenvergnügen, an denen Leute, die sonst nichts mehr lustig finden, ihren Spaß haben. Ein Lord, nur mit Bowler-Hut bekleidet, hatte ihr mit seiner Krawatte einen Tanga binden wollen, aber er war so besoffen, daß es ein Schnürsenkel wurde, und dann war er umgefallen, wie von einem Axtschlag gefällt. Später war sie vor einem Scheich, der unter seinem Burnus so wenig trug wie die Schotten unter ihrem Kilt, in ein über der Reling hängendes Rettungsboot geflüchtet.

Und nun fuhr sie nach Monte Carlo. Man sollte eher sagen, sie floh. Trop de St. Trop, hätte man es nen-

nen können, weil sie einfach genug von dem Nest der übersteigerten Wünsche und Geltungssucht hatte.
Was machte Gisbert? Unendlich weit weg und geheimnisvoll war Rußland, und hatte man nicht von der Tiefenwirkung der russischen Seele auf ganz normale westliche Männer gehört? Heiraten gar hatte es gegeben, und wenn einer dort mit anderthalb Millionen im Kreuz auftaucht, kann so ein Seelchen raffinierter werden, als man denkt. Speziell bei einem wie Gisbert, der nicht gerade einfältig, aber auch nicht hell ist, wenn's um Frauen geht.
Sonjas Vorstellungen von Rußland mochten verschwommen sein, aber klar war ihr, daß dort nicht nur dickliche Frauen mit Kopftüchern herumliefen, und sah die amerikanische First Lady nicht alt aus, wenn man die Raissa Gorbatschowa neben sie stellte? Und wenn einer mit Geld kam, mußte er interessant sein, auch wenn er wie ihr Gisbert aussah.
Indes hatte sich ihr Verhältnis zum Geld gewandelt. Man träumt von ihm, wenn man's nicht hat, aber wenn es Träume erfüllen soll, verliert es seinen Glanz. Anstatt dich anzustrahlen, glotzt es dich blöd an.
Das hatte die Rachegelüste erzeugt, die Sonja nach Monte Carlo trieben. Man kann Geld auch aufs Spiel setzen und sich Nervenkitzel verschaffen.
An die Operettenkulisse, die terrassenartig zum Hafen hinunterstieg, wo noch mehr Yachten ankerten als in St. Tropez, verschwendete sie keinen Blick. Fünf Minuten nachdem sie den Wagen geparkt hatte, war sie im Casino.
Die Fassade atmete den majestätischen Prunk, den sie aus Filmen kannte. Aber das Entrée war vergammelt, roch nach Wartesaal zweiter Klasse und war

vollgestopft mit diesen Slot-Maschinen, die hemdsärmelige Touristen mit grimmigem Eifer zu melken versuchten. Vielfraße sind's jedoch, die nur ungern etwas ausspucken. Aber einen kleinen, schnauzbärtigen Italiener sah sie, der sich bekreuzigte und »Mamma mia« schrie, weil er den Top-Shot regnen ließ. Fünfhundert Franc-Stücke klimperten für das eine, das er hineingeworfen hatte, wie ein Hagel von Sterntalern in die Blechschüssel.
Sonja blieb einen Moment stehen, ehe sie weiterging zu den Roulett-Sälen. Später erinnerte sie sich, daß sie das einzige wirklich fröhliche Gesicht im Casino bei dem kleinen schnauzbärtigen Mann mit dem nicht sehr sauberen T-Shirt gesehen hatte.
Sie kannte sich im Roulett ein bißchen aus, weil sie zwei- oder dreimal mit Gisbert in der Spielbank von Baden-Baden gewesen war. Oh, es war kein Spieltrieb dahinter gewesen. Ein domestizierter kleiner Wunsch nach der großen Welt eher, bei dem man einen Hunderter auf den Kopf gehauen und ihn mit dem Verzicht auf ein Abendessen in der Kurstadt wieder hereingeholt hatte.
»Man muß mit einem Kapital von ein paar tausend Mark ein taugliches System spielen«, hatte Gisbert immer gesagt. »Alles andere ist Krampf, wenn man keinen gewaltigen Massel hat.«
Sonja lächelte, als sie an den Tischen mit dem grünen Filz vorbeiging zum Schalter, hinter dem der Mann mit den Jetons stand. Sie konnte nicht ahnen, daß ihr Mann zur gleichen Zeit vor einem Leningrader Schalter stand, hinter dem ein weniger freundlicher Mann eine ganz andere Transaktion einleitete. Mit Bargeld hatte sie sich versorgt. Zehntausend Francs für den Anfang; das war zwar nur ein Drittel von dem, was

Gisbert für Sankt Georg mit dem Drachen hingeblättert hatte, aber zum einen konnte sie's nicht wissen, und zum anderen hatte sie sich noch ein hübsches Depot auf einer Bank in St. Tropez einrichten lassen. On verra, sagte sie sich; que sera sera.
Obwohl es noch früh am Tag war, wurde bereits heftig gespielt. Allerdings, das merkte sie schnell, nicht allzu hoch. Horden von Touristen waren in die Säle eingefallen, und sie sah, was in Baden-Baden nicht geduldet wurde, viele Männer ohne Krawatten und wohl auch ohne das Geld, mit dem man schlechte Serien durchstehen und günstige ausbeuten kann.
Das war Gisberts Theorie. Wohlan! Sonja war bereit, sie zu praktizieren.
Aber so groß war das Gedränge, daß man kaum an die Tische herankam, und systematisch setzen kann man nicht über die Köpfe vieler Leute hinweg. Einen Sitzplatz und Übersicht braucht man, und die Croupiers waren überfordert mit den Annoncen, die ihnen von allen Seiten um die Ohren flogen.
Sie versuchte es mit den einfachen Chancen und lief in eine Rot-Serie hinein. Es war leicht, von hinten einen Fünfhundert-Jeton ins große Feld zu werfen, und bei drei von vier Spielen landete die Kugel auf Rot. Fünfzehnhundert Francs Gewinn und stop. Sie ließ ein Spiel aus und legte dann einen Tausender auf Schwarz.
Es kam.
Zweitausendfünfhundert Francs Gewinn nach weniger als fünf Minuten. Sonja sah große und neidische Augen von Leuten auf sich gerichtet, die ihr Glück mit Fünfern und Zehnern zu erzwingen suchten, auf der Zahl zumeist, dem sogenannten ›Plein‹, oder dem ›Cheval‹, der Kombination von zwei Zah-

len, die den siebzehnfachen Gewinn bringen. Das ›Plein‹ zahlt fünfunddreißigfach aus.
Sie goutierte die neidische Bewunderung und riskierte drei Hunderter auf Plein. Es waren ihre Geburtstagszahlen, aber keine kam.
Kein Grund zum Ärgern. Minimaler Verlust nach großem Start. Nehmen wir also Gisberts Geburtstagszahlen.
Der Croupier an der Stirnseite des Tisches wartete schon drauf. Geschultes Personal erfaßt den kapitalstarken Spielfreudigen im Nu, und die drei Jetons lagen auf den Zahlen, kaum daß Sonja ihre Annonce gemacht hatte.
Und es kam die 29 – Gisberts Geburtstagszahl. Sie zahlte hundert mal 35, und Sonja sandte ihm ein fast liebevolles Küßchen ins ferne Rußland, ohne etwas zu ahnen von der hochnotpeinlichen Lage, in die ihn Sankt Georg mit dem Drachen hineinmanövrierte bei seinem Versuch, das Land zu verlassen.
Gisbert mochte sein, wie er wollte. Aber man lebte gut mit seinen Zahlen. Das war hinreichend bewiesen.
Der Croupier schob ihr mit seinem Rechen einen gewaltigen Berg von Jetons zu, und sie versäumte nicht, von seiner Spitze ein hübsches Trinkgeld für die Angestellten abzuheben.
»Pour les employés, merci, Madame«, tönte er wie eine gurrende Taube, um dann, etwas leiser, hinzuzufügen: »Das ist kein Tisch für Sie, Madame. Sie sollten in den Salles privées spielen.«
Sonja, Neuling im Casino von Monte Carlo, verstand ihn nicht, aber schon hatte er einen Saaldiener herbeigewinkt: »Madame veut voir les Salles privées.«

»Voulez vous me suivre, Madame?« Der Mann, der etwas admiralhaft Stattliches an sich hatte, machte eine einladende Handbewegung und schritt mit hahnenhafter Gravität voraus.
Aber Sonja holte ihn ein. »Was ist der Unterschied zwischen Privatsälen und diesem?«
»Bessere Leute, Madame, höhere Einsätze und kein so schreckliches Gedränge. Hier geht's doch zu wie in einer Markthalle.« Er machte eine geringschätzige Rundumbewegung mit der Hand. »Nichts für Sie, wenn ich mir erlauben darf, das zu sagen.«
Manieren hat er, dachte Sonja und betrat einen wohltemperierten Saal, in dem nichts als das aufreizende Rollen der kleinen Elfenbeinkugel in den blanken Kurven des Kessels zu hören war. Kaum mehr als zwanzig Personen spielten an zwei Tischen, und an jedem gab es genug freie Stühle.
Der Mindesteinsatz betrug hundert Francs, aber fast alle spielten höher.
Sonja nahm Platz und ordnete ihre Jetons. Die kleinen blieben in der Handtasche, und als sie die Häuflein überprüfte, die die anderen vor sich hatten, war ihr Startkapital zwar nicht überwältigend, aber ganz respektabel.
Männer und Frauen hielten sich die Waage, und es gab keinen ohne Krawatte und keine ohne teuren Schmuck. Aber auch keine unter sechzig.
Sie wollte gerade zu setzen anfangen, als sie von ihrer Nachbarin, einer welken Siebzigerin, einen Puffer mit dem Ellenbogen bekam. »Die alte Hexe kommt.«
Indes kam sie nicht, sondern sie wurde gebracht. Der Saaldiener, der Sonja hereingeführt hatte, trug ein Wesen, das nur aus Haut und Knochen bestand, wie

ein Kind auf den Armen. Und er setzte es behutsam auf den Stuhl vis-à-vis von Sonja. Nur der grüne Tisch mit den schwarzen und roten Zahlen trennte sie.
Sonja vergaß, ihr erstes Spiel zu machen, weil sie glaubte, in den Totenkopf eines Geiers zu blicken. Sie konnte neunzig sein oder auch hundert, und daß sie lebte, war nicht einmal an den Augen zu erkennen, sondern nur an der simplen Tatsache, daß sie nicht umfiel, sondern saß. Der Mann, der sie hereingetragen hatte, blieb hinter ihr stehen, und jetzt erst sah Sonja, daß er ein ledernes Säckchen in der Hand trug.
»Wer...wer ist das?« flüsterte sie ihrer Nachbarin zu.
»Stinkreiche Engländerin. Nur das Spiel hält sie am Leben. Aber sie kann kaum einen Jeton in die Hand nehmen. Der Saaldiener muß für sie setzen.«
Und tatsächlich fragte der Mann in diesem Augenblick: »Same procedure as yesterday?«
Die Alte nickte, und der Saaldiener nickte wiederum dem Croupier zu. Er ging hinüber zu ihm und leerte seinen Ledersack. Die kleinsten Jetons waren Tausender, und der Croupier wußte offenbar, wie er sie zu plazieren hatte.
Sonja starrte hinüber und vergaß erneut, ihr Spiel zu machen. Als das Rien-ne-va-plus-Kommando ertönte, umzingelte der Saaldiener die 21 noch mit vier großen Jetons.
Die 21 kam.
Und mit ihr kam Leben in einer Form, die Sonja nicht erlebt hatte. In die Augen neben der Geiernase, die ausdruckslos wie eine Regenpfütze gewesen waren, sprang triumphierendes Funkeln, und Hände, die leblos auf der Tischkante gelegen hatten, hoben

sich, als ob sie den Berg von großen Jetons, den der Croupier auftürmte, umarmen wollten.
Sie kam Sonja vor wie ein Mensch, der im Vorzimmer des Todes erntet. Zum Plein kamen drei Chevaux und eine Transversale Pleine, und der Einsatz war so hoch gewesen, daß der Gewinn hunderttausend Francs übersteigen mußte. Gisbert mit seinem eingebauten Taschenrechner hätte die Summe ausgespuckt, noch ehe die Alte ihr dickes Trinkgeld für die Employés annoncierte, und der Gedanke durchzuckte Sonja, der Mumie einfach nachzusetzen bei ihren Zahlen und Kombinationen, die wahllos schienen, aber ausgeklügelt sein mußten. Denn der Saaldiener hinter ihr zog jetzt einen Zettel aus der Tasche und gab dem Croupier neue Anweisungen.
Dreimal hielt Sonja mit. Sie mußte unheimlich schnell setzen, weil die Alte in jedem Drittel des Tischs einstieg. Aber es lief nichts. Einmal bekam sie ungefähr ihren Einsatz zurück; zweimal war alles futsch, und das bedeutete, daß sie sich zum Wechseln begeben mußte, wenn sie weiterspielen wollte.
Sie wollte. Eine unbezwingbare Sucht gar stieg ihr in den Kopf, und auf dem Weg zum Schalter ärgerte sie sich, weil sie mindestens zwei Spiele versäumen würde, wenn nicht mehr.
Aber es wurde problematisch, weil sie eine Unbekannte im Haus war. Fünfzigtausend wollte sie, aber die Kreditkarte war mit Gisbert in Rußland. Zum Glück hatten die Banken noch nicht geschlossen, und sie bat den Mann hinter dem Schalter, sie zu verbinden mit der Bank, mit der sie in St. Tropez arbeitete. Sie könne ihre Bonität bestätigen.
Und sie tat es. Räumte den Kredit mit höflicher Selbstverständlichkeit ein. Nur ihren Ausweis muß-

te sie vorzeigen. Dann türmten sich fünfzig viereckige Jetons à Tausend vor ihr auf, und sie ging mit ihnen an den Tisch zurück, um einen Wolkenkratzer zu bauen.
Hatte Gisbert nicht gesagt, daß ein System nur mit einem handfesten Kapital durchzustehen sei?
Wohlan, mein Lieber! Tummle dich nur herum mit deinen russischen Seelchen! Früh genug wirst du erfahren, wo der Barthel den Most holt!
Am Tisch kam neuer Ärger. Fast versteckt war die Mumie von einem Jeton-Berg, der nicht weit weg sein konnte von der Million, die freilich durch drei zu teilen war, wenn man die harte D-Mark an die Stelle des rachitischen Franc setzte. Aber auch dreihunderttausend Mark sind eine Menge Geld.
Nur das blödsinnige Wechselgeschäft hatte ihr die Ernte verhagelt.
Eine gewaltige Sache war es schon, dieser Privatsaal mit den unbegrenzten Einsätzen.
Und Sonja, jetzt nur noch mit Tausendern spielend, setzte der Mumie nach. Aber plötzlich geriet das englische Schiff in eine Flaute, und Sonja kam sich vor wie der Kapitän eines Seglers, der bei totaler Windstille eine Regatta gewinnen will.
Der Berg mit fünfzig Stücken wurde zum Maulwurfshügel. Und da kam ihr die Erleuchtung: Gegen die Alte setzen!
Sie tat's. Aber es geschah Unglaubliches. Die Alte gewann wieder, schoß aus dem Wellental hoch, als ob sie nur auf einen Gegner gewartet hätte, um den Beweis für das unsterbliche Credo ›Britannia rules the waves‹ zu liefern.
Und Sonja brauchte neue Fünfzigtausend. Sie bekam sie mit höflicher Verbeugung, aber sie zer-

schmolzen am grünen Tisch wie die ersten, während die Lady nach einer kleinen Stagnation ihrem Saaldiener das Zeichen zum Aufbruch gab. Sein Lederbeutel konnte die Jetons, die er an der Kasse umzuwechseln hatte, nicht fassen.
Und Sonja hatte Mühe, die Fassung zu bewahren. Auf den Leim gegangen war sie der alten Ziege, die sich womöglich darüber noch mehr freute als über den Zaster, den sich der Saaldiener um die Schulter hängte, ehe er sie wie ein Baby in die ausgebreiteten Arme nahm und der Tür zustrebte, hinter der das gemeine Volk spielte.
Ihr letzter Jeton, den sie auf Rot setzte, um mit dem geringsten Risiko wenigstens einen Tausender zu retten, brachte nichts. Sie stand auf und ging hinter dem Mann her, der viel Geld und ein winziges Bündel Mensch hinaustrug.
Kaum daß der Mann das Portal verlassen hatte und vor den beiden Türmen des Casinos stand, auf deren Kuppeln an türkisfarbenen Masten die blaugelben Fahnen des Fürstentums Monaco im Abendwind flatterten, der vom Meer kam, kurvte, lautlos fast, zwischen den Palmen ein Rolls Royce heran. Ein Chauffeur, der noch imposanter livriert war als der Saaldiener, der ihm die Mumie nebst Geldsack übergab, verstaute beides behutsam im geräumigen Fond, ehe sich die beiden wie alte Kumpel begrüßten und sich eine halbe Minute unterhielten. Dann fuhr der Rolls Royce mit der geräuschlosen Weichheit einer Schnecke an.
Sonja aber tippte dem Saaldiener auf die Schulter. »Wer war das?«
»Lady Appleby, Madame. Versucht seit zwanzig Jahren, bei uns das Geld des seligen Lords durchzu-

bringen, aber sie wird es wohl nicht mehr schaffen.«
Der Witz klang abgegriffen wie altes Geld.
Ganz langsam rollte der Rolls Royce hinüber zum vornehmen Hotel de Paris, und das letzte, was Sonja von Lady Appleby sah, war eine welke Hand, die durch die Heckscheibe ein triumphierendes Winken andeutete.
»Altes Biest!« schnippte sie, und der Saaldiener verstand es. Und da er sich außerhalb der Säle der Etikette entbunden fühlte, sagte er lächelnd auf Deutsch, daß Sonja recht habe, und fügte hinzu: »Nischt ärgern, Madame. Lady alt und äßlisch. 'at bloß Geld. Sie aber jung und schön. Pesch in Spiel 'eißt Glück in Liebe, nischt wahr?«
»Was soll das?«
Sonja blickte ihn aus schmalen Augen an.
»Isch in zwei Stunden frei. Wenn Sie 'aben Lust, wir ge'en essen. Gut essen.« Er deutete auf die leicht gewölbte Tasche seiner Admiralsuniform. »Lady immer sehr splendid, wenn gewinnt. Sie verloren, isch gewonnen. Warum nischt schönen Abend machen zu zweit?« Sein Lächeln hatte diese verdammte freche Eindeutigkeit, die Sonja nicht ausstehen konnte. Jetzt fühlte sich schon ein Saaldiener als Franzose ihrer Träume!
»Mist!« sagte sie und stampfte mit dem Absatz auf. Dann drehte sie sich auf demselben um und ging davon. Viel Geld war weg, aber das war längst nicht alles. Eigentlich hatte sie sich Monte Carlo noch ansehen wollen, aber sie hastete zu ihrem Wagen wie eine Flüchtende. Und noch ehe sie am Steuer saß, hatte sie beschlossen, die Koffer zu packen.

23

In Leningrad war Gisbert Tischbein auf so schroffe Art aus seiner Reisegruppe herausgepickt worden, daß er sich wie Falschgeld vorkam. Dabei hatte er sich in dieser Hinsicht so vorbildlich benommen, wie es die Russen verlangen. Man darf – aus Gründen, die freilich unerfindlich sind – keine Rubel ausführen, und um den Reisenden die Trennung von ihnen zu erleichtern, gibt es in der Ausreisehalle Souvenirläden, die sie annehmen. Gisbert hatte eine Balalaika und ein halbes Dutzend bemalter Holzteller erworben. Aber nicht die Plastiktüte, in der diese Andenken verstaut waren, interessierte die Zöllner, sondern sein schwerer Koffer.
Unheilschwanger lag er auf einem langen, niedrigen Tisch, und die Bedeutung, die er plötzlich erlangt hatte, war unschwer zu erkennen an der Tatsache, daß sich zu dem Milizionär, der ihn aus der Gruppe herausgeführt hatte, zwei höhere Dienstgrade mit sehr breiten und goldverzierten Schulterklappen gesellten. Ihre kantigen Gesichter waren um jene Ausdruckslosigkeit bemüht, mit der Spannung verdeckt wird. Aber dann fingen bei dem, der Deutsch sprach, die Augen an, mit dem ›R‹ um die Wette zu rollen. Und er sprach viel zu gut, als daß Gisbert es hätte wagen können, Huttenlocher als Dolmetscher anzu-

fordern. Er war isoliert, und so war das wohl auch gedacht.
»Machen Sie Koffer auf.« Es folgte ein halb verschlucktes »bittä«, das mehr drohend als höflich klang.
Gisbert fingerte mit Händen, die feucht wurden, an seinem Schlüsselbund herum und spürte, daß die Russen sich an seiner Nervosität weideten.
»Wir viel Zeit«, sagte der Goldfasan und guckte Löcher in die Luft, als ob gar kein Koffer vor ihm läge.
Dann klickten die Schlösser, und alle drei senkten die Augen auf ein nicht einmal schlecht gefaltetes Jackett, das über ebensolchen Hemden thronte. Gisbert, der oft genug für seine Firma reisen mußte, verstand es, auch ohne Sonja Koffer zu packen.
»Alles raus.« Das ›R‹ rollte wie der Stein, der eine Lawine in Schwung bringt.
Vielleicht, dachte Gisbert, dürfen sie nicht selbst hineinlangen, aber er empfand den Enthüllungszwang, der ihm befohlen wurde, als noch demütigender.
Und dann kam, sorgsam eingewickelt in ein schmutziges Hemd, Sankt Georg mit dem Drachen. Es war unmöglich, ihn kommentarlos zu den anderen Sachen zu legen.
»Aufmachen!« Der Goldfasan sagte es mit einem lüsternen Augenzwinkern zu seinen vom Jagdfieber gepackten Genossen.
Das Hemd fiel, und Sankt Georg kam an das Licht, das er scheuen mußte. Und obwohl wenig Licht in die Kammer fiel, in der schon so manches entdeckt worden war, das keines vertrug, leuchtete das Blattgold der Kuppeln über seinem Haupt so hell wie die Augen dieser verdammten Troika.

Und der Goldfasan nahm den Sankt Georg mit so behutsamer Andacht in die Hand, als ob er Mütterchen Rußland und Verwalter der russischen Seele in einem wäre.
»Schön«, sagte er mit öliger Feierlichkeit. »Einfach wunderrrvoll! Leider haben Sie uns nicht gesagt, daß Sie das mitnehmen wollen.« Und dann mit einer Schärfe, die wie eine Nagaika knallte: »Sie haben es gestohlen?«
Gisbert duckte sich wie ein geprügelter Hund und fand keine Antwort. Was war zu tun? Nicht einmal den Familiennamen von Oleg kannte er, den er ehrlich bezahlt hatte. Und sofort kam in diese Richtung der zweite Schlag.
»Haben Sie eine Quittung?«
»Nein. Das...das war nämlich so...«
Der Mann lächelte wissend und hob die Schultern mit den goldenen Klappen. Er stand vor Gisbert wie Sankt Georg, der den Speer anhebt gegen den Drachen.
»Um ährrrlich zu sein, Herr Tischbein, wir haben gewartet auf Sie. Genosse Lebedjew, Oleg Wassiljewitsch mit Vor- und Vatername, ist großes Kunstsammler, aber nix illegal, verschtähn?«
Gisbert versuchte krampfhaft, es zu verstehen. Es war undenkbar, daß ihn Oleg absichtlich in eine gefährliche Sache hineingeritten hatte, und der Goldfasan schien seine Gedanken zu erraten.
»Sagen wir, er hat gewisse Freiheiten. Aber missen wir ihm beobachten, verschtähn?«
»Nein«, sagte Gisbert.
Wieder das verdammte Lächeln. »Oleg Wassiljewitsch verkauft manchmal Sachen, die Fremden Freide machen. Warum nicht? Aber wenn Sachen

wertvoll, dann sagt er auch, daß Ausfuhrgenehmigung notwendig ist.«
»Nichts hat er gesagt!« Gisbert spürte Boden unter den Füßen.
Das Lächeln fror, bis auf einen winzigen, kaum wahrnehmbaren Rest, ein.
»Dann er gedacht, Sie wissen Bescheid. Haben doch einen Freund Huttenlocher oder? Der genau wissen, daß alte Ikone viel Zoll kostet.«
Gisbert biß sich auf die Unterlippe. Kein Zweifel, Erwin hätte ihn gewarnt. Warum nur hatte er ihn nicht eingeweiht? Und was würde jetzt geschehen? Gefängnisse, das wußte man, waren nicht der bequemste Aufenthaltsort in diesem Land.
Wenn er recht verstanden hatte, war er observiert worden. Sie hatten ihn beobachtet, als er in Olegs Haus gegangen war und es mit dem Sankt Georg unter dem Arm verlassen hatte. Natürlich in Papier gewickelt. Aber Butterbrote für die Reise konnten ja kaum drin sein.
Und da lag er nun auf dem niederen langen Tisch, der wie eine Kegelbahn aussah, und kämpfte mit dem Drachen wie seit dreihundert Jahren. Und vor den Augen Gisberts, der vor einer triumphierenden dreiköpfigen Übermacht kapitulierte, tanzten goldene Kuppeln einen Hexentanz, der ihn schwindeln machte. Aber sie boten ihm keinen Stuhl an, und es war auch keiner zu sehen.
»Was Sie bezahlt?«
»Zehntausend Mark.« Leugnen war zwecklos. Wahrscheinlich wußten sie es längst, denn sie lächelten synchron.
»Särr billig«, sagte der Goldfasan. »Särr, särr billig! Ist märr wärt als dreißigtausend!«

»Aber...aber er hat nichts von Ausfuhrverbot gesagt«, stammelte Gisbert.
»Aber, aber! Sie nie gehört von Kultura und Volkseigentum? Ausführen sträng verbotten! Sankt Georg bleibt hier und Sie gehen Gefängnis!«
Das Ausreiseverbot war also doppelt. Gisbert starrte ihn mit eingezogenem Genick an. In einer knappen Stunde würde das Schiff nach Helsinki ablegen.
Sie genossen seine Hilflosigkeit, und der junge Milizionär trug den Sankt Georg weg. Er nahm ihn in die Hände wie eine Monstranz.
Gisbert hatte eine Erleuchtung. Sie war nicht strahlend, aber bürokratisch begründbar: »Ich muß mit dem Schiff weg, weil mein Visum abläuft!«
Über das bullige Gesicht des Chefs huschte ein amüsiertes Grinsen. »Für Gefängnis kein Visum nötig, mein Härr!«
»Wie...wie lange?«
»Oh, man wird sähen. Schwieriger Fall, verstähn? Richter wird sagen.«
O heiliger Sankt Georg, hilf! Gisbert murmelte es lautlos, sah das Schiff im Finnischen Meerbusen schwimmen und Kerkermauern um sich herum.
Aber das Wunder geschah. Der Goldfasan bot, den Blick von ihm abwendend und zur Decke richtend, eine goldene Schiffsbrücke an: »Sie haben Kreditkarte, nicht wahr?«
»Natürlich!« So beglückend war der Hoffnungsfunke, der ihn durchzuckte, daß er fast hinzugefügt hätte, Geld spiele überhaupt keine Rolle. Gesundes schwäbisches Unterbewußtsein unterdrückte es gerade noch, und dann hörte er weiter: »Vielleicht«, sagte der Chef, »man kann bezahlen für Gefängnis. Geldstrafe, meine ich.«

Gisbert starrte ihn wie einen überirdischen Wohltäter mit einer bewundernden Dankbarkeit an, die dem heiligen Sankt Georg nie zuteil geworden war.
»Gutt, wir wärden sähen. Warten Sie, bittä.«
Er verschwand hinter einem dunklen Vorhang, und dann hörte man das Schlagen einer Tür.
»Telefon«, sagte der andere mit den breiten goldenen Schulterklappen, und Gisbert begriff, daß jetzt eine noch höhere, vielleicht die höchste Stelle eingeschaltet wurde.
Was er nicht sah, war die kleine Korridor-Runde, die der Goldfasan drehte, ehe er, ohne mit irgend jemandem gesprochen zu haben, wieder durch den dunklen Vorhang kam.
»Sie Glück gehabt«, sagte er mit einem Lächeln, das Gisbert fast väterlich vorkam. »Zahlen Strafe und reisen aus mit Ihre Gruppe.«
Gisbert hatte Mühe, ihm nicht um den Hals zu fallen. Alles fügte sich.
»Allerdings«, fuhr der väterliche Wohltäter fort, »Sie fahren ohne Sankt Georg.«
»Logisch«, sagte Gisbert mit demütiger Eilfertigkeit.
»Und Sie zahlen zwanzigtausend Mark. Gleiche Summe wäre fällig gewäsen bei Ausfuhrgenähmigung, verschtähn?«
Wieder nickte Gisbert, und er fing nicht einmal zu rechnen an. Das tat der andere für ihn.
»Unterschied ist bloß, daß Sie Sankt Georg hätten mitgenommen. So er bleibt hier, weil Sie haben wollen betriegen. Aber ist billig, wenn sie dänken an Gefängnis, oder?«
»Klar«, sagte Gisbert und griff nach der Brieftasche.

»Ich bin Ihnen sehr dankbar für diese unbürokratische und menschliche Lösung.«
Der Goldfasan grinste, und die beiden anderen taten's auch. Die Spannung löste sich auf, und es war, als ob sie übergehen wollte in die Ouvertüre zu einer gemeinsamen Wodka-Fete, aber das Schiff wartete auf die Reisegruppe und der Chef auf seinen Scheck. Gisbert beeilte sich mit den notwendigen Formalitäten, und ein letztes Mal fühlte er sich angehaucht von der überwältigenden Großherzigkeit dieser russischen Seele, die dich beim Betreten des Landes packt und dich bis zu seinem Verlassen begleitet.

Er stieß wieder zur Gruppe, als sie sich anschickte, an Bord zu gehen, und es schlug ihm mehr kollektives Mißtrauen entgegen als von den drei Russen, die ihn in der Mangel gehabt hatten. Manche schienen sich tatsächlich zu wundern, daß er frei auf sie zulief und nicht mit der grünen Minna abtransportiert wurde. Nur Huttenlocher lächelte ihm erleichtert zu. Aber sie konnten nicht reden, weil sie in der Schlange standen und sich vorkamen wie von Horchgeräten umzingelt.
»Später«, flüsterte Huttenlocher. »Das Schiff ist groß, und wir haben viel Zeit.«
Und Gisbert sagte so laut, daß es alle hören konnten: »Ich bin die Stichprobe für alle gewesen, nichts weiter. Die haben mich gefilzt nach allen Regeln der Kunst. Sogar die Zahnpasta haben sie aus der Tube gedrückt.«
»Und nichts gefunden?« fragte einer.
»Wäre ich sonst hier?« Das Argument war schlecht zu widerlegen. Zuckende Schultern bewiesen es, und das Getuschel ebbte ab.

»Hauptsache, wir sind nicht aufgehalten worden.«
Das kam von Huttenlocher und wurde akzeptiert, wenn auch nicht kommentarlos.
»Hätte ja auch gerade noch gefehlt!«
Gisbert merkte, daß er keine Chance mehr hatte, den Geruch des unbeliebten Außenseiters los zu werden, aber das war ihm wurscht. Er blickte in den weißblauen Himmel über dem Meer, das eine sanfte Brise mit Schaumkrönchen schmückte, und genoß die Freiheit, die er sich erkauft hatte.
Zugegeben, nicht ganz billig. Aber was sind, wenn man sich's leisten kann, zwanzigtausend Mark gegen Gefängnismauern?
Gut, der Sankt Georg fehlte. Aber bis jetzt hatte man schließlich auch ohne Ikone gelebt.
Erst als ihm Huttenlocher, draußen auf hoher See, die Leviten las, verschlechterte sich seine Laune.
»Man kann dich keine Sekunde lang allein lassen! Wie ein Idiot hast du dich benommen. Warum hast du mir nichts gesagt von dieser blöden Ikone?«
»Bist du mein Beichtvater?« Sie standen an der Reling des Hecks, und als er es trotzig hinausgeschleudert hatte, spuckte Gisbert in die schäumende Gischt.
»Jetzt aber langsam, mein Junge! Habe ich dir geholfen, mehr zu erleben als diese kleinkarierten Inklusiv-Touristen, oder nicht?«
»Entschuldigung, war nicht so gemeint.«
»Will ich auch hoffen! Teurer Spaß gewesen, was?«
Gisbert nickte. »Zehntausend Pipen für den Sankt Georg und zwanzigtausend Strafe.«
»Mein lieber Schwan! Hätte für'ne hübsche Weltreise gereicht.«
»Ist aber besser als Knast, oder?«

»Haben sie dir den angedroht?«
»Und wie!« Er sagte es mit dem verhaltenen Stolz eines, der seinen Kopf mit List aus der Schlinge gezogen hat.
Aber Huttenlocher grinste. »Glaubst du wirklich, die hätten dich behalten und auch noch auf Staatskosten verköstigt wegen einer Ikone, für die du sowieso zuviel bezahlt hast?«
»Wieso zuviel?«
»Hm. Ich kenne diesen Oleg. Hab schon manches Geschäft mit ihm gemacht, aber er ist ein Schlitzohr wie alle, die's in diesem Land zu was bringen. Bei mir ist er ein fairer Partner, und auf seine Art ist er auch zu dir fair gewesen.«
»Wie meinst du das?«
Mitleidige Ironie mischte sich in Erwin Huttenlochers Lächeln. »Stell dir vor, er hätte dich ins Messer dieses eifersüchtigen Bären Anatoli laufen lassen! Ich fürchte, daß du dann kaum neben mir stehen würdest.«
Gisbert mußte zugeben, daß das Argument Gewicht hatte.
»Und dafür«, fuhr der andere fort, »hat dir Oleg eben seinen Preis gemacht. Seine Philosophie heißt: Geb ich dir, gibst du mir. Und da dir der Wodka das Maul öffnet wie einem Schulbuben, hat er gewußt, daß du Geld hast. Man protzt nicht ungestraft bei einem wie dem, und im übrigen kannst du Gift drauf nehmen, daß sie es auch beim Zoll wußten.«
»Du meinst, er hat mich bei denen avisiert, mich selber reingeritten?«
»So eng«, sagte Huttenlocher mit der Miene des Kenners, »darfst du das nicht sehen. Er hat viele Freiheiten, aber das ändert nichts daran, daß sich der

KGB die Leute ein bißchen anschaut, die bei ihm verkehren.«
»Soll das heißen, ich sei beschattet worden?«
Erwin Huttenlocher machte aus seinen ausgestreckten Händen Teller, als ob es etwas in ihnen abzuwägen gäbe. »Wir können das jetzt nicht nachvollziehen, aber ich garantiere dir, daß du für deinen Sankt Georg weniger bezahlt hättest, wenn sie nichts von deinem Geld gewußt hätten. Sowohl bei Oleg als auch beim Zoll. Und wenn du mir diesen seltsamen Heiligen gezeigt hättest, wäre ich mit ihm zu Oleg marschiert und hätte ihm den Marsch geblasen.«
Und ich hätte viel Nerven und Geld gespart, dachte Gisbert. Aber er sagte nichts und blickte den Möwen nach, die sich kreischend aufs russische Festland zurückzogen, als ob sie keine Ausreiseerlaubnis hätten.

Gisbert war zu sehr Schwabe, um die Freiheit des Goldenen Westens, die ihm Helsinki anbot, in vollen Zügen genießen zu können. Volle Züge nahm er nur aus den Flaschen der Hotelbar, weil Verluste, die ihn gewaltig wurmten, ausradiert werden mußten. Wie ein tumber Ochse war er in die Falle hineingelaufen, und je länger er darüber nachdachte, um so weniger zweifelte er an Erwin Huttenlochers von reicher Erfahrung gespeisten Argumenten. Oleg, das Schlitzohr, hatte nach dem Prinzip, daß eine Hand die andere wäscht, seinen Reibach gemacht, aber viel ärgerlicher waren die Folgekosten. Sankt Georg futsch, Tamara futsch, und dazu noch Geld, das für ein schönes neues Auto gereicht hätte.
Gut, sie hatten ihm den Knast erspart, aber wenn Huttenlocher recht hatte, und viel sprach dafür, dann hatten diese Goldfasane bloß Wind gemacht,

um ihm das Geld aus der Tasche flattern zu lassen. Und nach dem dritten Whisky pur gelangte Gisbert zu der Überzeugung, daß solcher Kummer sehr reichlich und standesgemäß hinuntergespült werden mußte. Er befahl dem Barkeeper, die Scotchflasche zur Selbstbedienung auf dem Tresen zu lassen, wie er es beim Fabrikanten Schwemmle gesehen hatte, wenn der im Hotel Bären den Leuten zeigen wollte, wie sich ein richtiger Gentleman versorgt.
Huttenlocher, der ihn im ganzen Hotel gesucht hatte, stieß zu ihm, als der Whisky-Pegel schon unter der Flaschenmitte stand. Und an Augen, die trüb wie ungeputztes Glas waren, erkannte er, daß nur einer mit dieser Flasche kämpfte. Um ihn zu unterstützen, bat er den Barkeeper um ein Glas, was Gisbert mit einer großzügigen Handbewegung genehmigte.
Leider brachte sie ihn aus dem Gleichgewicht. Unter den indignierten Blicken einiger Gäste purzelte er vom Hocker, und nur mit großer Mühe brachte ihn Huttenlocher wieder auf die Beine. Die Situation war um so peinlicher, als er sofort wieder nach der Flasche griff und ungereimtes Zeug stammelte, bei dem es offensichtlich um die wüste Beschimpfung russischer Namen wie Oleg, Anatoli und Tamara ging.
Erwin Huttenlocher schob die Flasche dem Barkeeper hin, gab ihm ein Trinkgeld und sagte, er möge sie auf die Rechnung des Herrn Tischbein setzen. Dann setzte er an zu einem bemerkenswerten Kraftakt, der Gisbert in sein Zimmer beförderte.

Gisbert erwachte mit einem jener Katzenjammer, die man mit Alka Seltzer so wenig tötet wie den Bären mit der Schrotflinte. Hoch schon stand die Sonne

über Finnlands Hauptstadt, aber es war nicht sie, die ihn weckte, sondern ein heftiges Pochen an der Tür. Er wußte nicht, wo er war und warum er Oberhemd und Unterhose trug. Es war Huttenlocher nur gelungen, ihm Schuhe, Strümpfe und Hose auszuziehen.
»Halb elf«, brummte er. »Die anderen sind längst bei der Stadtrundfahrt und haben sich wieder einmal die Mäuler über uns zerrissen. Und von deinem Vollrausch wissen sie auch. Du siehst aus wie eine zerknitterte Vogelscheuche!«
Aber Gisbert wußte von gar nichts. Wußte nur, daß tausend Hämmer gegen seine Schädeldecke klopften, und wünschte sich einen fliegenden Teppich zur sofortigen Heimkehr.
»Ich muß mich wieder hinlegen.«
»Von mir aus. Hier, nimm das.« Huttenlocher zog ein Röhrchen aus der Tasche, entnahm ihm zwei Tabletten und ging zum Waschbecken, um Wasser zu holen. Wie einem Kind mußte er Gisbert das Zeug einflößen. Dann setzte er sich auf die Bettkante.
»Wo sind wir?« fragte Gisbert benommen.
»In Helsinki, du Depp!«
Und ganz langsam schien es zu dämmern. Hinter einer dunklen Wolke wurde es heller. Sankt Georg tauchte auf, hergeholt wohl von schwäbischem Unterbewußtsein, das es gar nicht liebt, ehrlich Erworbenes wieder herzugeben. Und der wackere Heilige stieß seinen Speer in andere Wunden. Anatoli, Tamara, Oleg und furchtbar viel verlorenes Geld. Und wenn ein schwäbisches Hirn zu funktionieren anfängt, ist der schwäbische Gruß nicht weit.
»Helsinki«, brummte Gisbert, »kann mich am Arsch lecken...«

»Bübchen will aufgeben, weil es der böse russische Bär ein bißchen geärgert hat? Bis jetzt habe ich immer geglaubt, daß Millionäre kleine Nebenausgaben aus der Westentasche zahlen.«

»Ich habe die Schnauze voll und will heim!« Gisbert ging ans Waschbecken, hielt den Kopf unters kalte Wasser und füllte ein Zahnputzglas, das er in einem Zug leer trank. Ohne sich abzutrocknen, stieg er wieder ins Bett.

»Einen grandiosen Katzenjammer hast du, sonst gar nichts! Wenn wir nachher einen dieser frischen finnischen Lachse essen und du ein Faß Wasser dazu trinkst, lachst du wieder!«

Aber Gisbert ließ sich nicht reizen. Wenn er nur an Essen dachte, wurde ihm schon schlecht.

»Ich bitte dich nur noch um einen Freundschaftsdienst, Erwin. Buche mir einen Flug nach Stuttgart. Wird vermutlich über Frankfurt gehen, was?«

»Ich denke schon«, sagte Huttenlocher und machte keinen Versuch mehr, ihn umzustimmen.

»Begreifst du mich nicht? Alles, was ich auf dieser Reise unternommen habe, ist schiefgelaufen, und wenn ich mit dir Lachs esse, kriege ich eine Fischvergiftung. So etwas spürt man.«

»Und wenn dein Flieger abstürzt?«

»Mach keine blöden Witze und buch mir den Flug, wenn du mein Freund sein willst. Für den Nachmittag, wenn's geht. Eine Stunde möchte ich noch im Bett bleiben.«

Kopfschüttelnd verließ Erwin Huttenlocher den Raum, als ob er ein Krankenzimmer wäre, und erkundigte sich an der Rezeption nach einem Reisebüro.

Um drei Uhr nahm er mit Gisbert, der wieder etwas manierlicher aussah, aber immer noch bleich war, ein Taxi zum Flughafen. Gisbert mußte in der Tat in Frankfurt umsteigen, und wenn alles klappte, konnte er in der Dämmerung des Sommertags zu Hause sein. Und es machte ihm nicht einmal etwas aus, daß es ein leeres Haus sein würde.

Moralspritzen braucht er, dachte Huttenlocher, und er verpaßte sie ihm auf der langen Taxifahrt.

»Ich könnte im Herbst noch eine Woche Leningrad einschieben, was hältst du davon?«

Der Gedanke, Tamara wiederzusehen, machte Gisbert lustiger. Ja, er elektrisierte ihn fast, als Erwin von Taktik sprach, die er schon im Kopf hatte. Leicht würde man mit dem Eifersuchtsprotzen Anatoli mit Hilfe des cleveren Oleg fertig werden.

»Und wie?« Gisbert spitzte die Ohren.

»Nun ja, Anatoli und Oleg machen gelegentlich Geschäfte zusammen, und da wird der Bär eben für eine Woche nach Moskau geschickt, verstehst du?«

Und wie er verstand! Bloß auf das richtige Timing kam es an, und außerdem hatte dieser schlitzohrige Oleg allen Grund, sich für seinen blödsinnigen Sankt Georg zu revanchieren!

Federnden Schrittes und fast fröhlich nahm Gisbert die Stufen der Gangway zum Flugzeug, das ihn, früher als geplant, nach Hause tragen würde. Die Reiseleitung hatte er wissen lassen, daß ihm ein schlechter Lachs nicht bekommen sei, und niemand in der Gruppe empfand sein Verschwinden als Verlust.

24

Es war eine Art von Sternflug, denn fast zur gleichen Zeit hob Sonjas Maschine vom Rollfeld des Flughafens Nizza ab, träg flimmernde mediterrane Luft durchstoßend zu Höhen, in denen die Kälte eisiger als auf den höchsten Bergen ist.
Heimzufliegen in ein leeres Haus erschien ihr als Erlösung gegenüber dem Gedanken, die Decke der Villa auf den Kopf zu bekommen, deren stolze Miete sie keinen Tag länger mehr absitzen wollte. Und der Franzose ihrer Träume war überhaupt keines Gedankens mehr wert. Zwischen Handelsvertreter, Strauchdieb, Pseudoplayboy und Saaldiener war sie herumgekommen, welch letzterer vielleicht noch der ritterlichste gewesen war, weil er sein sattes Trinkgeld von der alten englischen Vogelscheuche für sie einsetzen wollte. Zum Trost.
Oder hatte er sie einfach kaufen wollen? Hatte er vielleicht geglaubt, daß sie ein Verlust von hunderttausend Francs so umwerfen würde, daß man alles mit ihr machen konnte? Schamlose Aufdringlichkeit! Nichts, aber auch gar nichts hatte sie erlebt, womit man eine Freundin neidisch machen konnte.
Und Gisbert? Nun, dem würde sie die Würmer aus der Nase ziehen. Aber natürlich würde er auf dem Konto Spielverluste und andere überflüssige Ausga-

ben entdecken, und es war wohl das beste, den großen Casino-Verlust einzugestehen.
»Liebling, ich wollte dir nacheifern, aber du kannst's besser.« Ja, das war der Ton, der ihm einging. Nicht ganz schmerzlos vielleicht. Aber Schmerz lenkt ab von anderen Fragen.
Bei der Zwischenlandung in Zürich war ihre Laune wieder gut genug für den Einkauf einer eleganten Bluse und eines ebensolchen Pullovers. Sogar eine Unterbrechung mit Bummel in der Bahnhofstraße erwog sie. Aber sie ließ die Idee fallen, als ob sie zu Hause erwartet würde.
Eigenartig genug. Schließlich war Gisbert auf einer dieser Inklusivreisen, bei denen dir jeder Schritt vorgeschrieben wird und du nicht ausscheren kannst.

Zu ihrer Überraschung waren die Rolläden des Reihenhäuschens hochgezogen. Man konnte diesen Mann nicht allein lassen. Nach Rußland war er geflogen, als ob er ins Geschäft ginge!
Der Taxifahrer trug ihr das Gepäck durch den Vorgarten, und im Nachbarhaus sah sie Frau Völlmle am Vorhang zupfen.
Neugierige Ziege, dachte sie und wollte aufschließen. Aber die Tür war offen, und in der Diele stand Gisbert, der mit gelinder Überraschung ebenfalls am Vorhang gezupft hatte.
»Du...du...« Sie sah seinen ungeöffneten Koffer an der Wand stehen und ersetzte die Anrede durch einen spontanen Halbsprung an seine Brust. An seiner Backe spürte er eine kleine Überraschungsträne, die ihn rührte. »Phantastisch siehst du aus!« Er löste sich und trat einen Schritt zurück. »Fast weiß bin ich dagegen!«

»Scheint keine Sonne in Rußland?«
»Schon«, sagte er. »Aber nicht wie an der Riviera, und wir waren nur in den zwei größten Städten, mit großem Programm jeden Tag. Nicht gerade Erholung, aber interessant.«
Und alles war wahr.
»Aber ich...ich habe dich noch gar nicht erwartet.«
»In Helsinki habe ich abgebrochen.«
»Warum?«
»Hm. Einfach so. Ein paar Leute sind mir auf die Nerven gegangen. Aber sag mal, wolltest du nicht vier Wochen bleiben?«
Sie gingen ins Wohnzimmer und ließen sich in die Sessel fallen.
»Siehst du«, sagte Sonja, »mir sind auch ein paar Leute auf die Nerven gegangen. Auch wenn du nicht in der Gruppe fährst, kann es blöd sein.«
Und alles war wahr.
»Ich bin vor zehn Minuten gekommen«, sagte Gisbert.
»Als ob wir uns verabredet hätten!« Sie lächelte ihn an wie einen unverhofften und erfreulichen Fund.
»Timing«, sagte er, »ist alles«, und er lachte auch.
»Hast du Hunger? Ich habe eine dieser Fischsuppen mitgebracht, wie sie nur die Franzosen machen können.«
»Fein«, sagte er. »Es ist schön, wieder daheim zu sein. Mit dir, meine ich.«
Und es war wahr, ohne ihn indes für einen kurzen Moment zu hindern, an das Timing zu denken, das Huttenlocher für den Herbst plante, wenn man Tamara und Ludmilla in Leningrad besuchen und den Bären Anatoli nach Moskau schicken würde. Im Herbst reift die Ernte!

Sonja ging in die Küche, um die Fischsuppe anzurichten, und ließ die Tür offen, um weiterreden zu können.
»Weißt du«, sagte er und zündete sich eine Souvenir-Papyrossa an, die Rußlands Seele ins Zimmer hereinwehte, »Helsinki hat mich überhaupt nicht gereizt, aber Leningrad ist phantastisch. Da hätte ich gern noch ein paar Tage zugegeben, und es ist ein interessanter Mann in der Gruppe gewesen, der die Stadt wie kein anderer kennt. Im Herbst gehe ich mit ihm noch mal für acht Tage rüber. Kann's mir ja leisten.«
Und alles war wahr.
»Fein«, schrie Sonja aus der Küche. »Acht Tage sind mir gerade recht. Da gehe ich mit!«
Gisbert mußte husten, aber es kam nicht vom scharfen Rauch der Papyrossa. Und zum Glück war die Küchentür nur halb offen.
Als die Suppe auf dem Tisch stand, heuchelte er Heimkehrerfreude, aber die Reise nach Leningrad war gestorben wie die Fische, aus denen die Suppe hergestellt war.
Ich bin ein Ochse, dachte Gisbert und gab sich Mühe, diese trübe Erkenntnis mit genußvoller Miene in sich hineinzulöffeln.
Später saßen sie auf der Couch, und der Fernseher blieb kalt, ob wohl dies die Zeit der Tagesschau war. Gisbert spürte, als ob er noch in Rußland wäre, keinen Informationsdrang, und es war ihm, als ob er zwischen zwei Stühlen säße: dem russischen, der noch warm war, und dem eigenartig kalten heimischen.
Erst der Wodka, den er aus dem Koffer holte, machte ihn lockerer. Seltsam genug, dachte er. In Rußland hat er mir Kopf und Beine schwer gemacht, und hier

gibt er mir Durchblick. Auf zehn Meter sieht man, daß sie kein gutes Gewissen hat. Längst hätte sie sonst angefangen, mich auszufragen.
Weder von Sankt Georg mit dem Drachen noch von anderen russischen Bekanntschaften würde sie erfahren. Das machte ihn beinahe fröhlich und sogar großherzig gegenüber Eskapaden, die sie unzweifelhaft hinter sich hatte. Und bestimmt erfolgreicher als er, aber hätte er nicht wegen Sankt Georg in einem russischen Gefängnis sitzen oder wegen des eifersüchtigen Bären Anatoli in einem Hospital liegen können? War das kein Grund, auf die Gesundheit zu trinken?
»Na starowje« sagte er und hob sein Glas.
Sonja stieß das ihre dagegen, als ob sie seine Erleichterung begriffe, und die Dankbarkeit, die durch ihr Lächeln schimmerte, war nicht gespielt. Es war besser, einander Gesundheit zu wünschen, als einander auszufragen. Ordnung kehrte ins Leben zurück. Die Schiffschaukel war wieder unten, und die Füße standen noch drin.
»Was hältst du davon«, fragte Gisbert, »wenn wir Leningrad im Herbst fallenlassen und an den Bodensee gehen, in die kleine Pension von damals?«
Sie hielt viel davon und zeigte es ihm mit einer Deutlichkeit, die sich mit dem schönsten Lottogewinn nicht kaufen läßt.

Hans Blickensdörfer
Schnee und Kohle
Roman · 416 Seiten · Ln · DM 39,80

»In seinem Roman geht es um Machenschaften der Mafia, um Rauschgift und ums Boxen. Der deutsche Herausforderer im Kampf um die Weltmeisterschaft! – Diese Seiten mit der Schilderung des großen Fights werden nicht nur Sportfans entzücken.«

Nürnberger Nachrichten

Pallmann
Roman · 368 Seiten · Ln · DM 36,–

»In diesem Roman, in dem nichts übertrieben wird und der, genau gelesen, eine zugespitzte, scharfe Reportage ist, bleibt eben auch erkennbar, warum Fußball ein Nationalsport ist, das populärste Spiel der Welt. Freilich auf Spiele, die spannender sind als dieses Buch, muß man lange warten.«

Welt am Sonntag

Salz im Kaffee
Roman · 384 Seiten · Ln · DM 36,–

»Ein gelbes Trikot für den Autor.«

Süddeutsche Zeitung

»›Salz im Kaffee‹ ist ein Sportroman, und so etwas ist hierzulande so selten wie ein deutscher Sieg bei der Tour.«

stern

Preisänderungen vorbehalten

Schneekluth

Hans Blickensdörfer
Weht der Wind von Westen
Roman · 400 Seiten · Ln · DM 38,–

»Ein spannender Unterhaltungsroman wird plötzlich mehr und dringt tiefer als üblich in Wesentliches ein.«

Die Furche, Wien

Die Baskenmütze
Roman · Sonderausgabe · 384 Seiten · Ln · DM 16,80

»Hans Blickensdörfer ist – auch in diesem Buch – ein Meister der Reportage.«

Die Welt

»Eine einmalige Geschichte...von einer mannhaften Zärtlichkeit, von unsentimentaler Empfindsamkeit.«

Weltwoche Zürich

Bonjour Marianne
Roman · Sonderausgabe · 258 Seiten · Ln · DM 24,–

»Ein feuilletonistisch virtuoses Frankreichbuch.«

Salzburger Nachrichten

Preisänderungen vorbehalten

Schneekluth

Hans Blickensdörfer
Keiner weiß wie's ausgeht
Unendliche Geschichten vom Sport
336 Seiten · Ln · DM 34,–

»Mit diesen unendlichen Geschichten vom Sport hat ›bli‹ eine nicht nur regionale Lesergemeinde gewonnen. Der Verlag legt eine Auswahl aus den letzten Jahren vor, die den ganzen Sprachwitz, Einfallsreichtum und die Beobachtungsgabe dieses ungewöhnlichen Journalisten zeigt.«

Main Echo

Alles wegen meiner Mutter
Roman · 272 Seiten · Ln · DM 28,–

Wegen Mutter gehn wir in die Luft
Roman · 304 Seiten · Ln · DM 28,–

Im nördlichen Hamburg: »eine Oase in der Ödnis gängiger ›Unterhaltung‹«.

Die Zeit

Im äußersten Westen: »höchst amüsante Geschichte«.

Saarbrückener Zeitung

Im ›benachbarten Ausland‹: »süffige Familienstory«.

Neue Zürcher Zeitung

Preisänderungen vorbehalten

Schneekluth